산에는 길이 있네

임종안 수필집

2020년 3월 20일 제1판 1쇄 발행

지은이 | 임종안
펴낸이 | 김종완
펴낸곳 | 에세이스트사
편　집 | 조정은

등록 | 문화 마 02868
주소 | 서울 종로구 익선동 55 현대뜨레비앙 905
전화 | 02-764-7941,2
e-mail | kjw2605@hanmail.net

값 15,000원
ISBN 979-11-89958-30-5 03810

─잘못 만들어진 책은 구입하신 서점에서 바꿔드립니다.

산에는 길이 있네

임종안 수필집

에세이스트사

머리말

원고지를 대해온 지는 꽤 오래되었다.

그러나 팔자가 사나워서 봇짐을 싸지고 이곳저곳으로 쫓겨 다니다보니 자연 펜과는 멀어져서 몇십 년이나 절필을 해야만 했다.

그러다 우연한 기회에 수필문예지 『에세이스트』와 인연이 되어 글을 다시 쓰기 시작했다. 이제 본업을 되찾은 기분이며 감회가 깊다.

내가 그동안 겪어왔던 고초는 말로 다 형용키가 어렵다.

이 책 『산에는 길이 있네』에 수록된 글은 내가 그동안 살아왔던 삶의 파편적인 흔적이다. 남 앞에 내어놓을 문제성 있는 글은 객관적으로 입증이 불가능하면 쓸 수가 없는 것이기에 실지로 내가 겪어왔던 것을 다 말할 수는 없었고 매우 조심스럽게 접근해야만 했다. 누구나 그렇겠지만, 특히 산중의 승려로 많은 시간을 보낸 나로선 내 삶의 신산한 고통 중 지극히 객관적인 것들만을 추려서 서술할 수밖에 없는 입장이었다.

그럼에도 불구하고 매번 『에세이스트』 독자와 '에세이스트작가회의' 회원들의 뜨거운 사랑과 격려에 큰 기운을 얻어 용기를 낼 수 있었던 시간이다. 감사드린다.

힘없이 떠내려가는 나의 손을 잡아 이끌어주신 발행인 김종완 선생님과 조정은 주간님께 진심으로 감사의 뜻을 전한다.

끝으로 지리산골 여승암(女僧庵)의 문전에 버려졌던 나를 거두어 길러주신 할머니스님의 영전에 삼가 이 책을 바칩니다.

2020년 봄에

임종안 합장

목차

1부
- 박빙여림(薄氷如臨)   10
- 그리움   17
- 수박을 먹고   23
- 입학식 날   29
- 격랑의 소용돌이 속으로   35
- 죽 한 그릇에 목숨을 걸고   39

2부
- 집 없이 가난한 죄   46
- 해님은 아무런 말이 없었네   53
- 끝없는 부정들   61
- 무고죄의 공방   70
- 외로운 싸움   80
- 국회에 정보를 주다   91

3부
- 주지 임명을 받고 나서   102
- 산에는 길이 있더라   114
- 다시 순환 속에서   126
- 심원(深遠)에 들다   142
- 지었던 집을 뜯기고   154
- 오가는 인연들   166
- 연재를 마치며   176

4부

어느 이야기   182
혜관(慧觀) 스님   185
보리   191
스님은 침묵   197
어느 천도식   203
인도 여행기   208
P교장과 朴씨   215

5부

우번(牛翻)조사의 일화   220
다시 시작하는 아침   226
우리 할머니   228
산사의 겨울 준비   234
흐르는 물처럼   240
합봉이변(合蜂異變)   245
승자(勝者)의 길   249
나무의 지혜   251
고향   256
남의 신앙   259
여순사건의 가려지는 진실   265

임종안 론

스님, 방광리의 소되어/ 김종완   274

1부

박빙여림(薄氷如臨)
그리움
수박을 먹고
입학식 날
격랑의 소용돌이 속으로
죽 한 그릇에 목숨을 걸고

산에는 길이 있네 1

박빙여림(薄氷如臨)

 아무리 생각해도 남 앞에 자랑할 만한 것이라고는 아무 것도 없다. 그저 부족하고 못난 것뿐이다. 그런 내게 김종완 선생께서 연재를 청탁해주셨다. 그간 겪었던 역경의 과정들을 글로 한 번 정리해보라는 것이었는데 반가우면서도 한편 염려가 앞섰다. 이 일은 내가 살아생전에 언젠가는 꼭 한 번 해야 될 일이라고 마음 속에 다짐을 해오고 있었던 일이었기 때문에 우선 반가웠고, 그럼에도 불구하고 오래 전 《신동아》에 글 한 편을 발표하고 홍역을 치렀던 상처가 도지면서 염려가 앞섰다.
 사실 언젠가 어떤 작가로부터도 비슷한 제의를 받은 적이 있었다. 그러나 그때는 아직 때가 아니라는 생각에서 그 제의에 동의하지 못 했었다. 이제 그로부터 삼십여 년이 흘렀다. 그러나 현실은 아직도 그때와 같은 혼탁한 일들이 현재진행형으로 전개되고 있는 실정이다. 아무래도 글을 쓰다보면 주변의 혼탁한 일들에 대해 언급하지 않을 수 없다. 어찌 보면 이 언급은 또 하나의 시비를 자초하는 행위일지도 모른다.

시비에 휘말리기가 싫어서 내 삶의 기록을 차일피일 망설이고만 있던 중이었는데 이번에 또 김종완 선생의 청탁을 받게 되었다. 좀 더 젊었을 때는 물불 안 가리고 여러 가지 일들에 간섭하고 나섰었으나 이제는 솔직히 너무 지치고 힘겹다. 그러나 두렵고 염려된다고 하여 마냥 기다릴 수만은 없는 일, 시간은 너무 촉박해있다.

차제에 망설이고만 있던 나에게 어서 꿈에서 깨어나라는 일침을 가해주신 김종완 선생께 감사를 드리며 우리 독자님들의 성원이 있을 것이라 믿고 용기를 내어 되도록 시비꺼리를 피해가면서 부끄러운 흔적들을 적어보려 한다. 그러나 글을 쓴다는 일이 살얼음을 걷는 듯 위험하다[박빙여림(薄氷如臨)]는 것은 이미 충분히 경험한 바이다.

눈을 감으면 아무것도 안 보이지만 뜨고 보면 이 사바세계의 도처에 공감하지 못할 일들이 산재해있다.

우리들에게 지금 절실히 요구되는 것은 그래도 지구는 돌고 있다는 것을 말할 수 있는 용기와 행위일 것이다.

아기로 출가

산중에서 살다 보니 마음이 산란할 땐 자주 산속을 걷는다. 숲 속을 거닐다보면 마음이 고요하고 차분해진다. 산책 길에는 높은 벼랑 끝 바위틈에서 자란 비틀어진 소나무 한 그루가 서있다. 나는 걸음을 멈추고 그 소나무를 물그러미 쳐다보는 일이 더러 있다. 바람결에 솔씨 하나가 날아와 뿌리를 내리고 강풍에 시달리며 홀로 자생하고 있는 소나무는 정말로 외롭고 고된 삶을 살고 있는 것만 같다. 내 삶과 다르지 않다는 생각이 들고 서늘한 바람이 폐부로 들이치는 것을 어쩌지 못한다. 안타깝고 애잔하다.

나는 어려서 네 발로 기어 다닐 때, 부모님께서 지리산 자락의 한 비구니암자에 맡겨졌다. 부모님은 어디론가 떠나셨고 이후 나타나지 않았으므로 나는 어머님의 얼굴을 기억하지 못한다. 왜 어린 나를 낯선 암자에다 무정하게 버려두고 떠나셨을까. 정확히 그 이유를 알 수 없지만 다만 그 때 흉년이 들어 모두 먹고 살기가 어려웠던 시절이었으므로 암자에 나를 맡기면 배고픈 곤궁함은 덜 겪을 것이라는 생각으로 그리 하지 않으셨던가 짐작한다. 그 또한 애틋한 모정이 아니라고 단정지을 순 없다.

나는 성장하면서 얼굴도 모르는 어머니가 몹시 보고 싶었다. 만나볼 수 없는 어머님이 그리워 서러움이 복받칠 때도 많았다. 가슴이 미어지는 아픔을 남몰래 품고 살았다.

누구에게나 있는 부모가 왜 나에겐 없을까? 그것이 내게 찾아온 최초의 질문이었다.

왜 나에게만 이런 불행이 주어졌을까? 참으로 원망스럽고 통탄스러웠지만 어디에 하소연할 곳도 마땅찮았다. 그저 괴로울 땐 왜 내가 태어났을까, 하고 자탄할 뿐이었다. 인적 드문 산골에 숨어 통곡을 해봐도 답답함은 풀리지 않았다. 꿈에라도 어머님이 나타나주시길 바랐다. 내 머리라도 쓰다듬어 주신다면, 나는 그 손길을 영원히 흡족하게 간직할 수 있을 것 같았다. 하지만 부질없는 공상이고 바람이었다. 항상 갈증과 허전함에 허덕였지만 그것은 나 혼자 해결할 수 있는 일은 아니었다.

어린 나를 길러주신 분은 나이 많으신 여스님이셨다. 나는 그 분을 스님이라고 부르지 않고 할머니라고 불렀다. 처음에 왜 그렇게 부르게 되었는지는 모르겠지만 아마 어렸을 때도 스님이라고 부르는 것보다 할머니라고 부르는 것이 더 다정한 정감이 느껴져서 그랬을 것 같다.

여러 스님들 중 위채에 사시는 여스님은 윗방할머니 아래채에 사시는 스님은 아랫방할머니라고 부르며 지냈다. 나를 주로 돌봐주시는 스님은 아랫방할머니였다. 그때는 좁은 공간의 암자였지만 각기 은사스님이 다른 세 집안 식구가 같이 살고 있었다. 지금은 다 같은 한 부처님의 제자로서 공동체 생활을 하지만 그때만 해도 은사스님이 다르면 네 식구 내 식구로 구분되어 공양도 각기 솥을 따로 걸고 해결하고 있었다. 자연히 산골의 좁은 밭뙈기도 조금씩 나눠서 각기 채소도 심고 곡식도 가꿔 먹었다.

언젠가 암자의 한쪽 모퉁이에 공동으로 모아두었던 퇴비를 서로 많이 가져가려고 하다가 갈등이 생겼다. 나를 길러주신 할머니 스님의 눈에서 슬픈 빛을 봤을 때 어린 나의 마음도 슬펐다. 나도 모르게 상대 스님이 가꿔놓은 밭에 들어가 모종 몇 포기를 발로 밟았다. 아무도 없을 때 밟으면 누구도 모를 줄 알고 한 짓이었는데 어린 아이의 발자욱을 그 누가 모를 것인가. 어리석은 짓이었다. 그것이 화근이 되어 더 큰 어른들의 시비로 번졌고 결국 암자 식구들이 아래 큰절 종무소로 불려가게 되었다. 이때 내 나이 여섯 살쯤이었다.

우리가 종무소에 갔을 때 다른 임원스님들은 있었으나 주지스님이 부재중이었다. 그래서 어른 스님들은 종무소에서 주지스님을 기다리게 되었고 나는 앞마당에서 놀았다. 종무소 옆 마당가에 있는 포도나무에 탐스런 포도송이가 주렁주렁 매달려 있었고 포도나무 밑에는 벌레 먹은 포도알이 떨어져 있었다. 나는 그 포도알들을 주워 먹으며 놀았다. 그때 내 또래의 아이 하나가 나타나서 내 얼굴을 때리고는 종무소 안으로 사라졌다. 주지스님의 아들이었다.

불교정화가 되기 전이어서 전국 큰 본 말사들은 거의가

다 대처승들이 운영을 하고 있을 때였다. 잠시 후엔 나를 길러주신 할머니 스님께서 주지스님에게 훈계나 꾸지람을 듣게 되어 있는 처지인데, 어찌 내가 감히 주지스님의 아들에게 쫓아가서 시비를 따질 수 있었겠는가.

나는 이때 태어나서 처음으로 힘 앞에서 비굴해야 되는 비애를 맛보았다. 어쩌면 내가 지금껏 살아오면서 주위에서는 다 귀찮다고 모른 척 넘어가려는 불편부당(不偏不黨)한 일들에 대해서 눈 감지 못하고 시시비비에 목숨을 걸었던 것은 이때 맘속에 각인되었던 억울함이 원인이 되었던 것이 아닌가 싶다.

내가 어려서 자란 이곳 암자는 지금은 지리산으로 오르는 관광도로가 곁으로 생겨서 길가 암자로 변했지만 그때는 첩첩산중의 외딴 암자였다. 하루 종일 사람 하나 구경할 수 없는 곳. 그래서 날아다니는 산새들의 울음소리도 더욱 정답게 느껴지는 고독한 산암(山庵)이었다. 앞으로는 조그마한 대밭이 있고 대밭 속에 아름드리 감나무가 세 그루가 있었다. 앙상한 감나무 가지 사이에는 까치들이 살려고 집을 지었다.

그런데 까치들이 부지런히 나뭇가지들을 물어다 집을 지어놓으면 어디선가 덩치가 큰 까마귀떼가 몰려와서 집을 빼앗았다. 까치들은 집을 빼앗기지 않으려고 결사적으로 저항했지만 결국 덩치가 큰 까마귀들을 당해내지 못하고 내쫓기는 신세가 되었다. 집을 빼앗기고 서러운 울음을 울면서 날아가는 까치들이 너무도 가여웠다. 이 살벌한 싸움이 끝나고 나면 감나무 밑에는 머리에 상처를 입고 죽어있는 까치의 시체가 떨어져 있었다. 집도 잃고 짝도 잃은 까치는 얼마나 억울하고 서러울까? 어린 나는 까치가 불쌍해서 호미로 땅을 파고 까치의 시신을 묻어주었다.

나는 어려서부터 이런 현상들에 예민했고 부당한 일이나 강자의 횡포에 대해서, 유독 남다른 적개심을 갖고 성장해 왔다.

산에는 길이 있네 2

그리움

나는 어머님이 몹시도 그립고 보고 싶을 땐 괜히 마음이 슬퍼져서 공연한 일에도 짜증을 부렸다. 스님 할머님께서 "종안아, 밥 먹자" 하고 나를 부르시면 나는 배가 고프면서도 안 먹는다고 발을 동동거리며 떼를 썼다.

해가 서산마루에 질 때 하늘에 붉은 놀이 펼쳐지면 어디선가 어머님이 나를 바라보시며 손짓을 하는 것만 같았다. 온몸에 힘이 빠져 축 처진 모습으로 법당 앞 기둥에 등을 기대고 앉아서 마냥 해지는 서쪽 하늘을 바라보고 있으면 할머님이 눈치를 채시고 혀를 차셨다.

"또 제 에미가 보고 싶은 게로구나. 그렇게 자주 보고 싶으면 어찌 살 거나. 쯧쯧, 몹쓸 매정한 년. 천륜을 저버리면 천벌을 받는 것인디…."

그런 다음 스님 할머니는 나를 품에 안고 등을 다독여주셨다. 할머니의 품에 안겨 포근한 젖무덤에 얼굴을 묻으면 할머니의 가슴에서는 작설차 향기가 묻어났다. 나는 향기에 취해 슬그머니 할머니의 젖가슴에 손을 집어넣었다. 할머니는 흠칫 놀라시며 "요놈이 어디다 손을 넣어." 말은 그렇게 하시면서도 내 손을 뿌리치지 않으셨다.

나는 할머니의 젖을 만지는 황홀감에 젖어 슬픔을 잊어갔다. 그러나 할머니께서 어머니를 매정한 년이라고 푸념하시는 말씀이 유쾌하게 들리지는 않았다. 나도 때로는 어머니가 원망스러웠지만 그래도 보고 싶은 그리움이 더 간절했다. 피 한 방울 섞이지 않은 스님 할머니께서 나를 불쌍히 거두어주시는 인자함에 대한 고마움도, 어머니에 대한 원망도, 그리움 앞에서는 모두가 봄눈처럼 사라졌다.

나는 스님 할머니께서 어머니에게 천륜을 저버리면 천벌을 받는다고 하신 말씀이 자꾸만 마음속에 걸렸고 혹시라도 어머님이 천벌을 받고 계시면 어쩌나 싶은 생각이 들었다. 늘 마음이 무겁고 슬펐다. 할머니의 젖가슴을 만지는 즐거움보다도 어머니에 대한 염려가 앞섰다. 나를 가슴에 안고 등을 다독여주어도 자꾸만 슬퍼하는 내 표정을 살피면서 할머니는 말씀하셨다.

"어찌 부모 복을 그리도 못 타고 났느냐. 부디 내생(來生)에는 부모 복 많이 달라고 부처님께 열심히 발원하거라."

스님 할머니는 애잔한 눈빛으로 나를 바라보셨다. 나는 그 후부터 자주 법당에 들어가 부처님께 엎드려 절을 했다. 스님들께서 조석으로 부처님께 예불을 드리러 갈 때면 나도 따라가서 예불을 드렸다. 부처님께 열심히 절을 하면서 부모 복 많이 달라고 맘속으로 빌었다.

이런 내 모습을 보신 어른 스님들은 기특한 일이라고 칭찬을 아끼지 않으셨다. 나는 얼마 전 밭을 밟고 큰절 종무소에 불려갔던 일이 있기 전의 귀염둥이로 돌아가고 있었다. 시키지 않아도 스스로 부처님께 절을 하는 내 행동을 보신 어른 스님들은 전생에 이곳 암자 스님이었다가 다시 태어나서 이곳으로 온 동자라고 기뻐하셨다.

나는 어머니가 보고 싶을 때면 자주 법당에 들러 부처님께 절을 했다. 법당 중앙의 좌복은 그 절 책임자인 주지스님의 자리로 정해져있다. 그런 규정이 있는 것을 알지 못할 만치 어렸던 나는 중앙에 깔려있는 좌복에 엎드려 절을 했다. 그러면 어른 스님들은 전생에 이 암자 주지스님이 다시 환생해 오셨으니 그대로 두자며 중앙 좌석을 나에게 양보하셨다. 강보에 싸여 대문 앞에 버려졌던 나는 이 암자 전생 주지스님의 대접을 받으며 어린 시절을 부러움 없이 지냈다.

아침이면 숲속에서 들려오는 뭇새들의 환희에 찬 노랫소리가 즐거웠고 저녁이면 부엉이 울음소리가 자장가처럼 들려와 포근히 잠들었다. 특히 봄 여름밤에는 소쩍새 울음소리가 밤이 깊도록 애처롭게 들려와 내 한을 대신 울어주는 것만 같아 마음에 위안이 되었다.

봄이면 산등성이에 지천으로 피어난 진달래꽃을 따러 뒷동산에 올라갔다. 할머니 스님 상좌인 달순스님의 손을 잡고 뒷동산에 올라갔다. 골짜기 암자에서 보면 하늘이 뒷산 정상에 닿아있었다. 뒷산 산꼭대기에 올라가면 하늘을 손으로 만져볼 수 있을 것만 같았다.

"달순스님, 우리 하늘에 놀러가요."

나는 달순스님의 손을 잡아 끌었다. 저 하늘나라에 가면 그곳에 어머님이 계실 것도 같았다. 그렇지. 저곳에 어머님이 계시리라는 확신이 들기 시작했다. 어머니를 만나기 위해서 꼭 하늘나라에 가고 싶었다.

며칠을 졸라 그렇게 고대하던 하늘나라인 뒷산 정상에 달순스님의 손을 잡고 힘겹게 올라갔다. 그런데 하늘은 또 저만치 더 높고 더 멀리 도망가 있었다. 금방 울음이 터져나올 것만 같았다. 달순스님은 나를 달랬다.

"종안아, 하늘이 너를 속인 것이 아니라 원래 하늘은 저렇게 멀리 있는 것이란다."

그러나 나는 그 말이 이해가 되지 않았다. 분명 산 아래 암자에서 봤을 때는 하늘이 이 산꼭대기에 닿아있었기 때문이다. 그래서 하늘이 나를 속이고 도망가있는 것만 같았다. 나에게 실망을 안겨준 하늘이 괘씸하고 미웠다. 이때 달순스님이 조용히 물으셨다.
"종안아, 하늘이 너를 속였으니 하늘이 밉지?"
나는 고개를 끄덕였다.
"그러니 종안이도 앞으로 우리를 속이고 거짓말을 하면 안 되겠지요?"
순간 나는 가슴이 쿵 내려앉는 느낌이 들었고 가책마저 느꼈다.

며칠 전, 나는 너무 급하게 똥이 마려웠다. 암자 변소길은 멀고 대변은 급해서 그만 마당가에 앉아서 일을 보았다. 잠시 후 어른 스님들은 왜 여기에다 똥을 눴느냐고 나무라셨다. 나는 내가 그런 것이 아니라 뒷산에서 호랑이가 와서 누고 갔다고 우기며 시침을 뗐다. 스님들은 요놈이 거짓말을 한다고 웃으시며 내 말을 눈곱만큼도 믿지 않는 눈치였다. 내가 거짓말을 하는 것을 어찌 그리도 잘 아실까. 나는 곧 내가 똥을 눴다고 시인을 하고 말았다. 내가 똥을 보고 호랑이가 그랬다고 둘러댔던 것은, 내가 어머니가 보고 싶어 떼를 쓰고 울 때마다 어른 스님들께서 숲속을 가리키며 저기 호랑이가 온다고 나에게 말씀하시며 달랬기 때문에 숲속에는 실제로 호랑이가 살고 있는 줄로 믿고 있기 때문이다. 산에 호랑이가 없다는 것을 알게 되면서 조금씩 철이

들었던 것일까. 어린 아이가 철이 들어가는 것도 기실 슬픈 일이다. 그건 기다림을 멈추는 일이기도 하다.

하늘에 올라가 꿈에 그리던 어머님을 만나고 싶었지만, 하늘은 또 저만치 멀고 올라갈 수 있는 공간이 아니라는 것을 알게 되는 것도 슬픔이다. 그렇게 상실과 상처를 통해서 동심은 훼손되곤 했다.

산에는 길이 있네 3

수박을 먹고

    여름밤엔 암자(庵子) 식구들이 법당 앞 마당가에 모깃불을 피워놓고 평상 위에 모여앉아 오순도순 법담을 나누곤 하였다. 나는 스님 할머니의 무릎을 베고 누워 하늘에 길게 흘러가는 별똥별을 바라보았다. 저것이 무슨 조화인가 싶었고 어떤 영혼이 그 빠른 섬광을 타고 움직여가는 것만 같았다. 할머니는 내가 모기에 물릴까봐 계속 부채질을 해주시며 주문을 외우듯이 말씀을 하셨다.

    "우리 종안이 부모복은 못 타고 났지만 부디 무병장수허소서."

    나는 무병장수라는 말이 무슨 뜻인지를 몰랐다.

    "그거 무슨 말이유?"

    "응, 우리 종안이 몸도 건강허고 저 하늘에 북두칠성처럼 똑똑허게 커가라는 말이여."

나는 또 북두칠성이라는 말이 무슨 뜻인지를 몰랐으나 더 이상 물어보지 않고 할머니의 품속으로 파고들었다. 할머니의 가슴은 언제나 포근하고 아늑했다.

어느 날 밤엔 상좌스님들이 수박을 썰어 쟁반에 담아 내오셨다. 어른 스님들은 나에게 먼저 수박을 한 쪽 집어주셨다.

"많이 먹고 어서 건강하게 크시소."

나는 스님들이 주시는 수박을 주는 대로 다 받아먹었다. 수박은 참으로 맛이 있었다. 숲속에서는 소쩍새가 애간장을 끓이며 계속 울어대고 있었다.

"저렇게 소쩍새가 울어대면 흉년이 든다는데 또 어찌할꼬."

무수히 흉년의 어려움을 겪어온 할머니들의 걱정이셨다.

어른스님들은 수박을 잡수지도 않고 맛있게 받아먹는 나에게만 연신 집어주셨다. 나는 수박으로 배를 불룩하게 채우고 할머니의 품에 안겨 잠이 들었다. 모처럼 어머니의 생각을 잊고 잠자리에 든 밤이었다.

그런데 새벽녘 잠에서 깨어보니 아랫도리가 축축하게 젖어있었다. 옷에다 오줌을 싼 것이었다. 나를 품에 안고 주무시던 할머니의 승복도 젖어있었다. 새벽예불에 참석하기 위해 일어나신 할머니는 승복을 새로 챙겨 입느라고 예불에 늦으셨고 그 바람에 내가 오줌 싼 것을 대중들이 다 알게 되었다. 아침에 일어나자 식구들이 입을 모았다.
"종안이 소금 얻어와야 되겠다."
달순스님은 물론이고 할머니까지도 나에게 소금을 얻어와야 한다고 채근하셨다. 나는 왜 소금을 얻어와야 되는지 이유도 모른 채 등을 떠밀려 바가지를 들고 소금을 얻으러 대문을 나서야만 했다. 달순스님은 머리에 키를 쓰고 가야 되는데 키가 너무 커서 끌리니 대신 내 머리에 대바구니를 씌우고는 내 손을 잡고 대문을 나섰다. 바구니를 쓴 내가 바가지를 손에 들고 대문을 나서자 대중 식구들은 손으로 입을 가리고 웃느라고 난리였다.
달순스님이 아래 큰절 앞 대처스님들의 속가 집 앞에까지 나를 데려다주었다. (큰절 앞에는 주지, 총무, 교무, 재무 스님들은 물론이고 그 외 재력 있는 여러 스님들의 속가 집들이 있었다.) 나는 제일 가까이에 있는 강 스님네 집을 택해 들어갔다. 이 댁 보살님은 가끔씩 우리 암자에도 다녀가시며 나를 예뻐해주시던 분이었다. 사립문을 들어서자 엎에서 일을 하고 계시는 보살님이 보였다. 나는 고개를 숙여 인사하며 조심스럽게 부엌으로 다가가 말했다.
"보살님, 나 소금 조깨 주시오."
그러나 보살님은 부엌에서 부지깽이를 손에 들고 나오며 소리치셨다.
"요놈, 오줌 쌌구나. 어디서 다 큰 놈이 오줌을 싸고 그려

엉!"

작은 체구에 비해 너무도 큰 목소리로 고함치듯 하며 부지깽이로 내 머리 위의 대바구니를 사정없이 내리쳤다. 나는 그만 으앙, 울음을 터뜨리면서 깜짝 놀라 또 한 번 바지에다 오줌을 쌀 뻔했다. 고추 끝에서 금방이라도 오줌방울이 쏟아질 것만 같았다. 늘 인자하던 보살님의 표정은 이미 무섭게 변해있었다. 나는 울면서도 소금을 얻어가야 된다는 생각뿐이었다. 손에 들고 있던 바가지를 보살님 앞으로 내밀며 기어들어가는 목소리로 사정을 했다.

"우리 할머니가 소금 조깨 얻어오라고 그랬는디요."

보살님은 더 무서운 표정을 지으며 부지깽이로 바가지를 사정없이 내리쳤다.

"요놈 보소. 썩 나가지 못해. 나 오줌 안 쌀랍니다, 허고 큰절을 해야지 어디서 울면서 소금을 달래. 요놈 또 오줌 쌀 것이여, 안 쌀 것이여 엉?"

바가지는 산산조각이 났다. 나는 그대로 서있다가는 보살님에게 부지깽이로 더 얻어맞을 것 같아서 보살님의 얼굴을 살펴보며 간신히 그 댁 사립문을 빠져나왔다. 참, 이런 낭패가 없었다. 소금 얻으러 갔다가 소금 한 줌 못 얻고 바가지만 깨뜨리고 말았으니 할머니에게 가서 무어라고 해야 할지 난감했다. 소금을 얻어가지 못하면 할머니께 또 꾸중을 들을 것이 뻔했다. 어느 집에 가서 소금을 얻어야 할지 생각해보았다. 스님네들 집보다는 잘 모르는 집으로 가야만 혹시 그 댁에서 내가 오줌을 싼 것을 알게 되더라도 덜 부끄러울 것 같았다.

이번에는 골짜기에서 화전을 일구고 사는 김씨 영감님 댁으로 갔다. 그 댁은 사립문도 없는 오두막이었다. 나는 누구 눈치 볼 것도 없이 들어가서 문을 두드렸다. 방안에서 할아버지가 기침을 하며 나오셨다.

"거 뉘시오?"

손에는 긴 담뱃대를 들고 허리는 굽고 얼굴은 찌그러지셨다. 이 할아버지도 너 오줌 쌌구나, 하실 것만 같아서 내가 선수를 쳤다.

"할아버지, 나 오줌 안 쌌는디요. 소금 조깨 주시오."

조심스럽게 할아버지의 얼굴을 살폈다. 할아버지는 한참이나 아무 말 없이 나를 쳐다보시더니 물었다.

"그려, 네가 오줌을 안 쌌다고?"

"예, 나 참말로 오줌 안 쌌는디요. 소금 조깨 주시오 잉!"

주눅이 들어 내 목소리는 가늘게 떨리고 있었다.

"아기야, 그런디 지금 네 얼굴에 나 오줌 쌌소 허고 써있는디 어찌 오줌을 안 쌌다고 그런다냐?"

할아버지는 말을 조금 더듬으셨지만 발음만은 정확했다. 나는 얼른 두 손으로 얼굴을 쓰다듬어 보았다. 할아버지가 내 얼굴에 글자가 쓰여있다고 말씀을 하셨지만 손바닥에는 아무 흔적도 묻어나지 않았다. 이 할아버지도 내가 오줌을 싼 것을 다 알고 있는 것이 확실했다. 어찌 어른들은 내가 오줌을 싼 것을 눈으로 보지 않고도 그리 잘 아는지 모를 일이었다. 가슴이 콩닥콩닥 뛰었다. 오줌을 싸놓고 안 쌌다고 시치미뗐으니 죄가 아닐 수는 없지만 그렇다고 왜 이렇게 가슴이 뛰고 얼굴이 후끈거리는지 모를 일이었다. 숲속에서 들려오는 새들도 나를 비웃듯 연신 재잘거렸다. 심지어 바람결에 나부끼는 풀잎들도 깔깔대는 것만 같았다. 결국 할아버지께 자백을 하고 말았다.

"할아버지, 잘못했어요. 오줌 안 쌌다고 거짓말한 것 참말로 잘못했어요."

그제야 긴장되었던 마음이 풀리고 가슴이 조용해졌다.

소금 얻어올 바가지는 깨뜨리고 소금은 한 줌도 못 얻고 돌아가는 길이었지만 마음은 차분해졌다. 모든 삼라만상들이 아름답게 보였다. 멀리서 뻐꾹새가 뻐꾹뻐꾹 한가롭게 울고 있었다.

산에는 길이 있네 4

입학식 날

긴 겨울 내내 나목의 가지에서 휘파람을 불던 그 매섭던 설한풍도 이제 봄의 전령 앞에 기세가 한풀 꺾였다. 며칠 전 내린 보슬비에 매화나무 가지들은 예쁜 꽃망울을 터뜨리기 시작했다. 먼 곳의 아지랑이는 눈앞에서 일렁인다.

이 화창한 어느 봄날, 나는 일곱 살이 되어 어린 동자승(童子僧)의 모습으로 달순스님을 따라 시오리쯤 되는 초등학교 입학식에 참석하게 되었다. 산길을 걸어서 가야 하기 때문에 일찍 서둘러서 암자를 출발했다. 나로서는 난생 처음 산문을 벗어난 출입이었다. 모든 것이 생소했다.

한참을 걸어서 소나무 숲길을 벗어나니 마을이 보였고 마을에서도 오늘 학교에 입학할 아이들과 부모님들이 함께 걸어서 나오고 있었다. 어떤 아이들은 부모님과 함께 소달

구지를 타고 오기도 하였다.

 아직 정비가 되어있지 않은 농로 위에 달구지 쇠바퀴 굴러가는 소리가 덜컹덜컹 요란스러웠다.

 학교는 들 가운데 버드나무 울타리에 둘러싸여 있었다. 교문 앞에 도착하자 좌판을 벌린 엿장수 과자장사들 주위로 북적대는 아이들과 학부모들이 제일 먼저 눈에 들어왔다.

 여러 마을에서 온 내 또래의 아이들은 모두 어머니나 아버지의 손을 잡고 있었고 형 누나들의 축하를 받으며 마냥 즐거워하고 있었다.

 아이들은 달순스님의 손을 잡고 가는 나를 보고 수군거렸다.

 "중아들인가봐."

 어린 아이들의 눈에는 달순스님(비구니)이 승복을 입고 있으니 남자인 줄 알고 우리 아버지로 착각하는 것 같았다.

 아이들은 초등학교를 졸업할 때까지 내내 나를 '중아들'이라고 불렀다. 심지어 중새끼라고 놀리기도 했다. 그 말이 너무 듣기 싫었지만, 그것은 어쩔 수 없는 나의 대명사였다. 더러 그러는 아이들에게 화를 내거나 그런 말 하지 말라고 주의를 주면 그네들에겐 일가친척들과 형 누나들이 상급반에 있어 떼로 나서기 때문에 나로서는 그 서러움을 눈물로 달래는 수밖에 달리 방법이 없었다.

나는 입학 첫날부터 학교 분위기가 서먹서먹하였다. 반 편성을 위해서 줄을 서서 기다리는데 모두가 내 곁에 서기를 꺼려하는 눈치였다. 무명천에다 회색 숯물을 들인 바지저고리를 입고 있는 내 차림새가 낯설고 이질감이 느껴지는 모양이었다. 몇몇 아이들은 신기한 듯 나를 힐끔거리기도 했다.

아무래도 아이들과 어울리기 위해서는 승복을 벗고 학교에 다녀야만 할 것 같았다.

우리 암자에 오시는 신도님들은 승복을 입은 나를 우리 동자님, 동자님, 하고 칭송을 하며 서로 한 번씩 안아보려고 앞을 다투었는데, 막상 승복을 벗으려니까 섭섭하고 아쉬웠다. 그래도 학교에 다니려면 승복을 벗는 방법 외엔 길이 없는 것 같았다.

시오리 산길을 걸어서 학교에 다녔다. 그 길의 절반정도는 아름드리 소나무가 우거져 있어서 하늘이 안 보일 정도였다.

해가 중천에 떠있어도 길은 어둑하고 으슥했다. 항상 학교에 가는 길은 외로웠다. 지각할까봐 책보를 허리에 동여매고 뛰어가다 보면 필갑 안에서 연필 부딛는 소리가 딸각딸각 들려왔다. 그때는 길거리에 얻어먹고 사는 걸인들도 많았고 얼굴과 손가락이 문드러져 험상궂은 모습을 한 나병환자들도 많았다. 가끔씩 우리 암자에도 찾아와서 밥을 얻어먹고 양식을 얻어갔다. 당시엔 나병환자들이 어린 아이들을 보면 데려간다는 헛소문이 떠돌고 있어, 등하굣길에 그들을 만나면 무서워서 벌벌 떨며 줄행랑을 치곤 했었다.

학교 뒤편 가까운 곳에 큰 저수지가 있었고 우리 암자 옆 골짜기에서 흘러내리는 물줄기가 흘러가는 수로가 길게 이어져 있었다. 돌을 쌓고 콘크리트를 발라 만들어진 이 수로를 따라가는 길이 학교로 가는 가장 가까운 길이었다. 큰길은 구불구불 돌아서 가야 하므로 나는 이 수로를 자주 이용하였다.
 수로 왼쪽에 큰 바위들이 많았고 바위 틈바구니에 짐승들이 살고 있었다. 내 발자국 소리에 놀라 달아나는 짐승들을 몇 번 목격한 후로 나는 짐승들이 살고 있는 곳을 지날 때면 발자국 소리를 죽이며 조심을 했어도 항상 무서웠다.
 짐승들보다 더 무섭고 위험스러운 것은 여름철의 큰비였다. 큰비에 수로의 물이 불어나면 세찬 물살이 여간 위험하지 않았다.
 언젠가 아랫마을에 살던 김 씨 아저씨도 물이 많을 때 이 수로를 걷다가 빠져서 닷새만에야 저수지에서 시체를 건져 올린 적이 있었다.

할머니께선 일 년에 한 번 정도 내게 검정고무신을 사다 주셨다. 새 고무신을 받으면 어찌나 좋던지 암자를 나설 때만 신고 나와서 수로로 접어들면 벗어서 양손에 들고 가다가 학교 앞에 가서야 신곤 했다.

어느 여름 고무신을 들고 수로를 걷다가 급한 물살에 떨어뜨렸다. 고무신은 이내 소용돌이치며 거세게 흘러가는 수롯물 한 가운데로 떠내려갔다. 아무리 발을 동동 굴러도 소용이 없었다.

어찌나 억울하고 원통하던지 그날 저녁에는 밥도 먹지 않고 두 눈이 붓도록 울었다. 내가 잘못하여 떨어뜨렸으니 누굴 원망할 수도 없었다. 할머니께서 그러는 나를 보듬어 안으시면서, 내가 안 떠내려간 것이 천만다행이라고, 밥을 먹으라고 간곡하게 말씀하셨다.

밤늦게야 저녁을 먹고 잠자리에 들었다.

승복을 벗은 나는 친한 친구도 한 명 생겼다.

우리 반 급우였던 그는 집이 나와 같은 방향이라 자연히 학교에 오가면서 친해졌다. 우리 암자에서 내려가면 첫 번째 만나는 마을 입구 두 번째 집이 친구네 집이었다. 학교에서 오다가 비를 만나면 이 친구 집에 들러서 피했다 오곤 하였다.

산에는 길이 있네 5

격랑의 소용돌이 속으로

세기의 변천인가, 민족사의 격랑인가? 잔잔한 호수에 반만년의 긴 세월을 한 민족 한 핏줄로 흘러온 한 조각 나뭇잎이 갑자기 풍랑을 만나 심히 요동치기 시작했다.

1948년 10월 19일, 전남 여수에 주둔해있던 국방경비대 14연대가 남로당의 지령을 받고 반란을 일으켰다. 이미 현대사가 기록하고 있듯이 이 사건은 제주의 4·3사건과 긴밀한 연관이 있다. 1948년 4월 3일, 제주도에서 단독선거 단독정부 수립 반대 무장봉기가 일어났고(제주 4·3사건) 그해 10월에 이르기까지도 진정 기미를 보이지 않자 정부는 이를 진압하기 위해서 여수 주둔 14연대를 파견하려고 하였으나 군인들이 정부의 명령을 거부하고 반란을 일으킨 것이었다. 주동자는 김지희, 홍순석 중위와 지창수 상사 등

40여 명이었다. 그들은 순식간에 순천을 거쳐 벌교 광양으로 진입하였고, 날이면 날마다 무고한 사람들을 데려다가 인민재판을 열어 처형을 일삼았다.

정부는 곧 반란군 토벌사령부를 설치하고 진압에 나섰다. 반란군은 진압군에 쫓겨 백운산과 지리산으로 스며들었다. 쫓기는 신세였음에도 세력이 만만치가 않았다. 이때 전북 남원에는 북부지구 전투사령부가 설치되어 원용덕 대령이 사령관으로 부임하였고, 전남 구례에는 군산에 있던 112연대가 반란 진압부대로 특명을 받아 옮겨왔다. 남원의 원용덕 사령관은 작전회의를 위해서 구례지구 12연대장인 백인기 중령을 남원으로 호출하였는데, 이때 반란군이 산동지서를 습격하여 이 전화를 도청을 하고는 길목에서 매복을 하고 있다가 백인기 연대장을 급습하였다. 호위헌병 6명이 전사하고 백인기 연대장은 산동면 시상리의 대밭으로 피신하였으나 결국 이들의 추격을 피하지 못하고 권총으로 자결하였다. 지금도 산동면 시상리 마을 앞에 세워진 백인기 연대장의 추모비가 그날의 비극을 증언하고 있다.

백인기 연대장이 자결한 이후 부연대장이던 백인엽 소령이 연대장 대리로 부임해왔다. 구례지역 분위기는 살벌하기 짝이 없었다. 진압군의 눈에 조금만 거슬리면 가차 없이 총살이었다. 졸지에 지휘관인 연대장을 잃은 진압군의 눈에는 모두가 다 반란군이요 빨갱이로만 보일 법도 했다.

한편 지리산으로 스며든 반란군 김지희 일당 이천여 명은 매일 밤 지리산 자락의 인근 마을에 나타나서 식량과 가축 등 그들이 필요로 하는 물품들을 약탈해갔다. 가난에 쪼들린 농민들은 그들이 원하는 것을 내놓지 않으면 반동으로 몰려 대창에 찔리거나 몽둥이에 맞아 죽었다. 밤이면 반란군이 마을을 쑥대밭으로 만들었고, 낮이면 군경이 마을에 와서 피해 현황을 조사한다며 설쳤다. 살아남기 위해서 반란군에 조금이라도 협조해준 눈치가 보이면 가차 없이 끌려가 총살당했다. 이래저래 가난하고 힘없는 백성들만 죽어갔다. 사랑하는 가족을 잃고도 소리내어 서럽게 울 수조차 없는 기막힌 삶이 계속되었다. 당시 분위기를 정지아 작가는 실화소설 『빨치산의 딸』(실천문학사, 상권 53p)에서 이렇게 증언하고 있다.

여수 14연대가 백운산 줄기인 반내골을 지나 지리산으로 입산한 후였다. 구장이던 할아버지는 동네 사람들과 의논해서 반란군에게 밥 한 끼를 해주고 고추장 된장 등속을 주었다. 할아버지는 좌익도 아니었고 동네 사람들을 살리기 위한 방편일 뿐이었다. 반란군이 지리산으로 철수한 다음에야 기세등등하게 반내골에 들어온 국군 토벌대는 부역했다는 이유로 할아버지를 처형했다. 할머니 말에 의하면 아랫동네 토금리에서는 그렇게 해서 한꺼번에 30여 명이나 토벌군에게 총살당했다고 한다.

―정지아의 실화소설 『빨치산의 딸』 중에서

  반란군은 세를 과시하기 위해서 매일 밤 백운산과 지리산의 높은 봉우리마다 봉홧불을 피워 올렸다. 멀리 몇십 리 밖에서도 밤이면 봉홧불을 볼 수 있었다. 오싹 전율이 느껴지는 장면이었다.
  당국에서는 산간지역 외진 독가촌이나 산속 암자에 철수 명령을 내렸다. 아무 이주 대책도 없이 그저 살던 보금자리를 비우고 떠나라는 것이었다. 누가 이 살벌한 분위기에서 그 명을 거역하겠는가. 우리 암자에서도 절을 비우고 짐을 싸야만 했다. 정처 없이 찾아간 아랫마을에서는 쉽게 거처를 찾을 수가 없었다. 한 암자 한 집안 식구들은 세 패로 나뉘어 방을 구하러 나섰다. 마을 전체를 다 뒤져서 겨우 두어 사람이 거처할 수 있을 정도의 좁은 방 한 칸을 구했다. 그래서 연세가 제일 많으신 우리 할머니가 그곳에 들기로 하고 나머지 윗방 할머니와 고달 할머니(곡성군 고달면이 고향인)는 이웃 마을로 방을 구하러 떠나가셨다.
  마을 윗춤에 우리가 들기로 한 방은 그 댁 머슴이 거처하던 비좁고 허름한 방이었다. 주인댁에서 딱한 우리 처지를 이해하고 머슴을 마을 사랑방으로 내보내고 비워준 것이다. 그런데 이 방은 첫날밤부터 온몸이 껄끄럽고 근지러워서 잠을 이룰 수가 없었다. 날이 밝아 벽을 살펴보니 구석

구석에 빈대가 우글거리고 있었다. 그래도 우리는 선뜻 방을 비워준 주인댁의 고마움에 그런 내색도 못하고 그저 감지덕지할 뿐이었다.

이런 와중에도 세월은 흘러 나는 초등학교 2학년이 되었다. 그 방으로 거처를 옮긴 다음부터 주인집 아이들은 책가방을 들고 학교에 갈 때 나는 어깨에 망태를 메고 야지의 부덕솔밭으로 솔방울과 나뭇가지를 주우러 다녀야만 했다. 그래야 아궁이에 불을 지펴 밥을 짓고 차가운 방을 데울 수가 있었기 때문이다. 암자에서 떠나올 때 쌀 몇 됫박 가져온 것은 얼마 못 가서 바닥이 나고, 할머니와 달순 상좌스님은 바랑을 메고 마을마다 동냥하러 다녔다. 스님이 절을 떠났으니 물고기가 물 밖으로 쫓겨난 격이었다.

부모 없는 설움보다도 더 지긋지긋하고 견디기 힘든 것이 배고픈 설움이었다. 이 고통은 직접 겪어보지 않고는 아무도 그 쓰라린 비극을 이해할 수 없을 것이다. 이때부터 나는 부모 없는 설움, 집 없는 설움, 배고픈 설움, 삼중고를 겪어야만 되었다.

산에는 길이 있네 6

죽 한 그릇에 목숨을 걸고

    할머니와 달순스님은 날이 밝는 대로 등에 바랑을 짊어지고 이웃 마을로 동냥을 나갔다. 나가실 때는 같이 나가지만 각자 따로 동냥을 다니기 때문에 날이 저물어 돌아오실 때는 시간차를 두고 따로 들어오셨다. 그러나 두 분 다 등에 짊어진 바랑이 가벼우신 것은 언제나 같았다.

    그때는 마을마다 대다수 주민들이 다 빈농이었다. 땅뙈기도 적고 농사짓는 기술도 일천해 논밭에서 얻어지는 소출은 빈약한데다 사흘이 멀다 하고 산에서 반란군들이 떼로 몰려와서 내일 아침꺼리까지도 다 털어가기 일쑤였으니, 동냥 오는 스님에게 인정을 베풀 여유가 없을 것은 당연했다. 그래도 날마다 동냥을 나가는 것은 혹 인연이 있어 후한 집을 만나면 죽 한 그릇이라도 얻어먹을 수가 있었기 때문이다. 날로 인심은 각박해져만 갔다. 어쩌다 마당가 감나무에서 땡감 하나 따주는 집도 드물었다. 어떤 집에서는 큰 개가 쫓아나와 짖어대며 물듯이 덤벼들어도 주인네는 멀거니 쳐다만 보았다. 좀 살만 해 보이는 기와집들의 인심은 더욱 야박했다. 어느 집에서는 동냥은커녕 돌아나오는 등에다 소금을 뿌리기도 했다.

할머니가 동냥을 나가시면, 나는 어린이용 지게를 짊어지고 마을 머슴들을 따라서 산으로 나무를 하러 다녔다. 할머니가 장날 사다주신 이 지게는 양 발목이 물소뿔처럼 비틀어져 있었다. 지게장사는 팔릴 것 같지 않아 구석에 처박아뒀다가 싼 물건을 찾는 할머니에게 보였고 할머니는 싼 맛에 사오신 것이었다. 머슴들은 내 지게가 새우젓 장사 지게처럼 생겼다고 해서 나를 새우젓 장사라고 놀렸다. 이래서 내 별명은 '중새끼'에서 '새우젓 장사' 하나가 더 얹혀졌다.

나는 날마다 중새끼, 새우젓 장사라는 놀림을 들어가며 머슴들을 따라다녀야만 되었다. 내 지게에 얹은 나뭇다발은 큰 까치집 정도에 불과했지만 처음 지게를 져본 나는 오리궁둥이를 하고 뒤뚱거렸다. 추운 겨울에 군불을 지피기에도 턱없이 부족한 양의 나뭇다발이었지만 산에서 내려오면 그것으로 아궁이에 불을 지펴 차가운 방바닥을 데워 놓고 아랫목에 앉아서 할머니를 기다렸다.

그럴 즈음이면 주인집 아들 응대가 학교에서 돌아왔다.

웅대는 "어머니"를 부르며 대문을 들어섰고 그 애의 어머니는 반가이 문을 열고 나와 "우리 아들 오는가"하면서 손을 잡고 들어갔다. 나는 매번 문틈으로 그 모습을 훔쳐보며 새삼 어머니가 그리워져 눈시울을 붉혔다.

할머니는 해거름에야 기진한 모습으로 돌아오셨다. 달순스님은 "아이고 다리야" 하면서 등에 짊어진 바랑을 벗으셨고 할머니는 먼저 나부터 살피셨다.

"우리 종안이 배 고프겠다."

당신도 피곤하고 허기가 질 텐데 나부터 챙기며 안쓰럽게 쳐다보시던 할머니의 얼굴에는 주름이 가득했다. 나는 할머니의 주름진 얼굴을 대하면 왜 그렇게 서럽던지, 왜 그리 눈물이 쏟아지던지…. 할머니는 울음을 터뜨리는 내 등을 다독여주시면서 달래셨다.

"울지 마라, 울면 더 배고프다."

달순스님은 우물에서 물을 한 양푼 떠다가 된장을 한 숟갈 풀어서 우리 앞에 한 그릇씩 내려놓았다. 할머니의 품에서 서럽게 울던 나는 콧속으로 스며드는 된장 냄새에 울음을 그치고 된장물을 벌컥벌컥 마셨다. 창자 속으로 된장물이 흘러 들어가면서 꼬르륵 소리를 냈다. 우리는 된장물 한 그릇씩으로 허기진 배를 달래고 긴 겨울밤을 지새워야만 되었다. 동네 어느 집에서 밥솥을 열면 그 구수한 밥 냄새가 솔곳이 콧속으로 스며들어왔다. 뱃속이 비면 그만큼 후

41

각이 예민해지는 모양이었다. 우리만 그토록 배가 고픈 것은 아니었다. 마을마다 못 먹어서 부황 든 사람들이 수두룩했으니 배고픔이 남부끄러울 것도 없었고 남다른 설움도 아니었다.

나는 나무하는 일을 일찍 마치는 날이면 호미를 들고 가을걷이가 끝난 고구마밭으로 이삭을 주우러 나갔다. 큰 밭 한 다랑이를 힘겹게 다 뒤져도 고구마쪼가리 서너 개가 고작이었지만 그것이라도 삶아서 우거짓국에 말아 먹으면 된장물보다는 꿀맛이었고 속이 든든했다.

동냥을 나가신 할머니가 저물도록 안 오시고 너무 배가 고프면 나는 어두워지기 전에 웃방할머니를 찾아갔다. 우리 마을과 웃방할머니가 사시는 동네 사이에는 큰 저수지가 있었고 높은 저수지 둑을 지나 논둑길을 건너다보면 옆으로 묘지가 드문드문 있었다. 눈앞으로는 반란군의 총알인지 경찰 유격대의 총알인지는 모르지만 '쾅' 총소리와 함께 빨간 불빛을 내뿜는 예광 탄환이 스쳐 지나는 일도 다반사였다. 그때는 날이 어두워지면 반란군과 경찰유격대 사이에 총격전이 자주 벌어졌고 유탄들은 의외의 지역으로도 많이 날아다녔다. 당국에선 마을마다 '밤에 총소리가 나면 일체 바깥출입을 삼가고 낮은 곳으로 몸을 엎드리라'는 주민 안전수칙을 내려보냈다. 내가 그런 위험을 무릅쓰고 웃방할머니를 찾아간 것은 허기를 견딜 수 없어서였다. 웃방

할머니는 논 두어 마지기가 있어 가을이면 소작인으로부터 쌀을 조금 받았기에 우리보다는 처지가 나았다. 내가 가면 으레 큰 국그릇에다 죽을 퍼주셨다. 나는 죽 한 그릇을 게 눈 감추듯이 비우고는 웃방할머니의 무릎을 밤이 이슥하도록 주물러드렸다. 그러면 신경통으로 고생하시던 웃방할머니는 입이 마르도록 나를 칭찬하셨다.

"아이구, 시원하다. 네 손이 약손이구나."

무릎을 주물러드린다는 명분으로 저녁이면 웃방할머니를 자주 찾아갔지만 배가 고프지 않았다면 그렇게 열심히 찾아가서 무릎을 주물러드렸을지는 의문이다.

허기가 총알보다 무섭던 시절이다. 죽 한 그릇에 목숨을 걸고 유탄이 날아다니는 밤길을 걸어가던 어린 시절을 나는 아직 내려놓지 못하고 있다. 삶은 이렇게 처절하고 애절하며 안타까운 것인가.

2부

집 없이 가난한 죄
해님은 아무런 말이 없었네
끝없는 부정들
무고죄의 공방
외로운 싸움
국회에 정보를 주다

산에는 길이 있네 7

집 없이 가난한 죄

　마을 아이들은 설이나 추석 명절이 돌아오면 좋아서 어쩔 줄을 모른다. 그도 그럴 것이 명절이 되어야 옷도 한 벌 얻어 입고 신발도 새로 한 켤레 얻어 신을 수가 있었다. 또 설에는 부모님에게 세뱃돈을 받아, 사고 싶은 학용품을 살 수가 있었다. 학교에 가면 친구들은 삼삼오오 모여서 서로 자기 학용품을 자랑하며 즐거워했다. 어떤 아이는 돈을 벌러 객지로 나간 아버지가 이번 설에 오면서 사다준 운동화라며 새 신발 자랑이 대단했다.
　나는 지게를 짊어지고 산으로 땔감을 하러 다니느라고 오랫동안 결석을 하다가 명절 무렵에야 학교에 한 번씩 갈 수 있었다. 다른 아이들처럼 자랑할 만한 것은 아무것도 없었다. 자랑은커녕 오히려 반 아이들로부터 너희 아버지가 우리 집에 동냥을 얻으러 왔더라고 놀려대는 수모를 당하기 일쑤였다. 창피해서 얼굴을 들 수가 없었고 학교에 온 것이 후회될 정도였다.

　당시는 월사금을 못 낸 아이들을 조회시간에 앞으로 불러내 꾸지람을 하고 집에 가서 가져오라고 돌려보내는 일이 자주 있었다. 선생님은 나에게도 집에 돌아가서 월사금을 가져오라고 했다. 집에 가봤자 돈이 없는 것을 뻔히 알고 있었으므로 논두럭 밑에서 시간이 지나길 기다렸다가 다시 학교로 가서 없어서 못 가져왔다고 거짓말을 했다. 뿐만 아니었다. 결석을 했기 때문에 언제 무슨 숙제를 내주었는지도 잘 모르는 나에게 숙제를 안 해왔다고 다른 아이들과 같이 벌을 주었고 교실 청소를 시켰다. 학교생활이 싫어졌으며 반 친구들을 만나는 것조차 두려웠다.

　모든 아이들이 그렇게 좋아하는 명절이 내겐 되레 더 큰 괴로움이었다. 찾아갈 곳도 없고 찾아와줄 일가친척 하나 없는 사고무친의 나는 더 깊은 소외의 늪에 빠져서 허우적댔다. 평상시 같으면 지게를 짊어지고 산으로 나무나 하러 가면 몸은 조금 고달프더라도 외롭다는 생각은 잊을 수가 있지만 명절 때는 동네 머슴들도 다 노는데 나 혼자만 산에 갈 수도 없는 노릇이었다.

　설 무렵에는 할머니나 달순스님도 동냥을 하러 나가시는 일을 잠시 쉬었다. 우리 세 식구는 좁은 골방 안에서만 지루한 시간을 보내야 했다. 집집마다 꽁닥꽁닥 떡방아를 찧는 절구질 소리가 들려왔고 전을 부치는지 구수한 기름 냄새가 담을 넘어왔다. 어린 나는 그저 입안에 쉴새없이 고이는 군침을 꼴깍꼴깍 삼키는 것밖에 할 일이 없었다.

어느 해 설날 아침, 좁은 방안에 앉아있기가 너무도 갑갑하여 아침 일찍 집을 나섰다. 우리 마을에는 당산나무가 웃당산과 아랫당산, 두 군데가 있었다. 윗당산은 마을 위쪽 언덕에 있어서 여름에나 더위를 식힐 겸 사람들이 찾아갈 뿐 찬바람이 나면 아주 한적했다. 나는 마을 가운데 있어서 사람들이 항상 북적거리는 아랫당산으로 갔다. 아이들이 놀러 나왔으려니 했지만 그날은 어쩐 일인지 아무도 보이질 않았다. 다만 동네 어른들이 나뭇가지에 매어놓은 그네만 바람에 한가롭게 흔들리고 있을 뿐이었다. 횡재한 기분으로 그네에 앉아 양손으로 그네줄을 잡고 발로 땅을 밀어 흔들거려보았다. 그동안 산에 땔감을 하러 다니면서 쌓였던 피로가 한꺼번에 풀리는 듯이 즐거웠다. 한참을 즐기고 있는데 골목에서 나보다 한 학년 밑인 수병이가 나타났다. 그는 나오자마자 대뜸 시비조로 소리치며 달려들었다.

"너, 왜 내 그네를 타고 있어? 이리 줘."

대부분의 마을 아이들은 나를 동냥이나 해먹고 사는 거러지쯤으로 업신여기고 있었다. 수병이도 그 중 하나였다. 내가 그네를 선뜻 내어주지 않고 버티자 수병이는 힘으로는 안 되겠다 싶었는지 형한테 이른다며 집으로 돌아갔다.

잠시 후, 수병이의 형제들이 쫓아나와 내 멱살을 잡고 뺨을 때리고 발로 차며 그네에서 끌어내렸다. 속수무책으로 얼마나 얻어터졌는지 모른다. 뜨끈한 코피가 흘러나왔다. 그제야 그들은 내 멱살을 놓아주고 돌아가면서 으름장을 놓았다.

"이 새끼야. 우린 오형제야. 그런디 니깟 중새끼가 감히 우리 형제를 건드려!"

너무도 기가 막혔으나 어디다 이 억울함을 호소할 곳도 없었다. 겨우 늙으신 할머니에게 고해 바치는 정도였다. 할머니는 얻어맞아서 부어오른 내 얼굴을 손으로 쓰다듬으며 말씀하셨다.

"종안아, 우린 지금 남의 마을에 와서 살고 있는겨. 항상 행동거지를 조심해야 쓴다. 남에게 이기려고 하지 하면 안돼야. 지면서 살아야 헌다. 난세를 살아가려면 헐 수 없다."

나는 억울하고 분한 마음을 억누르고 고개를 끄덕였다. 주름진 할머니의 얼굴이 어두워졌고 눈시울이 붉어졌다.

"부모 없이 불쌍헌 우리 종안이를 누가 이렇게 때렸어?"

뜨거운 눈물로 내 볼도 젖어들었고 그때 나는 슬픔이 외로움을 씻어내린다는 것을 처음 알았다.

수병이 형제들에게 맞은 자리엔 시퍼렇게 멍이 들었다.

나는 그 꼴을 사람들에게 보이고 싶지 않아서 인적 드문 윗당산이나 가볼까 하고 또 혼자 집을 나서던 중이었다. 주인집 아들 웅대가 내 뒤를 따라오며 딱지치기를 하자고 했다. 딱지가 한 장도 없었던 나는 싫다고 거절했지만 웅대는 학교에서 아이들에게서 따온 거라며 주머니에서 딱지를 한 움큼 꺼내어 자랑을 하더니, 나에게 몇 장을 건네면서 같이 놀자고 졸랐다. 마지못해 웅대가 꾸어준 딱지 다섯 장으로 딱지치기를 했다. 그런데 나는 지면 꼭 한 장씩을 웅대에게 줬는데 웅대는 내게 주지 않았다. 제가 꾸어준 딱지니까 안 줘도 된다는 것이 이유였다. 딱지치기는 얼마 못 가서 시비로 끝나고 말았다.

나는 웅대에게 도둑놈 마음씨 같다고 말했고 웅대는 왜 내가 도둑놈이냐며 항의하다가 제 분을 못 이겨 울면서 집으로 들어갔다. 나는 잠시 우두커니 서있다가 막 사립문을 들어서는데 웅대어머니가 기다렸다는 듯이 나를 불러 세웠다.

"너 이 놈, 우리집에 살면서 왜 우리 웅대를 울려서 보냈느냐? 또 그럴 것이여, 안 그럴 겨, 엉? 앞으로 한번만 더 그러면 우리집에서 못 살 줄 알어. 쫓아내뻐링팅개. 알겄냐?"

웅대어머니의 매몰찬 추궁에 나는 두 손을 모으고 무조건 잘못했다고 빌었다. 그래야 노여움이 풀릴 것 같았다.

"예, 잘못했습니다. 앞으로는 절대로 안 그러겠습니다. 한 번만 용서해주십시오."

만약 지금 우리의 처지에 이 집에서 쫓겨난다면 어찌되겠는가? 나를 먹여 살리려고 고달픈 노구를 이끌고 매일 동냥을 나다니시는 할머니의 노고를 생각하니 눈앞이 캄캄하고 땅이 꺼지는 듯 절망감이 가슴을 짓눌러왔다.

그날 밤, 나는 찢어진 문틈으로 새어 들어온 희미한 달빛에 얼굴도 모르는 부모님의 얼굴을 그려보며 곰곰 생각해 보았다. 내가 웅대어머니에게 비굴할 정도로 빌어야 할 만큼 크게 잘못한 게 무엇이었을까! 아무리 생각해도 크게 잘못한 것은 없었다. 웅대어머니가 집주인이었기에 어쩔 수 없이 빌어야만 되었고 이것이 지금 나의 애달프고 서글픈 현실이다. 잘못이 있다면 집도 없이 가난하게 사는 것이었다. 가난이 죄일까?

이후 되도록 동네 아이들이 모여서 노는 장소를 피했다. 혹시 골목길에서 아이들을 만나게 되면 미리 그들을 피해 있다가 가던 길을 가곤 했다.

동네에서 그래도 나랑 놀아주는 친구는 단 한 명, 심한 언어장애로 말을 못하는 두형이뿐이었다. 손짓이나 몸짓으로만 의사소통이 가능한 두형이하고 지내다 보니 나도 말보다 몸짓 언어를 익혀갔고 어디서나 먼저 몸짓을 하는 것이 습관이 되었다. 할머니나 달순스님하고 있으면서도 말보다는 몸언어를 먼저 쓰곤 했다.

어느 날 할머니는 놀란 듯 꾸짖으셨다.

"너, 그거 무슨 짓이냐?"

달순스님은 안쓰럽게 나를 바라보다가 타이르셨다.

"아이고, 두형이랑 노니까 저러지. 쯧쯧쯧, 너 이제 두형이하고 놀지 말어."

나와 놀아주는 친구는 두형이밖에 없다는 것을 할머니도 달순스님도 모르시는 것 같았다.

산에는 길이 있네 8

해님은 아무런 말이 없었네

　초등학교 때 마을 머슴들을 따라 산으로 땔감을 하러 다니느라고 몇 달씩 결석을 하다가 학년이 바뀌어서야 학교에 간 적도 한두 번이 아니다. 급우들이 있는 교실을 겨우 찾아가면 새 교실에는 내 책상이 없었다. 오랫동안 결석을 했기 때문에 책상마저 배정하지 못 한 것이었다. 겨우 내 자리를 배정받더라도 얼마 못 가 또 결석을 할 수밖에 없었다. 가을운동회가 가까워진 어느 날, 모처럼 학교에 갔더니 내가 결석했을 때 청군 백군이 정해져서 나는 청군도 아니고 백군도 아니었다. 청군 쪽으로 가면 아이들은 너는 청군이 아니라며 백군으로 가라고 하였고, 백군으로 가면 여기서도 청군으로 가라며 받아주지 않았다. 선생님에게 이야기를 해봤지만, 이미 운동회 프로그램에 따라서 각 팀별로 연습이 끝난 상태여서 아이들이 나의 합류를 싫어하니 어쩔 수가 없었다. 학급에서 천덕꾸러기인 나는 운동회 날에는 운동장 가의 버드나무 밑에 혼자 앉아서 구경을 해야만 했다. 그럭저럭 초등학교 6년을 마쳤지만 학교에서는 그동안 월사금을 내지 않았다고 졸업장도 주지 않았다. 그래서 지금까지 초등학교 졸업장이 없다.

초등학교를 졸업하던 해 봄, 마을에 관상을 보는 할아버지가 왔었다. 할머니는 그에게 내 관상을 봐달라고 부탁했다. 그는 내 얼굴을 한참이나 쳐다보더니 '이 아이는 명이 짧다. 명을 이으려면 먼 객지로 보내 고생을 시켜야 된다'고 했다. 이후 할머니는 나를 어디로 보낼 것인가를 고심하셨던 것 같다. 얼마 뒤 마을 어떤 집에 그 집 일가붙이라는 스님 한 분이 지나다 들렀다는 소문을 듣고는, 할머니는 그 스님을 찾아가 나를 데려가 달라고 부탁하셨다.

스님이 나를 데려간 곳은 여수 시내에서 그리 멀지 않은 조그마한 암자였다. 스님은 이 암자의 주지로 처자식을 거느리고 절에서 살림을 하는 대처승이었다. 할머니는 신심이 두터운 청정 비구니였지만 난리통에 쫓겨다니며 살다보니 경황이 없어 나를 대처승에게로 출가시키고 말았다. 말이 출가였지, 대처승 집의 종살이에 불과했다. 예비승려로서 갖추어야 할 사미계를 받고 경전공부를 하는 등 절차를 밟아 수행해야 하지만 절 분위기는 전혀 그렇지 않았다.

나는 이른 새벽에 일어나 절구통에 보리방아를 찧어 밥을 하고 상을 차려놓은 뒤 공양목탁을 치는 것으로 하루 일과를 시작했다. 주지스님의 며느리가 바로 곁에 살았지만 그는 공양목탁 소리를 듣고서야 아이들을 데리고 와서 밥만 먹고 가버렸다. 네댓 명의 아이들이 어질러놓고 가버리면 치우는 일이 여간 심난하지 않았다. 게다가 며느리는 내게 밥이 질다느니, 되다느니, 지청구를 자주 했다. 난생 처음 해보는 부엌일이라 아무래도 밥 짓는 일이 서툴 수밖에 없었던 데다, 꽁보리밥이라 더욱 물을 맞추기가 어려웠다. 나로서는 온 정성을 다해 성심껏 지었지만 아침엔 죽을 쑤고 저녁엔 고두밥이 되는 일이 다반사라 꾸중 들을 만도 했으나 며느리의 지청구는 어쩐지 듣기 싫고 야속했다.

　아침에 보리밥 한 술을 먹고 방을 치우기 바쁘게 절에서 경작하는 밭에 나가 일을 했다. 낫으로 풀을 베어내고 괭이로 땅을 팠다. 절에 일거리가 없을 땐 주지스님과 친하게 지내는 신도 집에도 가서 일을 해주었다. 신도 집에서는 돼지우리를 치우고 변소에서 합수를 퍼냈다. 똥물을 퍼담은 합수통을 작대기의 양 끝에 묶어 어깨로 메어 나르는 일은 참으로 힘들었다. 똥물이 옷에 묻지 않도록 아무리 조심해도 하루 종일 일을 하다보면 오후쯤에는 옷이 다 흠뻑 젖기 마련이었다. 석양이 되어 일을 마치고 떠나올 때, 신도는 나에게 수고했다고는 안 하고 주지스님에게 가서 고맙단 말을 전하라고만 했다. 처음 신도 집에서 합수를 푸고 오던 날, 나는 시내의 목욕탕으로 갔다. 옷을 벗고 목욕탕으로 들어가자마자 물을 받아놓은 탕 속으로 들어갔다. 그때 탕 안에 있던 손님 한 분이 버럭 소리를 쳤다.

"야, 이놈아. 저기 가서 몸을 씻고 들어와야지 그냥 탕으로 들어오면 어떡해? 너, 목욕탕에 처음 왔어?"

아닌 게 아니라, 산중에서 살아온 나는 대중목욕탕은 처음이었다. 너무도 무안해서 얼른 탕 밖으로 나왔다.

이런 고된 생활을 하면서도 할머니에게 얼마간의 돈을 얻어다가 야간 상업중학교에 입학하였다. 초등학교 때 많은 결석으로 뒤처진 성적을 보충하기 위해선 남다른 노력을 기울여야만 했다. 낮엔 일하고 밤엔 학교에 갔다가 돌아와 늦도록 공부를 하는 것이 결코 쉬운 일이 아니었지만 나는 이를 악물고 학업을 계속했다. 성적은 어느 정도 따라잡았는데 문제는 돈이었다. 학비며 학용품 등을 사는 것도 어려웠고 벼르고 별러 한 번씩 할머니에게 갈 때도 돈이 없어 으레 도둑기차를 타야 했다. 더러 푼돈을 얻어 쓸 만한 기회가 없진 않았는데 그마저도 주지스님이 허락지 않았다.

절에는 가끔 객승들이 묵어갔다. 그들 대부분은 부산에 가려고 여수에 왔으나(당시엔 전라도에서 부산을 가려면 여수에 와서 배를 타야했다) 배를 놓쳐 하룻밤을 유숙하려고 절을 찾은 것이었다. 그 객승들이 가끔 내게 술심부름을 시켰고, 내가 시내에 나가 술과 안주를 사다주면서 남은 돈을 내놓으면서 학비에 보태 쓰라고 하는 경우가 있었다. 그러나 주지스님은 아이들 버릇 나빠진다면서 내게서 돈을 받아 객승에게 돌려주곤 했다. 나는 서운하고 야속해 눈물이 핑 돌 지경이었다.

가난한 절이니 먹을 게 풍족할 리 만무했다. 날마다 소처럼 고된 일을 하면서도 항상 배가 고팠다. 당시 절에서 하숙하는 수산전문학교 학생들이 세 명 있었는데, 그 중 한 학생이 시골의 본가에 다녀오면서 찐 고구마를 가져와서 주었다. 마침 배가 고프던 참이라 허겁지겁 먹어치웠다. 빈속에다 제대로 씹지도 않고 먹은 게 화근이었다. 급체하여 뱃속이 요동치기 시작했다. 나는 온 방을 기었고 굴렀다. 절 안에는 여러 식구들이 있었으나 아파서 쩔쩔매는 나에게 아무도 관심을 갖지 않았다. 원래 대처승은 불쌍한 중생은 안 보이고 처자식만 눈에 보인다는 말이 있는데, 그 말이 그때처럼 실감난 적은 없었다. 보다 못한 학생들이 나를 들쳐업고 병원으로 갔다. 주사를 맞고 약 처방을 받자 거짓말처럼 통증이 사라졌다. 병원에 들어설 때는 업혀왔으나 나올 때는 내 발로 걸어나왔다.

다음날도 뱃속은 안 좋았지만 내색도 못하고 또 힘든 일을 해야만 했다. 마침 겨울이 다가오고 있었으므로 선창가엔 월동용 장작 시장이 열렸다. 그맘때면 섬에서 배로 실어온 장작을 선창가에 쌓아두고 파는 것이었다. 나는 지게도 없어 새끼줄로 멜빵을 만들어 장작을 져 날랐다. 꼬박 삼 일 동안 그 일을 했다. 그렇지만 막상 추운 겨울이 되자 내가 자는 방은 불을 때지 않아 냉방이었다. 덮고 잘 이불도 없어 법당의 방석을 가져다가 배 위만 덮고 새우잠을 잤다. 밤마다 견딜 수 없이 추워서 할머니를 찾아가서 말씀을 드렸더니 할머니는 아끼던 반쪽짜리 미제 쪽담요를 내주셨다. 그 담요는 지리산에서 공비들이 마을에 내려와서 불을 질러 온 동네가 타버렸을 때 정부에서 화재를 입은 가정에 미제 담요를 반 장씩 잘라 구호품으로 준 것이었다. 그 쪽담요를 가져와 덮으니까 그나마 견딜만 했다. 그런 지 한 달쯤 되었을까. 야간학교에서 수업을 마치고 돌아와 보니 방에 두었던 쪽담요가 보이지 않았다. 내 전 재산을 잃은 것처럼 허전하고 서운했지만, 물어볼 만한 사람도 없고 찾을 길도 없었다.

그 후 2년이 지난 초겨울, 절집 며느리가 아기를 업고 마당으로 들어서는데 포대기가 눈에 확 들어왔다. 그것은 틀림없이 내 방에서 없어진 쪽담요였다. 직감적으로 내 담요를 알아봤으나 그런 말을 입 밖에 낼 수 없었다. 주지스님의 며느리에게 밉보이면 절에서 내 처지가 더욱 곤란해질 것은 불을 보듯 뻔했기 때문이다.

동네의 신도들은 낮에 그토록 힘든 일을 하면서도 밤마다 야간학교에 다니면서 공부하는 내 모습을 지켜보다가, 절에 오면 주지스님에게 말하였다.

"스님은 참 좋은 일도 하십니다. 불쌍헌 아이를 데려다가 공부까지도 시키시고요?"

그럴 때마다 곁에 있던 스님의 며느리가 말을 받았다.

"하면요. 지가 배우려고 허니까 가르칠 수 있는 데까지는 가르쳐야지요!"

그러나 절에선 나에게 연필 한 자루 사준 적 없었다.

언젠가 지나가던 객승이 고생하는 내 모습을 보고는 안되었던지 부산의 범어사라는 절을 찾아가면 승려로서 제대로 된 공부를 할 수 있을 것이라고 귀띔해주었다. 부산의 범어사를 찾아가고 싶은 마음 간절했으나 노자가 없었다. 가끔씩 야간학교에 가는 척 보따리를 싸들고 선창가로 가서 혹시 배를 몰래 탈 수 있을까 해서 부산 가는 뱃전을 기웃거리기 시작했다. 그러다가 선표 검사원에게 들켜 뒷꼭지에 군밤세례만 받고 쫓겨나길 몇 번, 검사원은 먼발치로 내 모습만 보여도 또 도둑배를 타려고 온 줄 알고 미리 경계를 하였다. 나는 연거푸 부산행 배를 타려고 시도했지만 번번이 실패했고, 결국 부산행을 포기하고 천대를 견디면서 대처승 절집 머슴 같은 생활을 계속했다.

지금 생각하면 내가 그때 그런 천대를 받으면서도 참고 견뎌왔던 공덕으로 내 짧은 명이 이어져서 아직까지 살아온 것이 아닌가 싶기도 하다.

어쩌면 내 운명이 바뀔 수도 있었던 부산행. 그 배를 끝내 타지 못한 것이 아직도 아쉽다. 왜 못 탔을까? 내 노력이 부족했기 때문일 수도 있고, 내 운명이 이미 그렇게 짜여졌기 때문일 수도 있다. 당시의 그 고되고 고된 날들, 나는 일을 하다가 하늘을 우러러보곤 했었다. 그러나 하늘을 가로지르는 해님은 산이든 들이든, 바위에게든 나에게든, 그저 해맑은 빛을 내리쬐어줄 뿐이었고 때가 되면 달님에게 자리를 내어주면서 아무런 말씀이 없으셨다.

산에는 길이 있네 9

끝없는 부정들

　여수 대처승의 절에서 행자생활은 아무래도 희망이 없어 보였다. 벌써 6년째 생활하고 있는데도 승려로서 기본적인 교육이나 예의범절 등을 가르치지 않았다. 그저 자고 일어나면 일만 시켰다. 명색이 절집에서 상좌라는 명목으로 생활하는 나에게 승복 한 벌 해주는 법도 없었다. 옷이라고는 내가 푼푼이 모아두었던 돈으로 시장에서 사온 검정물 들인 헐렁한 군복뿐이었다. 지금은 여수의 돌산이란 섬이 다리가 놓여 육지화되었지만 당시엔 배를 타고 건너야 했었다. 겨울에는 그 섬까지 가서 나무를 해다가 때곤 했다. 나는 여러 날을 생각한 끝에 절을 떠나기로 결심을 했다. 짐을 챙겨들고 스님에게 하직인사를 드렸다.
　"저, 이제 고향으로 갈랍니다."

나는 처음으로 엄하기만 한 스님을 정면으로 쳐다보았던 것 같다. 방안에서 골패짝을 만지고 있던 스님은 그제야 얼굴을 들고 나를 쳐다보며 무심히 대답했다.

"그래라. 가고 싶으면 가거라."

그의 대답은 너무도 선선했다. 차리고 나선 내 행장에서 말릴 수 없는 의지가 보였던 것일까. 그래도 고향에 돌아갈 여비쯤은 주겠지, 기대를 했었는데 그럴 기미는 보이지 않았다. 그는 이내 눈길을 돌려 계속 골패짝만 만지고 있었다. 이 대처승에게서 집에 돌아갈 여비를 바랐던 것은 내가 너무도 순진했던 바보였기 때문이 아닌가 싶었다.

고향 구례에 6년 만에 돌아오니 반란군들은 모두 소탕이 되고 옛날의 평온을 되찾고 있었다. 피난살이를 하면서 겪었던 그 지긋지긋했던 고난과 서러움은 이제 하나의 추억으로만 가슴 속에 남게 되었다. 할머니는 옛날에 사시던 그 암자에서 생활하고 계셨다. 나는 부처님께 예를 올리듯이 할머니께 공손하게 인사를 드렸다. 내 인사를 받고 난 할머니는 무겁게 입을 떼셨다.

"너도 이제는 나이도 먹고 했으니 비구니 처소에서 같이 살 수가 없다. 아래 큰절로 내려가서 은사스님을 정하고 스님 노릇 잘하도록 하여라. 특히 세상을 살아가면서 어렵고 힘들다고 부정한 일에 쉽게 물들지 말고 정직하게 살거라. 지금 내가 헌 말을 명심하고 꼭 지키도록 하여라. 알겠냐?"

항상 인자하시고 너그러우시던 할머니였으나 이때의 말씀은 엄격하고 단호하였다.

나는 할머니의 말씀대로 아래 천은사로 내려가 새로 은사스님을 정하여 사미계를 받고 스님 노릇을 시작하였다. 그러나 이때는 아직 불교정화가 이루어지기 전이어서 이곳 역시 대처승들이 절을 운영하고 있었다. 나는 여수에서의 경험으로 처자식만을 생각하는 대처승이 싫었지만, 어쩔 수 없이 대처승 앞으로 입적을 하게 되었다. 이것은 어쩌면 내 운명인지도 몰랐다. 그래도 이곳은 독살이를 하는 여수와는 달리 여러 스님네들이 공동체생활을 하고 있어서 규율이 있고 질서가 있었다. 새벽에 일어나면 불전에 예불을 드리고 나서 모두 빗자루를 들고 도량을 청소하였다. 아침 공양이 끝나면 특별히 대중 운력이 없는 한 각자 자유시간이었다. 사찰 규모는 그리 크지도 적지도 않았다. 아담하고 여성적인 정취가 느껴지는 도량으로 선방이나 강원을 운영해도 손색이 없을 정도였으나 그런 기구는 운영되지 않고 있었다.

나는 여유 있는 시간에 염불을 하고 매일 종무소에 배달되어오는 각종 신문을 탐독하였다. 신문에는 역사, 과학, 종교, 철학 등 여러 분야의 지식을 종합적으로 습득할 수 있는 문이 열려있었다. 내 방에는 국어사전과 옥편이 준비되어 있었다. 그리고 이때는 절에 고등고시 공부를 하는 학생들이 많이 와있었다. 방학 때면 서울대, 고려대, 연세대 등 유수한 대학의 법과생들이 많이 찾아왔고 법대를 졸업하고 고시공부를 하는 사람들도 있었다. 그 중에는 이미 판사 검사로 재직 중인 친구를 둔 이도 있었다. 나는 이 학생들과 형제처럼 친하게 지내면서 많은 대화를 나누었고 내 인생의 진로에 대해서도 자문을 받았다. 어떤 학생은 스님으로 일생을 마치는 것보다 같이 법률 공부를 해서 법관이 되어보면 어떠냐고 내게 고시공부를 권하기도 했다. 당시 사법시험 제도는 대학 졸업장이 없어도 보통고시에 합격하면 고등고시에 응시할 수가 있었다.

　나는 그의 지도 하에 고시 공부를 위한 서적을 사다놓고 보통고시 시험 준비를 시작하였다. 이러한 내 계획은 아무도 눈치채지 못한 나만의 비밀이었다. 목표를 달성하기 위해서 나는 반란군들 때문에 소개되어 아직도 비워두고 있는 깊은 산속의 '상선암'으로 처소를 옮기면서 본격적으로 고시 공부를 시작했다. 달 밝은 밤이면 가까운 골짜기에서 짐승들의 울음소리가 들려왔다. 이 산속에서 꼬박 2년을 보내고 3년째를 맞고 있었다. 내 까까머리는 더벅머리가 되어 어깨를 덮었다. 산속에 지천으로 자생하고 있는 약초를 캐어다가 말려서 건재약국에 가져가면 비싼 값에 사주어서 그 돈으로 식량을 사왔다.

　이렇게 산속에서 혼자 공부삼매에 젖어있던 나에게 어느

날 선배인 학림스님이 찾아왔다. 스님은 절에 큰 문제가 생겼으니 어서 내려가서 그 일을 해결하기 위해서 같이 노력을 하자고 내 손을 잡아끌었다. 큰 문제라는 것이 어떤 것이냐고 묻자 대답 대신 손에 들고 왔던 신문기사 쪽지를 내밀었다. 1964년 11월 22일자 동아일보였다. 대문짝만 한 머리기사와 7단기사가 한눈에 들어왔다.

　　수해복구 구실로 허가량의 수십 배
　　합법 가장한 도벌 과벌
　　위조 검인까지 찍어 반출
　　업자 배후에는 전 최고위원

나는 직감적으로 현재 진행되고 있는 사찰 산판에 부정이 있고 그것이 사회적으로 크게 말썽이 되고 있다는 것을 짐작할 수 있었다. 학림스님은 또 이런 이야기도 들려주었다. 주지는 62년, 63년, 2차에 걸쳐 1천트럭 분량의 임목을 처분하면서 시세의 절반도 못 되는 헐값에 수의계약으로 절친한 업자에게 주어 사찰에 막대한 손해를 입혔는데 이번 '64년'에도 9천 8백 54입방미터(2천 트럭분량)의 목재를 그 업자에게 전과 같은 헐값에 수의계약을 해주려고 서두르고 있다는 것이었다. 그리고 주지는 사찰에서 이런 문제를 따지고 나설 만한 사람들을 미리 손을 써서 다 자기 사람으로 만들어 한통속이 되어있으니 이 속 터지는 말을 할 만한 사람이 없어서 산 속의 내게까지 찾아왔다고 했다.

독한 마음을 먹고 공부를 시작했는데 포기할 수도 없고 그렇다고 사중에 이런 심각한 문제가 있다는데 나 몰라라 수수방관만 하고 있을 수도 없는 노릇, 진퇴양난이었다. 고심 끝에 학림스님의 제의를 받아들이기도 결심을 하였다. 사찰의 재산 손실을 막기 위해서 외롭게 고군분투하시는 학림스님을 생각하니 내 개인 공부를 하기 위해서 산속에 있다는 것이 부끄럽게 생각되었다.

짐을 싸들고 학림스님과 함께 큰절로 내려왔다. 우선 진행되고 있는 산 속 현장을 한번 살펴보았다. 흙과 돌만을 사용해 길을 닦아야 할 산판도로에는 아름드리 원목을 잘라서 길바닥에다 즐비하게 깔아놓았고 그 위로 벌채된 원목을 실은 트럭들이 지나다니고 있었다. 산길 전구간이 그 지경이었다. 길바닥에 깔린 목재만도 몇만 재가 되는지 알수가 없었다. 이런 일들은 절 주지의 묵인 없이는 이뤄질 수 없는 일이었다. 일단 사찰의 집행부를 의심을 갖고 살펴보니 사중에 부정한 일들이 한두 가지가 아니었다. 우선 벌채된 임목에서 목재용으로 원목을 잘라내고 그 끝부분 5치미만을 후단목이라고 부르는데 이 후단목 값은 원목의 몇분의 일밖에 안 되었다. 그런데 이 후단목 더미 속에는 한결같이 원목들이 많이 섞여있었다. 무심히 살펴보면 허가를 얻어서 벌채를 했고 사찰과 계약을 해서 정당한 값을 지불하고 싣고 가는 목재로 생각하기 쉽지만 알고 보면 비싼 목재를 싼값에 팔려나가는 후단목에다 섞어서 반출을 하고 있으니 사찰에 그 손해가 얼마나 크겠는가.

애초에 업자는 허가량보다도 몇 배가 많은 나무를 벌목하였고 주지는 이를 묵인하고 있었다.

이 사실을 동아일보는 64년 12월 19일자 머리기사로 다뤘다.

천은사 사찰림 사건
과벌에 업자 결탁
주지 관련 여부조사

3단 기사였다. 이런 사실들이 상식적으로 생각해서 주지 개인에게 아무런 이익 없이도 이루어질 수 있었겠느냐는 것이 의혹의 초점이었다.

나는 큰 절에 내려간 지 얼마 후 아침 공양 끝에 정식으로 대중회의를 요구하고 이 문제에 관해서 주지스님에게 해명해줄 것을 요구하고 나섰다. 계를 받은 지도 얼마 안 되어 아직 중물도 덜 들어있는 내가 이런 사찰의 중대 문제를 거론하고 나서자 삼직(총무, 교무, 재무) 스님들은 어안이 벙벙한 모양이었다.

"그런 문제는 우리 종무소에서 알아서 할 것이니 자네가 나설 바가 아니여."

주지스님 대신 총무스님이 변명하고 나섰다.

"종무소에서 하신 일에 의혹이 있으니 해명을 해달라는 것입니다."

나도 물러서지 않았다. 그러자 이런 내 돌출행동이 어른 스님들에게는 건방지고 주제넘게 보였는지 죽비를 들고 있던 임원스님이 죽비를 세 번 쳐서 회의를 산회시키고 각자 자리에서 일어나 밖으로 나가도 아무도 이의를 제기하지 않았다.

나는 다음날 아침 공양 끝에 또 어제와 같이 그 문제를 제기하고 나섰다. 주지스님은 다음날부터는 대중방에서 같이 공양을 하지 않고 자기방으로 따로 상을 차려다 공양을 들었다. 나는 물러서지 않고 주지스님 방으로 찾아갔다. 주지스님은 마을 속가로 내려가버렸다. 다음날부터 삼직 스님들은 매일 결재서류를 들고 주지스님 집을 찾아가야만 되었다.

이렇게 되자 주지스님과 한통속이 되어있던 대중들은 나를 좋은 인상으로 쳐다보지 않았다. 당시 절에는 머슴이 세 사람이나 있어서 각자 스님들의 방에다 군불을 때주었는데 내 방에는 군불은커녕 땔나무도 주지 않아서 내가 산에 가서 나무를 해다가 때야만 되었다. 주지스님 측에서 나를 적대시하면 할수록 나는 사찰의 문제점을 더욱 따지고 들었다. 나는 학림스님의 제의에 따라서 진정서를 작성해서 서명을 받기 시작하였다. 예상대로 절 안에서는 한 사람도 받을 수가 없었다. 좀 가깝게 지내던 젊은 스님들도 진정서 서명에는 난색을 표했다.

나는 사찰 승적부에 승적만 올려놓고 마을 속가에 내려가서 생활을 하고 있던 재가 스님들을 찾아다니며 서명을 받았다. 그러자 주지스님 측에서 또 이를 저지하고 나섰다. 누구를 막론하고 돈 앞에서는 모두가 체면을 잃어가고 있었다. 특히 돈에 취약한 것이 대처승들의 특성인 것 같았다. 서명을 한 사람들도 하룻밤 자고 나면 서명을 취소하려고 나를 찾아왔다. 서명을 취소한다는 사람이 더 나오기 전에 나를 포함한 다섯 사람의 서명으로 진정서를 대통령과 각부 장관들 앞으로 발송하였다.

산에는 길이 있네 10

무고죄의 공방

　사회적인 경험이 전혀 없었던 나는 진정서를 서울 중앙 부처에 제출하면 중앙에서 수사관들이 직접 내려와서 조사해줄 것으로 생각했다. 그러나 진정서를 접수한 중앙 각 부처에선 하나 같이 내무부 치안국(지금 경찰청)을 거쳐 구례경찰서로 수사 지시가 내려왔다.
　첫 번째로 수사 지시가 내려온 것은 청와대였다. 나는 진정서를 보낸 진정인으로서 경찰서에 가서 참고인 진술을 해야만 되었다. 그것이 내가 생전 처음으로 경찰서 출입을 해본 것이었다. 지방 관내에서 어떤 사건이 발생하면 되도록 조용히 해결하고자 하는 것이 공무원들의 습성인데 대통령에게까지 진정서를 보내서 수사 지시가 내려왔으니 경찰서에서 나를 보는 시선은 곱지 않았다. 나에게 진술을 요구하는 조사계 형사의 태도는 마치 흉악범을 잡아다가 조사하는 것처럼 말씨나 태도가 거칠었다. 안경을 쓰고 육중한 체격의 박 형사는 첫 대면부터 인상을 찌푸리고 진정서 내용과는 상관이 없는 문제로 나를 괴롭히기 시작했다. 즉, 자기가 알기로는 나는 이미 절에서 승적이 제적되었기 때문에 승려가 아닌데도 왜 절에서 붙어있으면서 계속 말썽을 피우느냐는 것이었다.

그가 지적한 '내가 승적에서 제적되었다'는 것은 이런 내용이었다. 내가 산속에 있다가 학림스님의 권유로 본사(本寺)로 내려와서 두 번째로 대중회의를 요구하고 주지스님에게 산판의 의혹에 대해서 설명해줄 것을 요구했을 때 주지스님은 내 질문에는 들은 척도 않고 또 전날과 같이 자리에서 일어나 밖으로 나가려고 하였다. 그래서 내가 나가려는 주지스님의 팔을 잡아당겨 방석 위에 주저앉게 하는 일이 벌어졌다. 그러자 대중의 분위기가 어수선해졌고 방 아랫목에 앉아계시던 나의 은사스님은 아무 말씀 없이 밖으로 나가셨다. 이때 주지스님은 나의 은사스님을 목청껏 부르기 시작하였다.

"일우스님, 일우스님, 이 놈이 나를 이렇게 해도 뭐가 좋아서 가만히 보고만 있소?"

자기에게 무례하게 구는 나를 꾸짖어주지 않는 데 대한 원망인 것 같았다.

"일우스님이고 뭣이고, 내가 묻는 질문에 책임 있는 답변을 해주십시오."

나도 맞고함을 질렀다. 이때 한마디 나의 실수. 존경해야 할 은사스님을 "일우스님이고 뭣이고" 이렇게 말했던 것이 불경죄에 해당한다고 하여 교적부에서 내 이름 석 자를 빨간 볼펜으로 그어놓고는 승적에서 제적되었으니 앞으로는 사찰 일에 간섭하지 말라고 우기고 있었다. 이 사실을 형사가 어찌 그새 알고는 지적하고 나선 것이었다.

"형사님, 내가 승적이 제적되었으니 사찰 일에 간섭할 수가 없다고요? 그러면 지나가는 길손은 눈에 보이는 주변의 부당한 부정행위를 지적할 수가 없다는 말씀이십니까?"

내가 되묻자 형사는 대답하지 않고 또 다른 문제를 지적하고 나섰다. 진정서 내용에는 사찰 주지가 업자와 공모 결탁했다는 내용이 있었다. 형사는 이 공모 결탁했다는 문구를 지적하며 증거를 대라고 요구했다. 주지스님은 공모 결탁한 사실이 없다고 하니까 그 물증을 대라는 추궁이었다. 하긴 공모 결탁하고 있는 장면을 사진 찍어둔 것이 없고 녹음해둔 것이 없으니 무엇으로 결정적인 증거는 댈 수 있겠는가.

"결과적으로 나타나있는 현실이 공모 결탁하지 않고는 있을 수 없는 일이었기 때문에 진정서에 그렇게 썼습니다."

나는 이렇게 대답할 수밖에 없었다.

"그것은 어디까지나 그럴 수도 있을 것 같다는 개연성이지 확증은 아니야. 또 당사자가 공모 결탁했다고 시인을 하면 모르지만 강력히 부인을 하고 있으니 진정서를 낸 네가 그 증거를 찾아야 하지 않겠어? 만약에 그 증거를 대지 못하면 너를 무고죄로 구속할 수밖에 없어."

형사의 추궁이 추상같았다. 어떤 사건의 진정인이 단서를 제공하면 수사기관은 그 진실을 밝혀내기 위해 최소한이라도 노력을 기울여 조사를 해야 한다. 그게 법치와 치안이 유지되는 사회이다. 형사는 계약 자체부터 시세의 절반도 못 되는 헐값으로 수의계약을 해준 주지에 대한 의혹은 덮어둔 채 나에게 공모 결탁의 결정적인 증거만 내어놓으라고 호통을 쳤다. 손에 들고 있던 물건이라면 이것 보시오, 하고 당장 내놓겠지만 이런 경우 누가 그걸 내놓을 수 있겠는가. 진정인인 나를 그토록 겁박하는 것은 포기하도록 하려는 꼼수임에 틀림없었다.

당시 주지가 부당하게 체결했던 계약 사실을 1964년 11월 25일자 경향신문은 5단 머리기사로 이렇게 지적하고 있었다.

사찰림 관리 엉망
헐값으로 수의계약

벌채 승인도 맹목적이고

형사는 나에게 오전 9시까지 경찰서로 나오라고 해놓고 시간 맞춰서 가면 바쁜 일이 있으니 기다리라고 하기 일쑤였다. 나는 하루 종일 점심도 굶은 채 한쪽 구석에서 기다리다가 저녁 늦게야 진술조서를 받기 시작했다. 그러나 나의 조서는 공모 결탁했다는 결정적인 증거만 대라는 추궁 앞에 별로 진전이 없었다.

"의심은 갔지만 확실한 것은 잘 모르고 했다고 대답하면 빨리 끝날 수가 있겠는데…."

형사는 나를 생각하는 척 생색을 내며 대답할 말을 유도하기도 했다. 그러나 나는 주장을 굽히지 않았다. 실랑이 속에서도 시간은 흘러 밤 12시가 되자 돌려보내주면서 다음날 또 일찍 나오라고 하였다.

다음날 경찰서 형사실에 도착하니 이번에는 내가 법무부 장관과 내무부 장관 앞으로 보냈던 두 건의 진정서 서류가 내려와서 그의 책상 위에 놓여있었다. 형사는 나를 보자마자 버럭 고함부터 질렀다.

"야, 너 이런 것 몇 군데다 보냈어? 하고 싶으면 한 군데나 할 것이지 이게 뭐야? 너 같은 놈 한 놈만 더 있으면 경찰서가 두 개는 더 있어야 되겠다. 경찰서가 네 개인 것인 줄 알아?"

형사는 서랍 속에서 또 다른 서류를 꺼내 내 앞에 던졌다. 주지가 나를 무고혐의로 고소를 했다는 것이었다. 아예 나를 피의자로 취급하는 그의 태도는 전날보다 더 거칠고 강압적이었다.

무고죄란 형법 156조에 명시되어 있다. 상대방을 형사처벌이나 징계처분을 받게 할 뚜렷한 목적으로 사실이 아닌 것을 허위로 기재하여 신고했을 때 성립되는 목적범인 것이다. 형사는 이 무고죄의 범주에 나를 끌어넣기 위해서 애를 쓰고 있었다. 내가 공모 결탁의 결정적인 증거를 제시하지 못하자 나를 구속시킬 만한 결정적인 꼬투리를 찾기에 혈안이 되어있었다. 그의 질문은 점점 집요해지기 시작했다.

"네가 대통령에게 보낸 진정서 내용이 다 사실로 밝혀졌을 때 주지는 상을 받아야 되겠냐? 아니면 벌을 받아야 되겠냐?"

내가 만약에 벌을 받아야 된다고 대답을 하면 벌을 받게 할 목적으로 진정서를 보낸 것이 아니냐고 추궁할 것이 뻔한 유도심문이었다. 나는 이렇게 답변을 하였다.

"상을 받을지 벌을 받을지 그것은 법에 따라서 당국에서 알아서 할 일이지 내가 거기까지 관여하고 싶진 않아요."

"그러면 무엇 때문에 이렇게 여러 군데다 진정서를 보냈어?"

형사의 눈빛이 매섭게 나를 쏘아보고 있었다.

"그것은 삼보재산이 관리소홀로 함부로 처리되고 있어서 재산손실을 막기 위해서였습니다."

나는 끝까지 주지스님에게 형사책임을 물을 뜻이 없었음을 밝혔다. 내 대답에 형사는 법리적으로는 자기 뜻대로 안 되겠다 싶었는지 실망하는 표정이 역력했다. 실제로 이때 진정서에 같이 서명을 했던 몇 년 선배인 주종구 스님은 형사의 이 유도심문의 벽을 넘지 못하고 구속이 되었었다.

나는 형사의 무리한 유도심문에는 묵비권으로 대응하는 수밖에 없었다. 그러면 형사는 고함을 질렀다.

"대통령에게까지 진정서를 보낸 똑똑한 놈이 왜 말을 못해? 지금 나하고 장난치자는 거야, 뭐야?"

뿐만 아니라 손에 들고 있던 볼펜을 책상 위에다 던지고는 나에게로 돌아와서 주먹으로 때리고 발로 찼다. 당시 조사경찰관의 위세가 얼마나 당당했는지 신문기사를 통해서 알아보자.

1964년 12월 1일자 경향신문 4단 머리기사다.

경찰에서 취재 방해
도벌사건 특파기자 피의자로 연행 5시간 심문

취재기자를 이렇게 대한 경찰에서 피라미 같은 나쯤이야 어떻게 했겠는가는 짐작이 되리라. 크게 죄지은 일 없이 법에 보장되어있는 묵비권을 행사했다고 해서 얻어맞고 보니 나는 눈앞이 캄캄했다. 산판의 부정을 밝히는 것도 중요하지만 이런 인권유린을 시정하는 일도 중요하다는 생각이 들었다. 뇌리에서는 인생이란 한번 태어나면 언젠가는 죽는다는 생각이 번개처럼 스쳐갔다. 나는 형사를 노려보며 자리를 박차고 일어났다.

"나, 너에게 맞아가면서는 진술을 못하겠다. 이 사건 검찰로 넘겨라."

나는 작심하고 그가 나에게 거친 반말을 했던 것처럼 나도 반말로 소리치고는 형사실을 빠져나왔다.

형사는 경찰서 정문 앞에까지 따라나오며 나를 말렸으나 나는 뒤도 돌아보지 않고 검찰청이 있는 순천행 버스에 몸을 실었다. 검찰청에 도착했을 땐 이미 직원들은 다 퇴청을 하고 난 뒤였다.

나는 문방구에 들러 필기도구를 사가지고 순천역 대합실에서 밤을 새우며 고발장을 썼고 다음날 검찰청 민원실에다 고발장을 접수시켰다.

형사를 고발하고 절로 돌아왔다. 어제까지도 극락보전 법당 앞에서 타박하게 자라고 있던 손목 크기의 영산홍 나무가 보이지 않았다. 공양주 보살에게 그게 어디 갔느냐고 물었다.

"아, 그거요. 주지스님께서 서장님께 선물했어요. 주지스님하고 서장님이 친구처럼 친하대요."

　공양주의 이런 답변 속에는 주지가 서장하고 친하다는 것을 과시해서 내가 주지의 부정행위를 경찰서에 고발하는 일에 주눅이 들게 하려는 의도가 다분해 보였다. 절에서는 공양주나 머슴까지도 주지와 한통속이 되어 주지편을 들고 있는 형편이었다. 그러나 서장과 주지가 친구처럼 친하다는 것을 드러내 내게 소외감을 주려던 공양주의 의도는 무지한 오산이었다. 나는 주지의 부정행위를 정부에다 진정서를 냈고 주지는 나를 무고혐의로 고발을 한 상태인데 관할 서장이 그 한편에서 선물을 받았다면, 그것은 뇌물의 성격으로 볼 수 있는 여지가 충분했다. 나는 이 사실을 또 편지에 적어 검찰청으로 부쳤다.

　경찰서에서는 자주 나에게 출석요구서를 보내왔다. 나는 경찰서 요구에는 응하지 않고 버티었다. 후일 알게 된 일이지만 그때 나에게 배달되었던 출석요구서는 내가 검찰청에 접수시켰던 고발 사건을 처리하기 위해서 검찰에서 형사와 나를 같이 불렀기 때문에 경찰에서 보낸 것이었는데 내가 출석하지 않자 형사 혼자서만 경찰청에 다녀온 모양이었다. 후일 검찰청에서 직접 출석요구서가 와서 검찰청에 출석하였다. 내 사건을 담당한 검사는 양춘용 검사였다. 진술은 주로 검사 입회계장에게서 받았다. 검찰청 분위기는 차분하고 친절한 편이었다.

※천은사

　천은사는 신라 흥덕왕 3년(828년)에 덕운조사가 창건하여 승풍을 진작하여 왔으나 일제강점기 때 대부분의 승려들이 대처화하여 대처승의 처소로 운영되어 오던 중, 1954년 5월 20일 이승만 초대 대통령의 불교정화 유시 발표를 기화로 비구승 측에서 대대적으로 불교정화 운동을 펼치면서 대처승들이 운영하던 사찰을 접수하고 나서자 절을 뺏기지 않으려고 순천 선암사, 구례 화엄사, 천은사 등 3개 사찰이 연합으로 법원에 소송을 제기하여 법원의 판결에 따라서 들고나가는 악순환을 계속하여 왔었다. 그러다 1962년에 문교부 주선으로 불교 통합종단이 구성되어 전국 사찰들의 지루하고 소모적인 법정 싸움을 종식시킬 묘책으로 대처승일지라도 진행 중인 소송을 취하하라고 통합종단에 사찰을 등록하면 기득권을 인정해준다는 중재안이 나와서 사찰을 등록하고 조계종 간판 아래서 계속 대처승들이 사찰을 운영하고 있었다.

『조계종사 근 현대편』 226~7 p 참조(조계종 출판사 간)

산에는 길이 있네 11

외로운 싸움

　나는 권력의 비호를 받으며 불법을 일삼는 산판의 비리를 신고했다는 이유로 사찰 내에서 뿐만 아니라 좁은 고을은 물론이고 경찰서, 군청, 교육청 등 관공서에서까지도 미움을 받아야만 했다. 우선 경찰서에선 내가 정부에 제출했던 진정서 처리 문제로 골머리를 앓고 있었고 군청은 산림 벌채의 주무기관으로서 말썽이 없기만을 바라고 있었는데 내가 언론에 정보를 주어 천은사 산판의 비리문제가 자주 신문에 보도되고 있었기 때문이다. 또 교육청은 불교재산관리법에 의해서 문교부가 불교종단의 감독기관이었기 때문에 그 하부기관으로서 군내에 있는 모든 사찰들을 감독을 해야 할 책임이 있었다.

　동아일보에선 1964년 12월 18일자 다음과 같은 제목 하에 5단 머리기사를 실었다.

천은사 벌채 승인에 흑막
교육청과 업자가 결탁 서류 전달해주고 기부금 뒷흥정

제목이 말해주듯 비리를 감시해야 할 감독기관에서 오히려 그 감독권한을 악용해 이권만을 챙기는 것을 신랄하게 고발하는 내용이었다.

그들 입장에선 그 문제를 끊임없이 시비하는 내가 곱게 보일 턱이 없었다. 그러나 나는 그들의 눈총 같은 것을 염두에 둘 만큼 한가하지 못했다. 군내 유지급 인사들이 지역 국회의원을 앞세워서 천은사에 산판 벌책권을 달라고 요구하고 나섰으니 나로선 그게 더 심각한 문제였다. 명분은 벌책권을 주면 이익금으로 지역 숙원사업인 여자 중고등학교를 설립하겠다는 것이었다. 실제로 유지들은 자기들끼리 동료인 안보진 씨를 산판일의 적임자로 선정해 놓고 이 문제를 구체적으로 추진하고 있었다.(구례유지 김홍준 저 『지리산 소나무로 살다』p241 참조 한국기록연구소 간) 교육사업을 앞세운 영향력 있는 지역 유지들의 요구를 천은사는 무시하기가 어려운 처지였다. 그러나 주지로서는 1차 산판 때부터 기존 업자와 맺어온 인과 관계도 결코 가벼운 것이 아니었다. 주지는 고심 끝에 업자와 상의하여 산판일의 진척에 따라서 일정 금액을 유지들로 구성된 학교 설립 육성회 측에 희사하기로 하고 이 문제를 매듭지었다. 이런 관계에 있던 지역 유지들은 산판에 부정이 있든 없든 산판일이 잘 되어가기만을 학수고대하고 있었는데 내가 자주 산판에 시비를 걸자 그들의 눈에도 내가 지역 교육사업을 방해하는 훼방꾼으로만 보였을 것이다. 자연히 지역 사회의 여론도 나에게 불리하게 조성되어가고 있었다. 내 개인적으로는 아무런 이해득실이 없는 일임에도 내가 발 벗고 나서자, 그들은 나를 남 잘되는 일에 배가 아파서 방해나 부리는 불량배쯤으로 평가 절하하였다. 나는 여론 따위는 개의치 않았다. 정의에 대한 사랑과 부조리에 대한 분노랄까. 그 시절 나는 적어도 내 주변의 사회 문제에 뜨겁게 고심하였다. 그리고 정의를 사랑하는 더 많은 이들이 나의 이 같은 행보에 공감해줄 것이라 믿었고 청정한 우주의 기운이 나를 돕고 있다고 굳게 믿었다. 그 믿음 덕분에 나는 조금도 위축되지 않고 더욱 씩씩한 모습으로 움직일 수가 있었다.

천은사 1차 산판은 62년도에 순천지역에서 발생한 폭우 피해가옥의 복구 용재를 이유로 벌채 허가가 났으나, 2차 산판은 오베자층 피해목으로 구제의 여지가 없었으므로 농림부의 연차 계획에 의해서 수종 갱신을 위한 것이었으므로 나무의 대소곡직(大小曲直)을 막론하고 전부 다 벌채를 하도록 허가가 났다. 하지만 산판 업자는 이런 규정을 무시하고 크고 곧은 나무만을 골라서 베어갔다. 둥치가 큰 나무가 톱질에 넘어지면서 그 사이에 서있던 작은 나무들을 치어 중둥이 부러지는 등의 피해가 속출했다. 이런 희생목이 수천 수만 주에 이르렀으니 사찰의 손해가 얼마나 크겠는가. 이런데도 사찰 집행부나 군청에서는 눈을 감고 있었다.

말리는 사람은 나 혼자뿐이었으니 업자는 어느 개가 짖느냐는 식으로 반응했다. 할 수 없이 나는 이 사실을 문제 삼기 위해서 카메라를 빌려다 증거 사진을 찍었다. 산판 현장 책임자는 나에게 달려들며 죽일놈 살릴놈 난리를 피웠고 너 하나쯤 병신을 만들어도 돈 얼마면 해결된다면서 대놓고 협박을 일삼았다. 심지어 카메라 렌즈에 눈을 대고 서 있는 내 쪽으로 경고 한마디 없이 나무를 베어 눕히기도 했다. 내가 재빠르게 그곳을 피하지 않았더라면 어떤 불행한 일이 벌어졌을지는 자명했다. 산판 현장에는 타지에서 온 힘깨나 쓰는 난폭한 젊은이들이 많았다. 업자는 이들을 시켜 나에게 시비를 걸게 했다. 덩치 큰 젊은이들이 왜 남의 현장에 와서 일을 방해하느냐면서 몽둥이를 휘두르기도 했다. 다행히 나는 어려서부터 산속에서만 살아왔기에 움직임도 빠르고 체력도 그들 못지않아서 방어는 할 수 있었다.

그렇게 어렵사리 찍은 사진을 뽑으려고 구례읍 사진관에 가서 카메라를 맡겼다. 다음날 사진을 찾으러 갔더니 사진관 주인은 내가 사진을 잘 못 찍어서 필름이 전부 먹통이 되어 한 장도 뽑지 못했다고 했다. 정성껏 찍은 사진이 왜 그렇게 되었던 것일까. 사진관 주인의 말은 사실이었을까. 지금껏 풀리지 않은 수수께끼다.

그즈음 업자 측에서는 나에게 몸조심하라고 위협을 하면서도 한편으로는 필요한 것이 있으면 말하라는 식으로 은근슬쩍 회유공작을 펴왔다. 그 중에서도 특히 강진 사람 김씨가 제일 집요하게 접근해왔다. 그는 업자의 서기 일을 보고 있었으며 민주당 정권하에서 장관을 지냈던 김모 의원의 비서관을 지냈던 사람이었는데, 나를 볼 때마다 업자의 배후를 잘 알기 때문에 하는 말이라면서 나에게 자중할 것을 강권했다. 부디 산판이 끝날 때까지만 천은사를 떠나 객지에 가 있으면 생활비는 충분히 보장해주겠다고도 했다. 그러나 진정한 승려라면 바랑 하나 짊어지면 전국 어느 사찰을 가나 가는 곳이 다 내 집이요 내 처소인데 그까짓 생활비 때문에 내 의지를 팔겠는가.

나는 호랑이를 잡으려면 호랑이굴로 들어가야 된다는 말처럼 우선 그를 통해서 업자의 부정에 대한 비밀을 알아볼 생각으로 그 권유를 들어줄 것처럼 시간적인 여유를 달라고 했다. 그 뒤부터 그를 볼 때마다 오히려 내가 더 반갑게 인사를 하며 접근했다. 그와 나는 서로 접근의 동기는 달랐으나 겉으로는 친숙한 사이가 되었다.

그러던 어느 날, 우리는 조용히 만났다. 나는 작정하고 말문을 열었다.

"우리 인생이란 되돌릴 수 없는 일회성인데, 태어나서 먹고 살기 위해 돈만 벌면서 적당히 즐기다가 생을 마친다면 너무도 허망한 일입니다. 우리는 남과 같이 평범하게 살지 말고 좀 더 가치 있는 일을 생각해봅시다. 한 순간만이라도 정의와 진실을 위해서 고민한다면 그 또한 가치 있는 일 아니겠습니까?"

그는 서먹한 표정으로 한참 뜸을 들이다가 입을 열었다.

"사실 나는 조금 부끄러운 이야기지만 그간 살아오면서 정의나 진실 같은 문제는 별로 생각해본 적 없어요. 오늘 임 선생을 만나서 좋은 이야기를 들었습니다."

반응이 기대이상이었다. 그 후로도 우리는 자주 만났다. 업자의 서기와 사찰의 승려라는 입장을 떠나 순수한 인간으로 만나면서 서로 신뢰가 쌓였다.

어느 날, 내가 묻지도 않았는데 그는 산판의 비리에 관한 소중한 정보를 털어놓았다. 업자가 벌채 허가된 9천 8백 54리방미터(2천 트럭분)보다 배가 많은 임목을 도벌하였다는 것이었다. 내가 산판일에 간섭하고 나서자 업자는 도벌을 한 많은 양의 임목을 어떻게 처리할 것인가를 지금 고민 중이라는 것이었다. 이 부정 사실을 털어놓는 것이 정의와 진실에 부합된 삶인 것 같아서 고민 끝에 이야기해준다는 그의 표정은 매우 진지했다. 그간 업자가 어느 정도는 도벌했을 것이라고 나도 짐작은 했었지만 그렇게 많은 양일 것이라고는 상상도 못했었다. 그러나 아직 산판일이 진행 중이라 검척이 끝나지 않았으므로 얼마가 더 도벌되었다고 주장하고 나설 단계는 아니었다. 도벌한 양을 밝혀내기 위해서는 반출증도 없이 원목을 싣고 나가는 것을 철저히 감시해야만 했다. 나는 매일 눈만 뜨면 산판을 오르내리며 각종 불법을 감시했고 특히 생산된 원목을 업자에게 넘겨주는 인도검척을 할 때는 꼭 빠지지 않고 참석하였지만 나 혼자의 몸으로는 자로 말구(직경)를 재는 쪽을 감시하고 그것을 장부에다 옮겨 기록하는 것을 동시에 감시하기에는 역부족이었다. 정말로 뜻을 같이할 동지가 아쉬웠다.

처음 나를 이 일에 끌어들였던 학림스님도 이 무렵에는 나를 만나기를 꺼려하고 있었다. 나는 때로 생명의 위협을 느끼면서까지 이 일을 계속해야만 되는가, 회의도 했다. 그러나 그때마다 내가 여수에서 왔을 때 천은사 큰 절에 내려가서 스님노릇 똑바로 잘하라고 당부하시던 할머님의 말씀이 떠올랐다. 경종이 된 그 말씀 덕분에 매번 나는 바로 설 수가 있었다.

업자는 인도검척이 끝난 원목을 실어내기 시작하였다. 나는 모든 일을 중단하고 사찰 앞에 임시로 마련된 검문소에 나가서 경찰관과 함께 매 차마다 반출증의 유무를 확인하였다. 이렇게 함으로써 반출증도 없이 원목을 싣고 나가는 것은 막을 수가 있었으나 1천 5백재의 반출증으로 그 이상 3천 재까지도 신고 나오는 과적 차량이 문제였다. 그것은 매 차마다 검척을 하지 않고서는 알 수가 없는 일이었다.

나는 수십 트럭 중에서 하루 한 대씩만 정확하게 재적을 검척해보자고 주제 경찰관에게 요구하였다. 경찰관은 반출증 유무만 확인하면 되는 것이지 더 싣고 가거나 덜 싣고 가는 것은 사찰과 업자와의 관계이므로 경찰의 소관이 아니라고 발을 뺐다. 그러나 원목 반출은 규정상 반출증에 기재된 재적 이상은 더 싣고 가지 못하게 되어있었고 그런 것을 감시하기 위해 임시검문소가 설치된 것이었다.

나는 경찰관에게 과적 차량을 묵인하는 것은 직무유기가 아니냐고 따지면서 끝까지 거절을 하면 고위층에다 또 진정서를 내겠다고 으름장을 놓았다. 경찰관은 반출증에 기재된 양보다 더 되는지 덜 되는지를 어떻게 아느냐고 되물었다. 그와 나는 나오는 차량을 세우고 더 된다, 덜 된다, 시비를 했고 그 와중에 앞뒤로 10여 대의 트럭이 밀리게 되었다. 몇 대의 트럭은 차주까지 따라다녔다. 그들과 운전수들이 합세하여, 왜 남의 사업을 방해하느냐고 나에게 달려들었다. 일촉즉발의 살벌한 분위기가 조성되었다.

그러나 나는 기왕에 이렇게 시끄럽게 된 마당에 어떻게든 경찰관 입회하에 재적 위반 사실을 확인받기 전에는 물러서지 않을 결심으로 자동차 앞에 드러누워버렸다. 그들은 필사적으로 나를 끌어내려 했고 나는 그들을 피해서 자동차 밑으로 기어들어갔다. 내가 조금도 물러설 기미를 보이지 않자 경찰관이 타협안을 제시했다. 여기서 이럴 것이 아니라 원목을 내려놓은 역전으로 나가서 거기서 검척을 하자는 것이었다.

차주들과 운전수들도 모두 그렇게 하자고 사정을 해왔다. 나는 비로소 기어나와 트럭을 타고 역전으로 나갔다. 역전 광장에 닿자마자 대기하고 있던 인부들이 달려들어 원목을 내리고 한 편에서는 메어다 화차에 실었다. 나는 재적을 확인해야 한다고 소리치며 인부들을 말렸으나 그들은 당신이 우리에게 노임을 주느냐는 식으로 콧방귀를 뀔 뿐이었다.

그들은 원목 한 트럭을 내려서 화차에 실어주는 데 얼마씩을 받기로 하고 조를 짜서 대기하고 있던 고용된 인부들이었다. 나는 다리 건너편의 파출소로 달려가서 경찰관에게 매달렸다. 경찰관은 천은사 검문소와 읍 파출소 관할을 거쳐 오면서 과적 사실이 없다고 반출증에 사인을 받아왔는데 무엇 때문에 여기서 또 그것을 확인해야 되냐면서 거절하였다. 그래도 나는 꼭 검척을 해보자며 경찰관의 손을 잡아끌었다. 경찰은 화를 냈다.

"다리를 건너 저쪽은 승주군예요. 우리 관할이 아니라고요. 정 그러면 순천경찰서에 가서 얘길 하던지. 경찰관을 이렇게 잡아끌면 공무방해죄라는 것 알아요, 몰라요?"
나는 완전히 속고 말았다.
 허탕을 치고 역전에서 천은사까지 40여 리의 길을 터벅터벅 걸어서 절반쯤 가고 있을 때였다. 트럭 한 대가 화목처럼 위장을 하고 원목을 싣고 나오고 있었다. 나는 트럭을 세우고 무슨 나무인가를 확인하려고 했는데 트럭은 쏜살같이 앞으로 달아났다. 나는 먼지 속으로 달아나는 트럭을 죽어라고 달려가서 뒤꽁무니에 매달렸다. 팔에 힘이 빠지면 내려서 뛰었고 다리가 아프면 또 매달렸다.
 끝까지 따라가서 차가 멈춘 곳을 확인하니 경찰서 모 과장의 관사였다. 나는 그것을 확인하고는 읍 파출소로 달려가서 경찰관에게 부정 임산물이 한 트럭 있으니 적발해달라고 신고를 하였다. 그 사이 나는 잘 알고 지내는 지방지 기자에게도 이 사실을 전화로 알렸다. 사무를 보고 있던 경찰관은 수갑을 챙겨들고 내 뒤를 따랐다. 그러나 경찰관은 그 집이 누구 집이라는 것을 확인한 다음 내 손을 꼭 잡으며 오히려 살려달라는 식으로 사정을 해왔다.
 나는 역전에서 속았는데, 여기가 경찰간부의 집이라는 것이 확인된 이상 도저히 물러서지 않으리라 결심했다. 신문기자까지 나와서 지켜보고 있으니 경찰관은 더욱 난처한 입장이었다. 어느새 어떻게 알았는지 읍에서 나와 친하게 지내던 사람들까지도 다 동원되어 와서 경찰관과 함께 한

번만 봐달라고 사정을 하였다. 그러나 먼지를 뒤집어쓰고 차 꽁무니에 매달려왔던 내 의지를 꺾을 수는 없었다.

나는 경찰관에게 자로 목재를 하나하나 재어서 보관증을 해달라고 요구를 하였으나 그는 날도 저물고 하니 대충 하자면서 7자에 7촌으로 60본을 과장을 대신해서 보관증을 써주면서 제발 받아달라고 사정을 했다.

나는 산판의 과적 차량을 적발해서 확인증을 받으려고 나섰으나 엉뚱하게도 경찰서 과장에게서 부정 임산물 보관 증만을 받아들고 반겨주는 사람 하나 없는 싸늘한 내 처소로 돌와와야만 했다.

산에는 길이 있네 12

국회에 정보를 주다

산판의 비리를 신고하려는 나를 적극 제지하고 나서던 강진 김씨가 오히려 나에게 협조자로 돌아선 것은 정말로 거짓말 같은 현실이었다. 나에게 몸조심하라고 위협까지도 서슴지 않았던 그가 비밀리에 부정에 대한 정보까지 귀띔해주면서 협조에 나서게 된 것은 천우신조와 같은 일이었다.

그가 제공해준 허가량보다도 배도 더 되는 임목을 도벌한 사실을 과거에 그가 모셨던 야당중진 정치인을 통해 국회에서 문제 삼도록 만들고 싶었다. 그를 설득하기 시작하였다. 당시 그 정치인은 5.16군사 정권에 의해서 정치 정화법으로 묶어놓아 정치활동은 중단하고 변호사로 법률사무소를 운영하고 있었으므로 동료 야당 정치인들과의 정보교환은 자연스러울 것 같았다. 내 제의에 강진 김씨는 처음에는 큰일 날 소리라며 펄쩍 뛰었다. 나는 포기하지 않고 끈질기게 설득했다.

"미력한 나도 사회의 부조리를 그냥 놔두고 볼 수 없어 이렇게 애를 쓰는데 지성인이신 선생님 같은 분이 어찌 그렇게 무심하십니까? 도와주십시오. 정의로운 사회건설에 이바지하는 것이 이 시대의 남아로 존재 이유가 아니겠습니까?"

결국 그는 내 손을 잡아주었다. 내 언변이 그리 대단치는 않았지만 사심 없는 진실이 통한 것 같았다. 이후 나는 그와 만나는 일을 전과 같이 남들 앞에서 떳떳하게 할 수가 없었다. 되도록 남의 눈에 띄지 않도록 각별히 조심하면서 두 번 만날 일을 한 번으로 줄였다.

우리는 마침내 의기투합하였다. 그는 산판업자에게 군에 있는 아들의 면회를 간다는 이유를 대고 한 달치 월급을 가불해 서울행 기차표를 샀다.

김씨와 나는 설레는 마음으로 서울행 기차에 몸을 실었다. 전 정권에서 장관을 지냈던 김모씨는 안암동 로타리의 단독 주택에서 검소한 생활을 하고 있었다. 우리가 들어서자 안주인이 커피를 내어왔고 김 장관은 찾아온 용건을 물었다. 산판의 엄청난 부정 사실을 낱낱이 설명하고 업자의 배후에는 전 최고위원을 지냈던 유력한 인사가 연루되었다는 설이 공공연히 떠돌고 있다고 털어놓았다. 특히 지방의 수사기관에서는 아무리 정보를 주어도 오히려 정보를 제공한 사람에게 탄압만 가해지고 있을 뿐 부정 사실은 은폐되고 있으니 국회 차원에서 무슨 조치가 있도록 선처를 해달라고 간곡히 요청하였다.

그는 몹시 분개한 표정으로 내 손을 꼭 쥐어주었다.

"아직 나이도 어린 젊은 스님이 그동안 고생이 많았겠소."

그분의 친절을 통해서 최선을 다해보겠다는 무언의 약속을 믿을 수가 있었다. 그의 집을 나온 우리들의 발걸음은 날듯이 가벼웠다. 강진 김씨는 아들의 부대가 있는 강원도 홍천으로 떠났다. 나와의 동행을 은폐시키기 위해서였다.

나는 혼자 구례로 내려왔다. 서울에 다녀오느라고 이틀간 보이지 않던 내가 다시 나타나자 군내 분위기는 다시 긴장되었다. 당시 군내 모든 기관의 영향력 있는 인사들은 모두가 다 천은사 산판에서 화목이라는 명목으로 원목을 한 트럭씩 얻어 가기를 원하고 있었으나 내가 경찰서 모과장의 관사까지 찾아가서 부정임산물보관증을 받아왔다는 소문이 돌자, 그들에게 나는 눈엣가시 같은 존재였다. 산판에서 부정을 일삼던 인부들도 점심때 도시락을 먹으면서 밥을 한 술 떠서 허공에다 고시레하며 내 이름을 부르고는 오늘 그 사람 만나지 않게 해달라고 소원을 빈다는 소문이 떠돌 정도였다.

　서울에 다녀온 며칠 후 심한 몸살을 앓았다. 열이 나서 몸이 불덩이 같았으며 머리가 깨어질 듯 아팠고 목은 노끈으로 졸라맨 듯 갑갑했다. 눈을 감으면 비몽사몽간에 악몽으로 시달렸다. 혼자 동분서주하며 쫓아다닌 것이 무리였던 모양이다. 사중 사람들은 저놈 잘 되었다는 표정뿐 누구 한 사람 약 한 첩 지어다주는 이가 없었다. 무거운 고독 속에서 자꾸만 눈물이 울컥울컥 쏟아지려고 했고, 간간이 정신을 잃고 헛소리를 했다. 어려서부터 사찰에 몸 담아 갖가지 고생을 해가며 살아왔던 결과가 이것인가. 어쩌면 피어보지도 못하고 이대로 시들어버리는 풀잎과 같은 신세가 될지도 모른다는 생각으로 자꾸만 서러워졌다.

　그렇게 실의에 차 있던 내게 기쁜 소식이 전해져왔다. 드디어 지리산 도벌 사건이 국회에서 말썽이 일기 시작하였다. 64년 11월 17일자 동아일보 「팔각정」기사를 읽어보자.

　　이건 역사적인 사건입니다. 공산당보다도 더 중한 역적입니다. 이 사건에 관련된 모기관의 고위 간부가 의외의 인물일지도 모른다는 믿을 수 없는 풍설이 이날 아침부터 갑자기 국회 주변에 퍼지자 여야의원들은 더욱 분격 예산심의에 앞서 이 사건을 미리 다루어야 한다고 주장하기도 했는데 공화당 권○○ 위원장까지도 이 사건을 계기로 전국적인 산림부정 사건을 뿌리째 뽑겠다고 단단히 벼르는가 하면 김○○, 박○○. 김○○ 의원 등 야당출신 농림위원들은 경우에 따라서는 차○○ 농림에 대한 불신결의까지도 내릴지 모르겠다고 다짐. 민주당 대변인을 겸한 박○○ 의원은 한국을 망하게 하는 것은 이런 도벌 사건이라고 개탄….

이렇게 국회에서 지리산 도벌 사건이 말썽이 일기 시작하자 산판업자는 매일 그 증거를 없애는 데 눈코 뜰 새가 없었다. 당시 산판업자는 반출증도 없이 위조검인까지 찍어 원목을 실어냈다고 64년 11월 22일자 동아일보는 주먹만 한 활자로 이 사실을 폭로하고 있었다.

나는 이 중요한 시기에 몸이 아파서 자리에 누워있게 된 것이 한없이 안타까웠다. 이때 천은사 도벌 사건을 취급해 준 각 신문의 전체 횟수는 42회를 기록하고 있었다. 다음과 같은 제목이 특히 눈에 띄었다.

―천은사림 허가량의 수십 배 (11월 22일 동아)
―부처님이 울겠다. 사찰임도 억망 (11월 22일 조선)
―까까중머리 천은사림 (12월 10일 경향)

그러나 입법기관인 국회와 언론에서만 이렇게 도벌사건을 떠들고 있었을 뿐 말단 기관의 수사 결과는 여의치 않게 돌아가는 눈치였다. 조사를 한다고 한참 법석을 떨고 난 수사본부의 수사 결과는 1백 7만 6천여 재(일천 트럭 여 분)의 임목이 더 남벌되었음을 밝혀내기는 하였다. 그러나 이것은 도벌도 아니고 누구의 잘못도 아니라는 변명으로 도벌업자를 두둔하고 나섰다. 즉 천은사의 임목은 곧고 키가 크기 때문에 재적이 더 증가된 상승목(上昇木)이라는 궤변으로 단 한 사람도 문책하지 않고 무혐의로 끝나고 말았다. 유전무죄가 입증된 셈이었다. 여기 64년 11월 22일자 경향신문 전남판에는 이런 사단 머리기사가 보도되었다.

—인간송충이 토벌공전만. 정보줘도 수사부진 거물급 하나도 못 잡아

사찰에서 문교부에 제출한 금액 사용승인신청서의 내용만 보더라도 이 사건의 내막을 짐작하게 한다. 여기에 그 문안을 요약 옮겨본다.

천은제21호
수신 : 문교부 장관
(…) 그간 지리산 도벌 사건으로 작업이 일시 중지되어 순천 지청장의 진두지휘하여 도경수사과장을 비롯 각 부처로부터 경찰관을 증원, 도 산림과장과 같이 벌채지를 조사하였던 바 뚜렷한 도벌 사실을 발견하지 못하였으며 재적이 초과된 원인을 확인하기 위하여

임목 2주를 베어 실재 검척을 실시하였던 바 천은사의 임목은 본말동대목(本末同大木)으로 실 원목이 1백 11%까지 생산된다는 것이 판명되었다.

이에 초과된 1백7만6천2백59제에 대한 목대금 4백30만5천 원을 별첨 사업계획서에 의하여 사용코저 허가를 신청하오니 허가하여 주실 것을 앙망하나이다.(…)

천은사 주지 김ㅇㅇ

1965년 6월

서있는 나무 한 주를 100%로 볼 때, 목재 가치가 없는 지엽 및 지단목(末口5치 미만)을 제외하고 나면 실 원목은 아무리 많아야 80%를 넘을 수가 없는 것이다. 그래서 산림 벌채를 허가할 경우에는 실 원목의 생산량을 75%로 보고 허가를 해주는 것이 상례이다. 그런데 이번 수사 결과는 원목이 1백 11%까지 생산되었다고 했으니 명백한 도벌 사실을 봐주기 위해서 옹색하게 둘러댄 자유당 때 4사 5입 개헌만큼이나 기발한 아이디어가 아닐 수 없었다. 백보 양보해서 수사 결과를 이해한다고 치자. 그렇다면 무엇 때문에 이렇게 재적이 많이 증가할 수 있는 상승목이었는데도 애초에 그 무한 면적에서 임의대로 벌채를 하도록 지역을 설정해 주었더란 말인가? 결코 도벌도 아니고 과벌도 아니라고 조작해서 발표할 수밖에 없었던 산림 당국의 고민이 여기에 있었다. 행정적으로 도벌을 방조해주고 있었던 주범격인 도 산림 당국의 기지로 실시되었던 수사 결과였으니 고양이에게 생선가게를 지키라는 식의 뻔한 수사 결과였다. 여기 64년 11월 20일자 동아일보는 다음과 같이 보도했다.

(…) 3백만 재 벌채에 따라 1백 5십만 원의 커미션이 산림 당국과 거래되었다는 유력한 근거에 따라 관계자들을 수배했다. (…)

이어 경향신문도 11월 22일자 기사를 실었다.

김씨는 천은사 산림을 깎아먹기 위해서 전 전남도 산림과 근무 최○○씨를 외교원으로 고용 농림부 당국자와 결탁 오배자 피해목 벌채를 구실 삼아 도벌을 했다는 것이다. (…)

사찰로부터 도벌목에 대한 초과금액 사용허가신청을 받은 문교부는 그해 8월 26일 문예사 1074-1호로 그를 승인하여주었다. 이 초과 금액사용 승인을 통해서 불교재산 관리를 총괄하고 있던 문교부까지도 천은사 산판의 도벌 사실을 명백하게 인지하게 된 셈이었다. 이것은 그동안 모두에게서 쌀자루를 쫀 쥐처럼 미움만을 받아왔던 나의 노력이 없었더라면 산판의 부정을 방조해오며 도벌 사실을 극구 부인해오던 사찰 집행부(주지)가 제대로 목대금을 환산

해서 정식 사찰 수입금으로 접수를 했었을지는 의문이 아닐 수 없는 일이었다.

그러나 산판업자가 도벌을 한 임목은 이보다도 훨씬 더 많았다. 그 증거는 원목으로 처리되었어야 할 목재를 초 지단 목에다 섞어서 수백 트럭이나 실어냈고 쓸모없는 화목이라는 명분으로도 목재를 날마다 수십 트럭씩 실어냈으며 도로를 개설하면서 수만 재를 땅 속에다 묻어두고 있었다. 여기에 원목이 넘어지면서 중동이 부러진 수만 주의 희생목을 포함하면 강진 김씨가 제공해준 허가량의 배도 더 되는 3천트럭 분량의 임목이 도벌되었음이 명백하였다.

이 무렵 나는 뜻밖에도 군소집 영장을 받게 되었다. 당시 나는 군에 입대할 정정들이 남아돌아서 보충역으로 편입되어 있었는데 주변에서 사람들의 수군거리는 소리가 내가 곧 군에 가게 된다는 말이 떠돌고 있어서 면사무소 호병계를 찾아가봤더니 3일 후로 다급하게 소집영장이 발부되어있었다. 최소한 30일 전에는 본인에게 소집영장이 전달되어야 함에도 불구하고 왜 그때까지 면사무소에서 낮잠을 자고 있었는지 모를 일이었다.

너무도 갑작스러운 일이라 어떻게 된 일인지 알아볼 겨를도 없이 나는 1965년 6월 16일 군에 입대하게 되었다.

100 사진은 깊이 찾다

3부

주지 임명을 받고 나서
산에는 길이 있더라
다시 순환 속에서
심원(深遠)에 들다
지었던 집을 뜯기고
오가는 인연들
연재를 마치며

산에는 길이 있네 13

주지 임명을 받고 나서

 군 소집 영장을 받고 내가 구례를 떠나가자, 부정을 저지르려는 사람들은 얼마나 좋아했을까. 갈가마귀떼가 참새 한 마리의 시체를 두고 서로 쪼아 먹으려고 쟁탈전을 벌이는 듯한 현상이 벌어질 것만 같았다.
 나는 2년 반, 즉 30개월의 군복무를 무사히 마치고 1967년 12월에 육군 병장으로 전역하여 다시 천은사로 돌아왔다. 어머니의 얼굴도 모르는 천애고아인 나는 나를 그렇게도 싫어하던 이 천은사 외에는 머리를 숙이고 찾아갈 만한 곳이 없었다.
 내가 다시 구례에 돌아왔을 때 지역 선배 한 분이 나를 찾아왔다. 그는 나를 보자마자 죽을죄를 지었으니 용서를 해 달라며 내 손을 붙잡았다. 무슨 영문인지 몰라 무슨 일이냐고 물었다. 그는 내가 군대에 안 가도 될 것을 군청 병사계장의 실수로 군에 입대해 고생하고 왔다면서 그 병사계장을 대신해서 용서를 빌러 왔다고 했다. 자기의 잘못을 변명하거나 숨기지 않는 것만도 고마운데 진심으로 뉘우치고 참회하는 빛이 역력했다. 그 순간, 내 가슴속 응어리는 풀려 나갔고, 병사계장의 과오도 다 덮어주고 싶어졌다. 내가 만약에 그 일을 떠들고 일어나 문제를 삼으면 병사계장은 면직을 당할지도 모를 일이었다. 그렇게 되면 그 가족들의 고통이 얼마나 크겠는가. 측은한 생각마저 들었다.

나는 일언지하에 군에 입대하는 날 그 모든 것을 다 잊었노라 했다. 병사계장에게도 아무 걱정하지 말고 마음 편히 지내라 전해달라고 외려 위로하면서 선배를 돌려보냈다.

제대 몇 개월 전부터 이런저런 공상들로 불면증이 생겨서 제대로 잠을 자지 못했던 탓에 건강이 좋지 못한 상태였다. 천은사에 돌아온 다음, 이제는 사찰에서 무슨 일이 생겨도 무관심하고 오직 건강만을 생각하며 살 결심으로 '일체무관 오직 건강'이라는 좌우명을 붓글씨로 크게 써서 벽에 붙여놓았다. 그러나 날이 갈수록 사찰에서 벌어지고 있는 현실은 심각한 지경이었다. 도저히 한가하게 가만히 있을 수는 없었다.

그동안 나와 앙숙지간이던 대처승 주지는 물러나고 후임 주지로 중앙 총무원에서 재정국장을 지냈던 현직종회의원인 황○○스님이 새 주지로 부임해있었다. 나는 청정비구 스님이 주지로 왔으니 앞으로는 사찰이 여법하게 잘 운영되겠구나 싶어서 가슴이 부풀었다.

하지만 기대를 모았던 이 신임주지 역시도 전임 대처승 주지처럼 3차 산판의 허가가 나와서 임목 3백90만 재(2500트럭 분)를 계약하면서 일반 시세보다 턱없이 싼 값인 재당 4원 7전에 수의계약으로 처분하고 말았다. 그리고는 싼값에 팔아 넘겼던 목대금 거의 전부를 종단 3대 사업비 명목으로 총무원으로 가져갔다. 그러니 당시(1968년) 불교재산관리법에서는 스님들의 먹고사는 경상비가 반영되어있지 않았기 때문에 산판을 팔아서 부자절로 평가되고 있던 절이었지만 실제로는 대중의 공양거리가 걱정스런 실정이었다. 이런데도 주지는 종단 일이 바쁘다는 핑계로 1년이 다 되어가도 사찰에는 얼굴 한 번 내비치지 않았다. 사찰운영은 물러난 전임 주지 밑에서 삼직(총무, 교무, 재무)을 보던 그 임원들을 그대로 데리고 쓰면서 일주일이 멀다하고 서울로 불러 올렸다.

이 삼직 임원들은 아랫마을 속가에다 처자식을 두고 사는 대처승들이었기에 겨울이면 절 나무 창고에는 땔감이 바닥이 나는데도 밤이면 각기 머슴들을 시켜서 속가로 장작 짐을 가져갔다. 사찰은 이렇게 상하 구별 없이 모두가 부정투성이였다.

사찰이 이렇게 된 것은 모두 주지의 책임이었다. 그러나 대중들은 서로 눈치만 살필 뿐 누구 한 사람 나서서 시정하려는 이가 없었다.

이러한 상황을 앞에 두고 나는, 승복을 입고 사는 승려가 법당에서 염불이나 외우고 고요한 곳에 앉아서 선정삼매에 드는 것이 진정 부처님의 제자로서 올바른 자세인가를 고민하지 않을 수 없었다. 생각 끝에 주지의 임명권자인 총무원장을 찾아가서 이런 현안들을 상의해보고자 했다. 건의를 하고 싶은 첫째 문제는 3백90만 재의 계약금을 배상해주는 한이 있더라도 정당한 시세대로 값을 받기 위해서는 계약을 해약하고 경쟁 입찰을 해야 된다고 주장하고 싶었다. 당시 구례에는 자유당 시절부터 천은사 산판을 욕심내고 기회를 엿보고 있던 목상들이 많았으나 주지스님은 번번이 자기와 사적으로 친한 사람과 수의계약으로 산판을 처리하고 말았다. 당연히 많은 목상들이 사찰 집행부를 불신하고 있었다. 그들 중 강ㅇㅇ라는 사람이 있었는데 그는 가끔씩 나에게 주지가 산판을 경쟁 입찰을 하지 않고 수의계약으로 처분하는 바람에 사찰에서 큰 손해를 보고 있다고 귀띔해주었다.

강씨에게 아무런 조건 없이 나를 좀 도와달라고 부탁하였다. 나는 정말로 하늘을 우러러 한 점 부끄러움이 없을 만큼 순수한 마음으로 사찰 일에 관심을 갖고 있으나 읍에

다녀올 여비 한 푼이 궁색하니 어쩔 수가 없었다. 결국 강씨의 도움으로 강씨와 함께 서울로 갔다.

막상 총무원장을 만나기 위해서 '불교정화 기념회관'이라고 현판이 붙어있는 총무원을 찾아 들어갔으나 직접 총무원장을 만날 수는 없었다. 왜 못 만나게 하느냐고 시끄럽게 항의를 하다가 감찰부 조사계의 건장한 주먹스님들에게 불려갔다. 사유를 설명하자 총무원장 대신 종무부장 스님을 만나게 해주었다. 내가 천은사의 기강문제와 산판을 수의 계약으로 싼값에 처분했던 것을 문제 삼아 이야기를 꺼내자 부장스님은 아예 손사래를 쳤다.

"그런 문제는 스님의 절 일이잖습니까? 그 절 주지나 대중들하고 상의할 문제지요. 왜 총무원에까지 와서 시끄럽게 그래요. 우리는 지금 그런 문제에 신경 쓸 만큼 한가하지 못 해요. 그 문제는 앞으로 더 이상 말하지 마시오."

총무부장 스님은 경고조로 내뱉은 다음부터 나를 상대해 주려고도 하지 않았다.

첫날 부장스님과의 면담은 아무 소득 없이 끝났다. 나는 총무원 옆 조계사 객실에 머물면서 객실을 드나드는 다른 사찰의 스님들과도 상의를 해봤다. 그들과의 대화에서 내가 하는 일의 추진에 대한 묘책을 찾을 수가 있었다. 그 스님들은 대화가 불통(不通)인 총무원과 대화를 하려면 국회의원이나 어느 장관의 부탁보다도 불교재산 관리법상 항상 총무원에서 아쉬운 부탁을 하고 있는 문교부 종교과 종교 담당 직원을 만나보는 것이 효과적일 것이라고 귀띔해주었다. 듣고 보니 그럴 법도 했다. 그때부터 백방으로 문교부와 반연(攀緣) 있는 사람들을 찾아보았으나 시골에서 올라온 나에게 그건 쉬운 일이 아니었다. 지방에서 같이 올라와 있는 강씨에게 부탁한 결과 며칠 후 문교부 장관의 비서실장과 친분이 있는 신○○ 씨라는 처사 한 분을 소개받았다.

당시 문교부 장관은 M씨였고 비서실장은 경남 마산이 고향인 P씨였다. 이 사람들을 통해서 일을 추진하자 역시 효과가 빨랐다. 소원이 간절하면 뜻이 이루어진다는 말은 헛말이 아니었다. 나는 이제 총무원장까지도 만나서 대화를 나누게 되었다. 원장스님은 내가 산판을 해약해서라도 값을 제대로 받아야 된다고 건의를 하자 쉽게 공감을 해주긴 하였으나 이렇게 반문을 하였다.

"산판을 해약하려면 절차상 계약을 해주었던 지금 주지가 해야 되는데 그게 가능한 일이겠소?"

나는 주지를 해임을 하고서라도 부처님의 정재를 잘 보호해야 되지 않겠느냐고 거듭 건의하였다. 원장스님으로서도 내 말에 일리가 있음을 인정은 하지만 현 주지가 현지 종회의원이며 종단 내에서 비중이 큰 인물(후일 총무원장까지 되었음)이기 때문에 인사 조치가 그리 쉬운 일은 아닌 모양이었다. 현실적으로는 여건이 어려웠다.

원장스님은 내가 볼 때마다 수심에 차있는 모습이었다. 당시 총무원은 천은사 문제가 제일 큰 난제가 되고 있었다. 이런 총무원의 기류를 눈치챈 현 주지가 스스로 주지직에서 물러날 뜻을 밝혀왔다. 총무원으로서는 너무도 고맙고 반가운 일이었다.

그러나 주지는 스스로 사표를 쓰고 물러나올 수는 없는 입장이니 총무원에서 자기를 해임해주면 총무원의 결정을 수용하겠다는 것이었다. 업자와의 관계를 고려해서 내린 결정인 것 같았다. 이렇게 어려운 매듭이 풀리자 일은 쉽게 진행되어갔으나 후임 주지를 누구로 할 것이냐가 또 문제였다. 당시 총무원 주변에는 천은사 주지를 하고 싶어하는 사람들이 많았으나 그런 사람들은 인격적으로 신뢰할 수가 없었고 총무원에서 추천하고 싶은 참신한 스님들은 복잡한 곳의 주지로 가기를 꺼려하는 실정이었다. 최종적인 결론이 그 일을 추진해왔던 내가 천은사의 주지로 적격이라는 것이었다. 그러나 나로서는 수 년간 부정과 싸워온 터여서, 주지가 되면 주지나 하려고 그런 일을 해왔던 것으로 오해받을 소지가 다분했다. 더욱이 나는 주지의 자격이 없음을 나 스스로 잘 알고 있었다. 내가 그 어려운 고난을 겪으면서도 꺾이지 않고 초지일관해왔던 것은, 천은사가 내가 어려서부터 성장해왔던 도량이었기에 애착이 남 달랐을 뿐 추호도 그런 야망은 없었다. 나는 대문 앞에 버려진 나를 귀여워 하시며 길러주셨던 할머니 스님의 경책, 즉 스님노릇 똑바로 잘하라는 그 말씀을 항상 가슴 속에 간직하고 있었다. 이런 내 심정을 다 이야기를 할 수가 없어서 총무부장 스님에게 물었다.

"부장스님, 저는 아직 나이가 부족해서 주지가 되기는 어렵지 않습니까?"

당시 총무원 인사 규정에는 말사주지의 연령을 30세 이상으로 정하고 있었기에 26세인 나는 한참 미달이었다. 그러자 부장스님은 그런 것까지도 다 생각을 하고 있었는지 즉답을 해왔다.

"주지는 안 되지만 주지서리는 될 수가 있습니다. 주지권한 행사를 하는 데도 주지나 주지서리가 하등의 차이가 없으니 아무 염려 말고 임명장을 받으십시오."

마침내 나는 1968년 4월 11일자로 총무원에서 천은사 주지서리로 임명장을 받아들었다.

총무원은 나를 주지서리로 발령하면서 상당한 금액을 총무원의 운영비로 협조해달라고 요구하였다. 나는 가벼운 액수는 아니었지만 산판을 경쟁 입찰하게 되면 지금보다 몇 배는 더 많은 이익이 있을 것은 분명한 일이었기에 그러기로 하고 총무원의 요구대로 약정서까지 써주었다.

내가 주지로 발령을 받고 나자 산판 업자 측에서 좀 만나자는 연락을 보내왔다. 업자를 만나야 할 이유가 없었기에 냉정하게 거절하였다. 그러자 업자는 총무원을 상대로 로

비를 하는 것 같았다. 업자는 지방에서 유지급 인사들까지 동원하여 총무원에 데리고 와서 내 주지 임명을 철회해달라고 농성을 벌이다시피 했다. 이유는 내가 주지에 취임하게 되면 산판을 해약할 것이 분명하고 그렇게 되면 법적인 문제가 생겨서 사찰이 시끄러워질 것이니, 그것을 방지하기 위해서는 내 주지 임명을 꼭 철회해야 된다는 것이었다. 그것이 지역인으로서 사찰을 돕는 일이기에 나섰다고 했다. 매일 나를 비방하고 임명을 철회해달라는 탄원서가 총무원으로 접수되었다. 탄원서에 서명을 한 사람들은 하나같이 나와 전혀 일면식도 없는 벽지초등학교 교사들이 많았다. 그런 이유는 내가 얼마 전에 사찰과 관련이 있는 일로 군 교육청의 비리가 발견되어 신문에 그 내용이 보도될 때 신문기자를 접촉했던 일이 있어서 교육청으로부터 미움을 받고 있었기 때문인 것 같았다.

업자의 사주를 받고 총무원에 드나드는 유지급 인사들은 뜻이 이루어지지 않으면 내려가지 않겠다고 버티었다. 내 생각에는 그들이 명분으로 내세우고 있는 '해약을 하면 법적인 문제가 생긴다'는 것은 기우에 불과한 일이었다. 계약이란 어떤 계약이든 계약을 이행치 않을 시는 계약금을 배상한다는 조항이 있다. 그러니 계약금만 배상해주면 계약을 얼마든지 해약할 수 있다는 것은 일반적인 상식이다. 이렇게 상대가 나타나서 내 주지 임명을 철회해달라고 방해를 부리니 나도 지고 싶지 않은 욕심이 생겨났다. 나는 매일 쫓아다니며 내 주지 유지를 위해서 총력을 기울였다.

나는 총무원에서 벌어지고 있는 이런 일들을 수습하느라고 서울에 머물고 있었으므로 자연 내 주지 취임 등록이 늦어지고 있었다.

이때 총무부 직원이 나에게 이렇게 물었다.

"스님께서 약속하셨던 총무원 지원금을 늦지 않게 납부하실 수 있겠습니까?"

눈앞이 캄캄해졌다. 그 약속을 지키기 위해서는 우선 주지로 취임하고 나서 산판을 해약하고 새로 경쟁 입찰을 통해서 업자를 선정해야 하는데 아직 취임도 못하고 있는 처지 아닌가. 그런 실정을 뻔히 알고 있는 총무원에서 벌써부터 약속한 돈을 채근하는 것은 나로서는 이해가 되지 않았다. 나는 총무부 직원에게 확답을 해주지 못했다.

그런 일이 있은 지 며칠 후 나의 주지 임명은 취소되고 총무원에 대기 발령이 되었다는 연락을 받았다. 주지 임명을 받았으나 취임도 못 해보고 해임이 되었다. 기가 막혔다. 총무원에 들어가 책상을 치며 이럴 수가 있느냐고 항의하였지만 사후 약방문 격이었다.

내가 분을 못 이겨 총무부장실에서 고함을 지르고 있을 때 산판업자는 직원의 안내를 받으며 미소 띤 얼굴로 총무원장실로 들어가고 있었다.

나는 가만히 생각해보았다. 만약에 내가 총무원에 약속했던 금액을 늦지 않게 챙겨서 보내주었더라면 그래도 나를 해임했을 것인가? 그러지는 못했을 것이다. 그러나 내가 해임을 당하게 된 가장 큰 이유는 업자와 총무원장이 직접 만나고 있는 데서 얻어진 산물이 아니겠는가. 총무원에서는 이번에 물러난 주지로부터도 우리 천은사에서 많은 돈을 가져갔었다. 그리고 또 나에게 주지 임명을 하면서 돈을 챙기려는 것은 주지 임명장 장사와 무엇이 다르겠는가?

기강이 해이된 우리 천은사를 바로 세우고 혁신할 수 있는 모처럼의 기회를 잃은 것이 못내 아쉬웠다. 그러나 이제는 천은사보다도 총무원의 무원칙한 종무행정이 더 심각하다는 생각이 들었다. 총무원을 검찰에 고발하였다. 어쩌면 나는 운명적으로 교단의 비리를 고발하기 위해서 태어났고 그것을 실천하게 만들기 위해서 사찰 문전에 버려졌던 것이 아닌가 싶었다. 내가 고발했던 사건을 1968년 11월 10일자 대한일보는 다음과 같이 5단 머리기사와 내용을 보도하고 있었다.

조계종 총무원 수사

사찰주지 임명에 거액거둬

(…) 서울지검 정태유 검사는 9일 상오 전남 구례 천은사 승려 임

종안 씨를 천은사 주지로 임명하면서 1개월 내로 내기로 한 1천 만 원을 바치지 않는다고 임씨의 주지 발령을 취소한 종무위원들을 수배했다. (…)

이때 나는 불교반공연맹 사무총장으로 재직 중이던 능가 스님과 인연이 되어 교류하고 있었다. 스님은 나를 볼 때마다 총무원의 소를 취소하고 수도하는 스님의 자세로 돌아가기를 간곡히 권유하셨다. 왜 젊고 유능한 스님이 그 말썽 많은 사찰의 주지를 고집하느냐면서 꼭 주지를 하고 싶으면 차라리 다른 곳의 사찰을 하나 골라보라고도 하셨다. 나는 그동안 이 모든 복잡한 일들을 겪어오면서 진즉부터 건강이 서서히 나빠지고 있었으나 돌볼 겨를이 없었다. 그즈음 건강이 더욱 심각해졌다. 전화벨 소리에도 깜짝깜짝 놀랐고 옆방 문 여닫는 소리에도 그랬으며 조금만 신경을 쓰면 숨이 가빠서 견디기가 힘들었다. 어지럼증이 심해서 걷기도 어려웠다. 병원에 가서 진찰을 받았다. 의사는 너무 신경을 쓰면서 과로해서 온 증상이라며 입원을 하든지 아니면 어디 조용한 곳에 가서 안정을 취하는 것이 시급하다고 했다. 나는 절체절명의 위기를 느꼈다. 이 풍진 세상의 모든 것을 다 내려놓고 허무한 악몽 속에서 어서 깨어나야 되겠다고, 조용히 다짐할 수밖에 없었다.

산에는 길이 있더라

나는 임명받았던 주지직에서 해임당하고 패잔병처럼 초라한 모습으로 천은사로 돌아왔다. 천은사는 내가 어려서부터 성장해왔고 처음 머리를 삭발한 삭발본사였으나 병승이 되어 찾아온 나를 반겨주는 사람은 아무도 없었다. 당시까지도 천은사는 대처승들이 운영하고 있었다. 항상 무질서하고 어수선한 분위기 속에서 개인의 이익만을 챙겨오던 대처승들은 원칙을 주장해왔던 내가 반가울 턱이 없었다. 더하여 대부분의 권속들은 불과 몇 년 전만 해도 어른스님들 밑에서 심부름이나 하고 지내왔던 내가 갑자기 주지로 부상하고 나선 것에 대해서 시기심과 거부감을 드러내고 있었다. 나와 가까이 지내왔던 사람들도 마찬가지였다. 인생은 역시 힘난한 고해였고 외로운 나그네 길이었다.

나는 이런 주변 분위기에 신경쓸 여유가 없을 만치 건강이 안 좋았다. 새벽에 일어나 법당에서 예불을 마치면 늘 주변 숲속을 산책했다. 어린 나를 길러주셨던 할머니 스님의 암자에도 자주 들러 할머니 스님을 찾아뵈었다. 아늑하고 넉넉한 산길을 걷고 나면 마음속에 두고 있던 원망도 서러움도 가라앉았다. 산속을 걷는 것이 나의 일과가 되었다. 대중에게 소외당한 외로움을 수목들과 대화를 나누며 위로받고 싶었다. 건강에 좋은 음이온이 많은 숲길이었기에 건강 회복에 도움이 되었다.

어느 날 산속을 걷다가 산사태에 넘어져있는 나무의 앙상한 뿌리에서 기묘한 형상을 발견하였다. 부분적으로 잘라내고 조금만 손질을 하면 마치 원숭이가 피리를 불고 있는 모습이 될 것이었다. 한 가지 아쉬운 점은 피리에 해당하는 부분이 없는 것이었으나 그것은 막대기를 하나 잘라서 붙이면 될 것 같았다.

다음날부터 이런 나무뿌리에 매료되어 산사태가 난 곳과 노고단 정상과 전북 남원 달궁으로 연결되는 도로를 개설하면서 국토건설 단원들이 무수히 파헤쳐진 나무뿌리들을 찾아나섰다. 둥치가 잘려 썩어가고 있는 나무뿌리도 괭이로 자주 파보았다.

아침 공양이 끝나면 아무 말 없이 괭이를 둘러메고 산으로 갔다. 절 식구들은 이런 나를 보고는 주지 자리를 뺏기고는 사람이 실성해서 썩은 나무뿌리나 파고 다닌다고 수군거렸다. 그러나 산은 나의 평온한 안식처였으며 희망이었고 내가 살아갈 길이 있었다. 아무 잡념 없이 산행을 자주하니 건강도 몰라보게 좋아지고 있었다. 내 방에는 날이 갈수록 목각작품들이 쌓여갔다. 기어가는 강아지, 포효하는 사자, 꿈틀대는 용, 뿔을 기운차게 뻗은 황소, 요가하는 여인상 등…. 이런 작품들은 선별 규정에 맞지 않으면 아무리 아쉬워도 과감하게 폐기처분하였다. 그 규정이란, 되도록 자연 상태 그대로 살리되 하나의 형상을 만들어내는데 톱으로 자르거나 연장으로 깎아낸 흔적이 작품 전체의 1%를 넘지 않는 것이었다. 그러다 보니 매일 몇십 리씩 쏘다니며 많은 나무뿌리들을 살펴봐도 한 점도 구하지 못하는 날이 허다하였다.

한번은 운 좋게 아름다운 여인상을 하나 발견하였다. 이 여인을 물동이를 이고 있는 상으로 만들고 싶어서 물동이 모양의 돌덩이 하나를 구하려고 전국 하천과 바닷가를 돌아다니며 샅샅이 뒤졌다. 그럴 듯해서 무거운 돌을 힘겹게 가져와 얹어보면 뭔가 미흡해서 버리고 또 길을 나서길 몇 년, 이윽고 완도의 정도리에서 유연한 곡선의 매끄러운 돌 하나를 구했다. 가져와 얹어보니 맞춤으로 보기에 좋았다.

작품 하나를 완성시키기 위해선 많은 노력과 수많은 공정이 수반되었다. 우선 나무뿌리에 말라붙은 껍질을 벗겨

내야 되는데 흠결 없이 벗겨내려면 냇물에 담가두어야 했다. 어느 땐 갑작스런 폭우에 한밤중 냇가로 가서 건져 올리려다 급류에 휩쓸린 적도 있었다.

 이렇게 내가 애를 쓰고 고생하며 수집해서 만들어 놓은 괴목이 많은 사람들에게 고루 보탬이 되는 일에 쓰일 길이 없을까를 생각해보았다. 작품 하나하나가 사람들의 시선을 모을 수 있는 신기하고 매력적인 것이지만, 그 전체의 배열을 달리하면 또 다른 효과를 얻을 수도 있을 것 같았다. 오랜 동안 땅 속에서 혼자 호흡하고 뒤틀리면서 줄기를 위해 숨어 일해온 뿌리의 일생은 어찌 보면 종교가 이루고자 하는 선한 삶의 길을 보여주는 것 아닌가. 마치 영화에서 피사체를 통해서 사람들을 웃기고 울리듯이 나도 내 목각작품을 잘 활용하여 연출을 해보고 싶었다. 선한 삶과 악한 삶의 대비를 통해 인과응보를 표현한다면 관람자들이 종교적 체험과 같은 생각의 변화를 경험할 수 있을 것이다. 현재 소장하고 있는 자료만으로는 좀 부족하겠지만 나에겐 젊음이 있고 의지가 있지 않은가. 언젠가는 그리 할 수 있으리란 자신감으로 부풀었다.

 이것을 완성해서 내가 세상에 잠시 왔다가 이웃에게 베풀고 가는 조그마한 정표로 세상에 남기고 싶었고, 이것을 내 필생 사업으로 삼을 작정을 했다. 문제는 이 작품들을 그렇게 전시할 수 있는 상설 전시관을 어떻게 마련하느냐였다. 그때 마침 일간스포츠 신문 기자가 다음과 같은 보도를 해주었다.

─괴목으로 중생교화─
(…) 괴목으로 미래의 세계를 형상화, 중생 교화의 사명을 다 하려는 스님이 있다. 전남 구례 천은사 임종안 스님은 수년간 각고의 결실이 영혼을 깨우치는 데 기여할 순간을 기다리고 있다. (…)
―1975년 9월 19일, 《일간스포츠》

이 보도가 나가자, 그동안 별것이 아닌 것으로 생각해왔던 절 식구들이 나서서 하나씩 달라고 조르기 시작했다. 특히 사찰을 운영하고 있는 임원스님들이 요구해올 때는 난감하기만 하였다. 괴목을 수집하는 일도 어려웠지만 지켜나가는 일이 더 어려워졌다. 돈을 줄 테니 하나만 달라는 사람도 많았지만 아무리 형편이 어려워도 유혹을 뿌리쳤다. 사람들로부터 또 한 번 인정도 사정도 없는 지독한 놈이라는 평가를 받아야만 되었다.

이때쯤 나는 여러 가지 취미생활을 즐기고 있었다. 산에 다니면서는 보기 좋은 분재 소재가 있으면 채집해 가꾸었고 냇가로 나가 석질이 좋은 수석도 구해다 좌대를 만들어서 방 안에 두었다. 분재수석 동호인들로부터는 수준급이라는 평가도 받고 있었다. 이런 애장품 수십 점은 괴목을 달라고 못 견디게 조르는 사람들에게 한 점씩 주었다. 결과적으로 괴목을 지켜내는 데 쓰인 것이다. (당시는 자연보호법이 제정이 되어있지 않아서 이런 활동이 위법으로 제재 대상이 아니었다.) 늘어나는 목각작품들을 내 방에 다 보관할 수가 없어 옆방과 절 창고 하나를 빌려서 보관해야만 했다.

몇 년이 지나자 300여 점이 모였다. 잡지나 신문에 소개되는 일도 빈번해졌고 기자들도 자주 찾아왔다. 1975년 11월 16일자 《주간한국》에서도 기사를 썼고 1981년 5월 10일자 《주간경향》도 몇 페이지에 걸쳐서 기사를 실었다. 여러 월간 잡지가 앞다투어 내 괴목 사진을 실었다.

1975년 4월 12일, 내가 수집했던 괴목 사진 일부를 박정희 대통령에게 보내면서 국가에 기증하겠으니 정부에서 상설전시관을 하나 지어달라는 내용의 진정서를 보냈다.

답신은 10여일 후에 대통령이 아닌 교통부 장관의 이름으로 다음과 같은 내용을 보내왔다.

진흥, 1530-494

진정서에 대한 회신

귀하가 대통령 각하에게 제출한 진정서가 문공부를 경유 당부에 이첩되어왔습니다.

다수의 진귀한 괴목을 정성들여 오랫동안 수집한 귀하의 노고에 대하여 우선 치하드리며 귀하의 진정 내용에 대하여는 관계기관과 협의 후 결정하여 통보하겠으니 양지하시기 바랍니다.

1975년 4월 29일

교통부장관

　정부에서는 내 괴목을 관광자원화하기 위해서 교통부 국내 관광기획 관리과에서 처리하도록 배려를 하고 있는 것 같았다. 정부로부터 이런 공문을 받고 보니 나는 곧 내 뜻이 이루어지겠구나 싶은 희망에서 더욱 힘드는 줄 모르고 부지런히 산을 오르내렸다.

　그러던 어느 날 종일 산을 헤매다 피곤한 몸으로 절에 돌아와 보니 이게 무슨 날벼락인가. 자물쇠를 채워두었던 내 방문이 열려있고 방 안에 목물이 한 점도 없었다.

　절 부목이 상황을 설명하였다.

　"경찰서에 투서가 들어갔대. 생나무를 마구 잘라서 목각을 만들고 있다고, 누가 그랬는지는 모르지만 아무튼 투서 때문에 형사들이 와서 문을 열고 목각을 다 가져갔어. 그나저나 어디로 몸을 조금 피하시오. 임종안이 어디갔느냐고 묻는 형사들 무섭습디다."

　나는 갑자기 현기중이 일고 눈앞이 캄캄해졌다. 온몸이 부들부들 떨려왔고 눈앞에 아무것도 보이지가 않았다. 천지가 빙글빙글 도는 것만 같았다.

　얼마나 시간이 흘러갔는지 모른다. 어둠 속에서 댕댕하

고 저녁 종소리가 울려왔다. 종소리에 눈을 떴다. 나는 내 방문 앞에 쓰러져있었다. 정신을 수습해 일어났다. 어떻게 하든 이 모함의 함정을 헤치고 나가야 한다. 나의 진실을 반드시 밝혀야 한다. 주먹을 꽉 쥐었다.

그러나 절 안에 나를 도와줄 사람이 아무도 없었다. 살아오면서 알고 지내왔던 사람들 중에서 이번 일의 수습에 도움을 줄 만한 사람들을 짚어보았다. 언뜻 두 사람이 떠올랐다. 첫째는 내가 1971년도에 서울 도봉산 쌍용사 주지로 재직할 당시 인연을 맺은 서울대학교 법과대학 황산덕 교수였다. 당시(1976) 그는 법무부 장관으로 재직 중이었는데 자기 부모님을 우리 절에 모시고 와서 일 년간 요양하도록 했었다. 둘째는 김일두 검사였다. 장준근 씨가 발행인인 취미생활잡지 《분재수석》을 정기구독하고 있었는데 잡지사에서 동호인 주소록을 보내와서 보니 거기에 서울중앙지검장인 김일두 검사가 포함되어 있었다. 그 지검장이 당시 광주고등검찰청 검사장으로 부임했는데 그는 부임하고 얼마 지나지 않아 천은사로 나를 찾아왔었다. 마침 내가 산에 가고 부재중일 때라 명함을 한 장 두고 간 일이 있었다. 이분도 내가 찾아가면 모른 척하지는 않을 것이다. 내가 이런 분들을 생각해낸 것은 죄를 지었기 때문에 봐달라고 사정을 하기 위해서가 아니라 억울하게 쓴 누명을 벗기 위해 호소라도 하고 싶었기 때문이다. 사람이 다급한 일을 당하면 지푸

라기라도 잡고 싶은 법이니까.

　우선 법무부 장관에게 다급한 내 사정을 전화로 이야기하였다. 그런 다음 대통령에게 보냈던 진정서 사본과 교통부 장관이 보내온 답신공문을 챙겨 들고 김일두 고검장을 만나기 위해 광주로 향했다. 고검장은 내가 찾아온 사연을 듣고, 들고간 서류를 유심히 살펴본 다음 그 자리에서 구례경찰서 관할청인 순천지청장에게 내 문제를 한번 살펴보라고 전화를 해주었다. 검찰청을 나서려는데, 검사장은 황송하게도 지갑을 열고 여비까지 보태주면서 경찰에서 부르면 지체 없이 가서 사실대로 진술하고 만약에 잘못이 있으면 선처를 부탁해보라는 말까지 해주셨다.

　나는 자진하여 구례경찰서로 찾아갔다. 경찰서에 들어서니 벌써 어디서 연락이 왔는지 어려운 일이 있으면 경찰서에 와서 사정을 하면 다 들을 수 있는 일을 왜 외부에 이야기를 하고 다니느냐고 불쾌한 표정들이었다. 어찌됐든 투서에 의해 입건된 사건이라 일단 조사는 받아야 했다.

　조사과 형사의 신문이 시작되었다.

　"어디서 나무를 베어서 그렇게 많은 목물을 소장하게 되었소? 그 출처를 대시오."

　나는 산사태가 난 곳과 도로를 개설하면서 파내버린 곳에서 주워왔다고 대답하였다. 형사는 내 말을 믿으려 하지 않았다.

"주워왔다고? 한두 개라면 몰라도 그렇게 많은 것을 나무를 한 주도 안 베고 모았다면 누가 그 말을 믿겠소?"

나는 맹세코 나무는 한 주도 안 베었다고 정직하게 답하였다.

"그 말을 우리가 어떻게 믿어요. 압수된 뚜렷한 물증이 이렇게 많은데, 우리는 당신 말보다 증거를 믿을 수밖에 없어요."

이때 내가 조사를 받고 있는 사무실에 주지스님과 친하게 지내오던 지방지 기자 P씨가 들어왔다. 그는 지금 주지스님이 내 문제를 걱정하고 있어서 찾아왔다면서 남의 산에 들어가서 목각을 수집했다고 말하는 것보다 내가 어려서부터 절에서 자라왔으니 주로 절 산에서만 수집을 했다고 말하는 것이 유리할 것이라며 그렇게 진술할 것을 종용하였다. P기자는 형사와도 절친한 사이인 것 같았다. 그의 위로에 떨리던 가슴이 한결 가라앉았다. 그러나 생각해보니 내 후임으로 업자의 도움을 받아 주지로 임명되어 와서 나를 계속 경계하던 대처승 주지가 갑자기 나를 챙기고 나선 것이 미덥지가 않았다. 나는 그가 요구한 대로 진술을 하지 않고 전국 산천을 돌아다니면서 수집을 했다고 솔직히 말했다. 내가 이렇게 주장을 하고 있을 때 서장실에서 형사에게 전화가 걸려왔다.

전화를 받고 나갔다 돌아온 형사는 조금 전의 기세등등

하던 태도와는 달리 누그러진 모습으로 오히려 사정조로 나왔다.

"지금 이 사건을 여러 곳에서 높은 사람들이 주시하고 있어요. 우리가 아무 문제가 없는 것으로 다 봐주고 싶어도 그러면 우리 경찰이 문책을 받을 수가 있어서 안 되고 많은 목물 중에서 3개만 입건을 하는 선에서 매듭을 지읍시다."

나도 그러는 것이 좋을 듯싶어서 형사가 내미는 진술조서에 서명날인을 해주었다. 도대체 누가 나를 이처럼 모함하며 투서를 했을까. 외로움을 견디며 어려운 여건 속에서 취미로 수집한 목각작품인데, 그것도 정부에 기증하겠다고 대통령에게 진정서까지 보내 놓은 참인데, 왜 이렇게 무자비한 방해를 부리고 있는 것일까. 곰곰이 생각했다. 아무래도 투서를 함으로써 이익을 얻을 만한 사람은 한정되어 있었다.

현행법 상 내가 남의 산에 들어가서 산림을 훼손했을 시 그 사실이 산림법으로 입건이 되면 내가 취득했던 장물은 당국에서 압수했다가 산 주인에게 환부해주게 되어있었다.

여기 형사소송법 134조 전문을 읽어보자.

"압수작물의 피해자 환부"

압수한 작물은 피해자에게 환부할 이유가 명백할 때에는 피고 사건의 종결전이라도 결정으로 피해자에게 환부할 수 있다.

이런 법조항 때문이었을까? 주지는 내가 조서를 받고 있는 경찰서에 측근 인사를 보내 나를 생각하는 척 주로 절산에서만 목물을 수집했다고 진술하라고 종용하도록 사주한 것만 같았다. 내가 만일 그렇게 진술했다면 압수된 내 목각 작품들은 누구에게 환부되었을 것인가. 생각이 여기에 이르자, 이번 사건의 발단은 어렵지 않게 짐작해볼 수 있었다. 너무도 야비하고 비인간적인 처사가 아닌가?

내가 만약 관에 아는 사람이 아무도 없었더라면 법 집행이라는 미명하에 억울한 누명을 쓰고 비참한 일을 당했을 것이 뻔했다. 기가 막히고 어이가 없었다. 그러나 세상은 아무리 혼탁하게 보여도 정의롭게 살려는 의지를 내려놓지 않는 한, 진실은 여법하게 밝혀지는 법이다.

나는 압수당했던 목각작품들을 경찰서에서 다시 찾아왔다. 형사계장은 목각작품을 인계하면서 위로의 말을 건넸다.

"정의는 어떠한 중상모략에도 결코 승리한다는 것을 체험했다고 생각하십시오."

여운이 남는 말이었다.

산에는 길이 있네 15

다시 순환 속에서

내 방과 옆방에 두고 있던 목각작품들은 형사들이 직접 압수해갔기 때문에 그것은 그대로 경찰서에서 다시 찾아올 수가 있었다. 그러나 절 창고에 보관하고 있던 목각 200점은 형사들이 미처 다 가져가지 못하고 주지스님에게 임시로 보관하고 있으라고 책임을 떠넘겼다. 그 목각작품들을 주지스님에게서 인수받는 과정에서 문제가 발생했다. 우선 작품을 확인해보니 눈에 띄게 좋은 작품 5점이 보이지 않았다. 내가 작품을 창고에 보관할 때는 부처님의 경우 몸체와 앉아계신 좌대를 포함해서 1점으로 계산해서 200점을 보관을 했었는데 주지스님은 몸체와 좌대를 따로따로 계산해서 200점을 내놓았다. 주지스님의 계산으로는 200점이 맞았지만 내 계산으로는 틀린 것이었다. 두 사람의 이

견은 쉽게 좁혀지지 않았다. 결국 이 모든 것은 경찰에서 압수해가는 과정에서 일어난 일이었다. 다시 경찰서를 찾아갔다. 그러나 압수를 총지휘했던 형사계장은 되레 나를 탓하듯 말했다.

"당신 아직도 우리 경찰에 감정을 풀지 못하고 있어요? 거기 창고 것은 우리는 손도 안 대고 주지스님에게 맡겼으니 주지스님하고 해결하세요."

그는 내가 엉뚱한 시비나 하려고 찾아온 것으로 오해를 하고 있었다. 경찰서를 찾아 갈 때는 무슨 실마리가 풀릴 것이라 기대했었는데 다시 난처한 입장이 되고 말았다.

내가 작품을 창고에 보관한 과정을 말해줄 증인이 있으면 될 텐데 사실대로 말해줄 만한 사람이 아무도 없었다. 난처했다. 아무리 마음이 아프고 애석해도 작품 5점을 포기하는 수밖에 없었다.

여기서부터 내 필생사업으로 생각한 목물관 건립의 원대한 꿈은 차질이 빚어지기 시작하였다. 내가 마음을 비우자 괴목 사건은 일단락되면서 조용해졌다. 그러나 이후로는 괴목 수집은 더 이상 할 수가 없었다. 빈손으로 산에 산책만 나가도 모두가 나무나 베러 다니는가, 의심의 눈초리로 나를 쳐다봤다.

나는 당분간은 조용히 심신을 쉬고 싶었다. 이때는 산판도 다 끝나고 연일 지축을 울리며 원목을 실어나르던 자동

차의 경적소리도 산골에서 사라지고 산사에는 고요한 정적만이 흐르고 있었다.

사찰 집행부에서 중점적으로 추진하고 있는 사업은 벌채된 빈 자리에 조림하는 일이었다. 그런데 탐욕스러운 주지는 이 조림사업비까지도 횡령하고는 문제가 되어 경찰서에서 출석요구서가 발부되어 나왔는데도 응하지 않고 사찰에서 종적을 감추었다. 당시 이 사건을 1969년 7월 3일자 한국일보는 지방판에서 이렇게 보도하였다.

> 사찰재산 횡령혐의 천은사 주지 피소
>
> 주지는 올봄 천은사 자력 조림을 할 때 실제로 90여만 원밖에 쓰지 않았는데도 136만 원을 지출한 것 같이 허위 문서를 작성 차액 46만 원을 횡령하였다. (…)

이렇게 주지가 사찰 공금을 횡령하고 임기를 채우지 못한 채 잠적하자 또 주지가 바뀌었다. 새로 취임해온 주지스님은 나와 특별한 인연이 있는 분이었다. 내가 1964년도에 처음 천은사 산판의 부정 의혹을 중앙관계기관에 진정서를 제출하려고 서명을 받으려고 할 때 사찰 내에서는 한 사람도 받을 수가 없어서 아랫마을에 살고 있는 재적승들 중 제일 먼저 찾아가서 서명을 받았던 나와는 친분이 두터운 분이었다. 그동안 절 아랫마을 지근거리에 살고 있었지만 서로 바쁜 관계로 자주 만나지는 못했으나 나로서는 퍽 반가운 분이었다. 나는 진심으로 그 주지 취임을 축하해주었다. 서로의 입장을 잘 이해하고 있는 분이 주지로 취임해오니 사찰 내에서 내 입지도 비교적 자유로웠다.

주지스님과 좋은 관계가 1년쯤 유지되고 있던 어느 날, 나에게 이런 제의를 해왔다.

"우리가 앞으로 승단에서 활동하고 살려면 아무래도 대처승 신분보다는 비구승 쪽에 붙어야 될 것 같네. 내가 본사 쪽에 이야기해두었으니 우리 같이 본사 주지스님 앞으로 은사가리(은사스님을 바꾸는 것)를 하세. 자네생각은 어떤가?"

대처승이란 스님의 신분으로 결혼해서 처자식을 두고 있는 사람을 말하는 것인데 나는 대처승의 상좌라 해도 아직은 독신 승려이니 비구승 신분과 다를 바가 없었다. 나는 은사스님을 바꾸자는 주지스님에게 그런 문제는 더 두고 생각해보자고 뒤로 미루었다. 절 아랫마을에다 처자식을 두고 있는 대처승인 주지스님으로서는 본사 화엄사까지도 정화가 완성되어 비구스님이 주지로 있으니 그런 것이 심각한 문제일 수 있었다. 그러나 그는 이번에 은사스님을 바꾸면 그때그때 형편에 따라서 벌써 4번째나 은사스님을 바꾸는 셈이었다. 처음에는 대처승인 자기 부친을 은사스님으로 출가했었고 그 후에 바람에 풀잎 쓸리듯이 세력에 따라서 은사스님을 바꾸어왔었다. 그러나 은사스님을 바꾼다고 엄연한 대처승이 갑자기 청정 비구승이 되는 것은 아니지 않는가. 다만 입신을 위한 위장일 뿐이다.

나중에 알고 보니 그는 이미 본사 주지스님을 은사스님으로 정하고 주지로 발령받아왔음에도 그를 속이고 나를 그 문중으로 합류시키기 위해서 노력을 하고 있었다.

내 경험에서 보면, 사실 대처승은 승단에서 있어서는 안 되는 사람들이었다. 그러나 일제강점기에 국운이 그렇게 되어 어쩔 수 없이 있어온 그 엄연한 사실을 또 부정할 수는 없는 일이 아니겠는가? 내가 대처승을 두둔하고 싶은 생각을 추호도 없다. 여수 반란사건으로 인한 지리산 공비토벌 당시 이 마을 저 마을로 쫓겨다니는 배고픈 피난살이를 하면서 어쩌다 운명적으로 어린 나이에 대처승의 상좌로 출가를 해서 대처승의 처소에서 살아온 나보다 더 대처승으로부터 멸시와 천대를 받아온 사람이 어디 또 있겠는가.

하지만 나는 내 부모가 아무리 못나고 부족해도 부모가 아니라고 부정할 수는 없는 일이라고 믿는다. 주지스님은 기회만 있으면 그 문제를 나에게 채근하였다.

"우리가 앞으로 승단에서 기를 펴고 살려면 든든한 문중을 하나 업어야 되네. 본사 D스님 문중이 괜찮은 문중이니 그 스님 앞으로 승적을 올리도록 하세."

처음으로 단호하게 내 뜻을 밝혔다.

"나는 종단의 어느 문중에도 속하고 싶지 않아요. 이 좁은 나라에서 경상도 문중 전라도 문중이 무슨 필요가 있단 말이오. 생각해보시오. 지금 이 세상을 문중들의 파벌 때문에 우리 인류가 얼마나 큰 괴로움과 고통을 겪어오고 있어요. 예수 문중, 석가모니 문중, 사회주의 문중, 자본주의 문중, 각 문중마다 말로는 인류에게 행복과 지상 낙원을 선물하겠다고 공약을 했는데 우리는 지금 그렇게 행복한가요? 꼭 문중이 필요하다면 인간 문중 하나로 통일하기 위해서 우리 노력 합시다."

나의 이런 태도에 나를 설득하려고 나섰던 주지스님은 시무룩한 표정으로 돌아갔다. 문중 문제는 이렇게 주지스님과 매듭을 지었다.

종교의 궁극적인 것은 원만한 인간성 회복이 아닐까 싶다. 언젠가 나는 길거리에서 한 젊은 여인이 등에는 어린 아기를 업고 한 손에는 조그마한 보퉁이를 들고 또 한 손에는 장님인 남편의 손을 잡고 길을 걸어가는 모습을 보았다. 나는 이 모습에서 거룩한 성자의 모습을 본 것 같은 신성함을 느꼈다. 주어진 운명을 거역하지 않고 다소곳이 순종해 가고 있는 이 여인이야말로 오늘날 우리가 추구해야 할 아름다운 인간상이 아닐까 싶었다.

허나 나는 이 문중 문제 때문에 좋았던 주지스님과의 관계가 서서히 무너져가기 시작하였다. 첫째의 변화는 사찰

운영 문제 같은 것을 나와 상의도 하고 했었는데 일체 그런 것이 없어졌고 삭발한 지 몇 개월도 안 되는 자기 상좌하고만 상의를 해서 처리를 해가고 있었다. 나는 이런 문제들을 일체 개의치 않고 지켜보고만 있었다.

이때 나는 주지스님을 도와 교무소임을 맡아보고 있었다. 산판을 해서 경기가 좋은 때는 절에 인원이 붐볐으나 산판이 끝나서 권속들은 모두가 아랫마을 속가로 내려가버리고 종무소에 삼직을 맡아 볼 만한 인원도 부족했었기 때문이었다. 주지스님은 가끔 며칠씩 절을 비우고 출타했다. 이럴 때 관공서나 중요한 손님이 와서 주지스님을 찾으면 임원인 나는 주지스님의 소재를 알 수가 없어서 이제 행자 신분인 주지스님의 상좌든지 상감으로 절에 와서 머물고 있는 주지스님의 처남에게 물어보아야만 알 수가 있었다. 주지스님으로부터 철저히 소외당해가고 있으면서도 속수무책 그 태도를 지켜보는 수밖에 없었다.

사찰 운영에서 나를 완전히 배제시킨 주지스님은 점점 도가 넘는 일을 저지르기 시작하였다. 산에 소나무가 밀집되어 커가고 있는 곳에 간벌(間伐)작업을 해주어야 되었다. 간벌작업은 장래 목재 가치가 없는 불량품만을 솎아내는 것인데도 주지는 마을 사람들에게서 암암리에 돈을 받아 챙기고는 곧고 큰 나무만을 골라서 베어 가도록 묵인하고 있었다. 이 작업은 처남인 산감의 지휘 하에 이루어졌다. 산림을 잘 가꾸기 위해서 실시한 간벌작업이 오히려 산을 망치는 일이 되었다. 이런 면적이 한해에 수십 정보씩이나 되어 울창하던 산은 해가 다르게 수척해지고 있었다.

　몇 년간 산을 망쳐오던 주지는 이번에는 방화선 설치라는 명분으로 또 산에서 나무를 베어내기 시작하였다. 방화선 설치란 산에서 화재가 발생했을 시 불길이 넓은 면적으로 번져가지 못하게 일정구간에 인화물질을 제거해주는 작업으로 10m 넓이로 2~3km씩을 하고 있었는데 이 또한 목재 가치가 좋은 소나무가 있는 곳만을 골라서 작업을 했다. 이렇게 해서 얻어진 수입이 사찰운영에 쓰인 것도 아니었다. 주지는 작은부인까지 두고 있었다.

　이쯤해서 나는 주지스님과 개인적인 친분을 떠나서 처신을 해야 되겠다고 생각했다. 웬만하면 눈을 감고 참으려 했지만 해도 너무했다. 나는 간벌작업과 방화선 설치작업의 무리했던 점을 감독 책임 있는 군청 산림과를 찾아가서 이야기를 하였다. 신고를 해주어서 고맙다는 말이 나올 줄 알았던 산림과장은 오히려 난색을 표하며 주지를 두둔하고 나왔다.

　"절에 스님들도 몇 분 안 계시는데 서로 타협하며 사시지, 이런 문제를 여기까지 와서 신고를 하면 어떻게 해요? 우리 지금 거기에 출장 나갈 인원도 없어요."

　엄연한 공적인 문제를 신고한 나를 매정한 사람으로 몰

아세웠다. 그간 주지스님의 부정행위가 산림과에까지도 연관되어 있는 일이라는 것을 직감했다. 경고 차원에서 일을 끝내려 하였으나 군청에까지도 연관된 부정이었다는 느낌을 받고 보니 이 일을 덮고 넘어가서는 안 될 것 같았다.

"그럼 검찰청에 가서 신고를 해야 되겠네요?"

심기가 불편해진 나는 이렇게 쏘아붙이고 산림과를 나왔다. 그제야 과장은 자기가 했던 말은 농담이었다며 군청 정문까지 따라나와 내 팔을 잡아끌고 산림과로 다시 들어갔다. 과장은 직원 2명에게 출장을 나가라고 지시했다. 나는 그들과 함께 현지답사를 하게 되었다. 간벌작업과 방화선 설치 허가지역의 도면을 가지고 나온 그들은 확인해보더니 엉뚱한 곳에서 작업했다는 것을 시인했다. 주지의 의도적 소행이 밝혀졌다. 몇 년 전부터 해왔던 간벌작업은 허가지역이 아니었음은 물론이고 아직 썩지 않고 있는 베어낸 나무 밑둥치가 그대로 남아있어서 적은 나무를 옆에다 두고 큰 나무만을 골라서 베어냈음이 명백히 입증되었다. 수려해야 할 지리산은 이렇게 병들어가고 있었다.

이 사실이 군수에게 보고되었고 군수는 주지를 불러 엄중히 나무랐다. 다급해진 주지는 내 방으로 나를 찾아왔다. 나는 주지스님에게 나에게 사과할 것이 아니라 부처님께 참회를 드리라고 하면서 처음으로 사찰에서 시정되어야 할 문제점을 이야기하였다. 첫째는 작은마누라 동생인 산감을 절에서 해임시켜 떠나가게 할 것과 여고를 졸업하고 절에 와있는 주지스님의 딸이 공부하고 있는 학생들과 자주 어울리는 관계로 절 분위기가 좋지 않으니 딸도 마을로 내려 보낼 것을 건의하였다. 이런 정도의 건의는 받아들이려니 했었다.

웬걸, 주지는 시정은커녕 오히려 나를 더 견제하려는 방법을 찾고 있었다. 이때 절에 문화제 도둑이 들어 탱화 몇 폭을 훔쳐갔다. 경찰에서는 피해 책임자인 주지스님에게 혹 의심이 되는 사람이 없느냐고 물었고 주지스님은 나를 지목했다. 당연히 나는 경찰서에 불려가서 철저히 조사를 받았고 매일 한 차례씩 찾아가서 문안인사를 드리고 있는 할머니 스님이 계시는 암자까지도 수색을 받았다. 주지스님은 매일 나를 절에서 쫓아낼 궁리를 하였으나 마땅한 명분이 없자 할머니 스님이 계시는 암자의 나무 창고에 인부들을 시켜서 화목을 해둔 것까지도 시비를 하고 나섰다. 산감과 머슴을 시켜서 나무 창고에 쌓아둔 화목을 큰절로 옮겨 가려고 하였다. 부정 증거물을 확보하겠다는 뜻인 것 같았다.

주지는 완전히 이성을 잃어갔다. 세상에 본절 주지가 비구니 암자를 감싸주지는 못할망정 나무창고까지 뒤지는 법이 어디 있단 말인가? 나는 이들을 뒤쫓아 가서 대문 앞에서 제지를 하였다. 그러나 주지의 명을 받고 온 이들은 내 말을 들을 리가 없었다. 산감과 머슴은 나무창고에서 화목을 지게에다 짊어지려고 하였다. 나는 너무도 화가 나서 머슴의 뺨을 한 대 때리며 빨리 큰절로 내려가라고 주의를 주었다. 그때서야 산감은 머슴을 데리고 사라졌다.

다음날 아침 나는 법당에서 예불을 마치고 내 방에서 다시 잠이 들었는데 누가 구둣발로 내 방문을 찼다. 깨어나 문을 열어보니 형사가 서있었다. 형사는 다짜고짜 반말로 물었다.

"당신, 어제 누구와 싸왔어?"

난 직감적으로 상황을 알아챘다.

"싸운 것이 아니라 우리 머슴에게 주의를 좀 주었네요."

"그게 주의를 준 것이야? 폭행이지. 아무 말 말고 주민등록증 챙겨들고 따라와."

형사는 내가 씻고 가려고 세면장으로 가자 그곳까지 뒤따라왔다. 아침도 굶은 채 형사실에서 조사를 받았다. 머슴은 내게 맞아서 치아가 흔들린다면서 3주진단을 받아 나를 고소했고, 경찰은 구속영장을 신청해놓고 나를 유치장에 가두었다. 그날 밤 난생 처음으로 경찰서 유치장에서 밤을 새웠다. 참으로 기가 막혔다. 인간으로 태어나서 정직하게 살려고 노력해왔는데 그 결과가 결국 이런 꼴이 되고 말았으니 내가 잘못 살아온 것인지 세상이 잘못 되어가고 있는 것인지 도무지 헷갈렸다. 다음날 내 구속영장은 검찰에서 기각되었다. 영장이 기각되었는데도 경찰은 나를 풀어주지 않고 신원보증인을 세우고 나가라는 것이었다. 내 곁에는 보증을 서줄 사람 하나가 없었다. 밖으로 내보내주지 않으면서 그 안에서 보증인을 세우라니 난처하고 딱했다. 결국 배가 아파서 못 견디겠다고 꾀병을 해서 소화제를 처방해서 가지고 온 경찰서 옆 약국(당시 서울약국) 주인에게 사정을 하여 보증인을 세웠다. 시간은 밤 12시가 가까웠다. 그때서야 형사는 내보내주면서 다음날 9시까지 또 경찰서로 나오라고 하였다.

20리 밤길을 걸어서 천은사에 왔으나 본절에는 가기가 싫어서 할머니 스님의 암자를 찾아갔다. 할머니 스님은 나를 보고 눈시울을 붉히셨다. 나도 할머니 스님을 부둥켜안고 뜨거운 눈물을 쏟았다. 전생에 무슨 인연으로 이런 끈끈한 정을 맺게 되었는지 참 지중한 인연이다 싶었다. 뜬눈으로 밤을 새우고 다시 경찰서에 갔다. 전날 나를 담당했던 형사가 아닌 다른 형사가 나서서 머슴이 또 옆구리를 맞았다고 2주진단서를 가지고 왔다면서 내 구속영장을 재차 신청하였다. 상해 5주진단으로 구속영장이 두 번째로 청구가 되었다. 이번에도 법원에서 내 영장이 기각되었다. 구례경찰서가 생긴 이후 이례적인 일이었다. 내가 운이 좋았던 점도 있었지만 그만큼 구속사유가 아닌 것을 형식요건만 갖추어서 무리하게 영장을 청구했던 결과였다.

당시 주지스님은 승려로서 수행정진에 전념해야 함에도 불구하고 그런 본분에는 별로 관심이 없었고 주로 관공서 직원들과 어울리면서 시골에서 유지로 행세를 하고 지냈다. 그러다 1979년, 지방에서 검찰청 청소년 선도 대책위원으로 추천을 해주어서 그 명예직을 임명받아 대단한 영광으로 자부심을 갖고 지내고 있었다. 주지스님은 가끔씩 여러 사람이 있는 곳에서 자기 신분을 과시하고 다녔다.

"내가 산골 중이지만 이래뵈도 아이들이(청소년) 아무리 큰 죄를 지었어도 내가 책임을 지고 선도할 테니 풀어달라고 하면 검사들도 다 내 말을 들어주지요."

자연히 검찰청에서 일을 보아야 할 사람들이 주지스님을 찾아왔다. 이때 순천에 사는 어느 청년이 자기 어머니가 관세법 위반으로 구속되어있는 사건을 해결하기 위해서 천은사로 찾아왔다. 주지는 사건을 해결해주겠다고 돈을 받아챙기고는 사건을 해결해주지 못하였다. 결국 주지는 구속까지 되었고 이 사건은 kbs, mbc에서도 방송(1979년 10월 17일)되었고 중앙지 신문마다 보도되었다. 그 중 서울신문(지방판) 기사 제목만을 여기에 옮겨본다.

석방 미끼로 돈 뜯은 천은사 주지 구속(79년)

10월 17일 나를 구속까지 시켜서 절에서 쫓아내려고 원래 치아가 좋지 않았던 머슴을 치과에까지 데리고 가서 진단서까지 떼게 했던 주지는 오히려 자기가 먼저 구속되어 형무소로 넘어갔다.

주지는 순천교도소에 수감되어가면서 나는 이번 언론보도에 아무런 역할을 한 사실이 없었는데도 나를 의심을 하고 더욱 앙심을 품었다. 그가 교도소에 수감되고 나서 가만히 생각해보았다. 그렇게 친하게 지내왔던 사이가 이렇게 원수처럼 갈라서게 되는 현실이 서글펐다. 이것은 현실이 아닌 꿈속만 같았다. 꿈도 악몽이었다. 인생은 영광스러운 것 같으면서도 한편으로는 이렇게 추한 것이구나 싶었고 허무하고 부질없다는 생각이 들었다. 인생은 생각할수록 허무한 꿈속만 같았다. 나는 그간 짧은 생이었지만 기구하고 험난한 삶을 살아왔다.

이런 내 삶의 흔적들을 글로 한번 정리해보고 싶어졌다. 때마침 동아일보에 실린 제16회 논픽션 공모 사고(社告)를 보고 응모해보기로 마음먹고 기억을 더듬어 열심히 글을 쓰기 시작하였다. 논픽션은 사실성 문제성 진실성이 제일 중요하다는 것도 전년도 당선작 심사평을 통해서 알고 있었다. 글은 주로 지리산 도벌을 막아내기 위해서 도벌꾼들과 투쟁하며 싸워왔던 과정 위주로 써나갔다. 송충이가 솔잎을 뜯어먹어 숲을 망치듯이 인간들에 의해서 산천이 망해가는 과정을 썼기 때문에 글의 제목을 「인간송충이들」이라고 하였다. 마감날짜에 맞추어 원고를 신문사에 보내고 발표날짜의 신문을 펼쳐보니 내 「인간송충이들」가 당선작으로 선정되어 있었다. 1980년 8월 19일이었다. 꿈만 같았다. 내 생애 처음으로 내가 했던 일이 이루어진 뜻 깊은 일이었다. 내 작품은 1980년 《신동아》 11월호에 발표되었다.

여기에 당선소감을 옮겨본다.

당선소감

억울하고 서러운 사람들을 볼 때마다 진정 종교인이 취해야 할 자세가 어떠한 것인가를 생각해보게 된다. 선량하게 살려는 사람들은 배가 고픈데 아예 양심을 수술해버리고 오늘은 이같이 내일은 저같이와 협잡하며 사는 사람들은 부당하게도 살쪄가는 현실을 보게 될 때마다 나는 자신도 모르게 분노할 수밖에 없었다. 마음에서 분노를 비우라는 경전 앞에서 나는 뜬눈으로 밤을 새우며 고민하지 않을 수 없었다. 생선이 썩을 때는 소금으로 간을 하면 되지만 소금이 썩어갈 때는 무엇으로 간할 것인가. 지리산 도벌사건이 있은 지도 어언 16년. 10년이면 강산도 변한다는데 지금도 그때 사건이 어제 일처럼 생생히 기억되는 것은 그 사건이 사회적으로도 크게 물의를 일으켰을 뿐만 아니라 내 개인으로서는 더 말할 나위 없이 가슴 아픈 일들로 점철되었기 때문일 것이다. 관용과 이해가 악용당

할 때 초래되는 것은 종교가 꿈이고자 하던 세계와는 너무도 거리가 먼 것일 뿐이다. 진리는 형식에 있는 것이 아니라 우리 일상의 사사건건에 있는 것이 아닐까?

주어진 환경 속에서 얼마만큼의 진실을 가꾸며 사느냐가 무엇보다도 소중함을 외치고 싶다. 너무도 소중하여 안타까운 생이요 젊음이었기에 고독할 수밖에 없었던 내 일그러진 흔적들을 선보일 수 있는 기회를 준 《신동아》의 발전을 빌며 아울러 고독한 영혼을 보살펴주신 심사위원 여러분들의 건안을 빈다.

산에는 길이 있네 16

심원(深遠)에 들다

내 작품 『인간 송충이들』이 《신동아》(1980년 11월 호)에 발표되자, 전국에서 많은 애독자들이 격려의 편지를 매일 10여 통씩 보내왔다. 전혀 낯선 사찰 탐방객들이 내 방문 앞에 앉아서 내 작품 애기를 하는 일도 잦았다. 김천시 삼락동에 사는 주재완씨가 쓴 내 글에 대한 소회가 《신동아》(12월호)에 실리기도 했다.

《신동아》의 논픽션은 재미로만 볼 수 없는 것 같다. 재미 못지않게 긴장감이 따른다. 절실한 체험이거나 고발을 담고 있기 때문일 것이다. 그 중에서도 나는 이번 11월호에 실린 『인간 송충이』를 더욱 감명 깊게 읽었다. 20대밖에 안 되는 젊은 승려가 거대한 도벌꾼들의 조직에 맞서 끝까지 싸우는 구절구절을 보고 그 끈기와 정의감에 놀라지 않을 수 없었다. 문장 행간행간에는 더 밝힐 수 없는

무수한 얘기들이 숨어있는 듯한 느낌을 받았다. 이 논픽션은 불의
에 대한 방관과 체념이 당연시 되는 풍토에 좋은 경종이 될 것이다.
그리고 똑같이 어려움 속에서도 끈질기게 정의를 추구하며 살려는
사람들에게는 큰 용기를 줄 것이다. (…)

—《신동아》(1980년 12월호), 주재완

원양어선 선원들과 해외 교민들까지도 격려의 편지를 보내왔다. 전남 해남이 고향인 캐나다 토론토에 사는 박기호 씨는 내 건강을 챙기는 데 보태 쓰라며 얼마간의 달러와 비타민을 보내주기도 했다.

찾아오는 사람들이 거의 매일 있었다. 찾아오는 사람들의 대부분은 유신체제를 비판 반대하다가 옥고를 치렀거나 고초를 겪었던 이들이었다. 전남의 반체제인사 문병란(당시 해직교수) 시인과 김현장씨가 자주 찾아왔다. 김현장씨는 5.18광주사태가 전두환의 대 살육작전이라고 폭로하는 유인물을 만들어 뿌리다가 5,000만 원의 현상금으로 지명수배되어 있는 상태에서 부산 미문화원 방화사건을 일으켰던 사람이다. 그가 원주 천주교회교당에서 자수하기 전까지, 군부정권은 예비군을 동원하여 내 처소 주변 산속을 자주 수색을 했었다. 동원된 예비군들은 내 처소를 공연히 줄자로 재어보는 등의 촌극을 자주 벌이곤 했다.

우리 불교계에서는 법정스님이 어느 날 불쑥 찾아오셔서

내 글을 잘 읽었노라고 격려의 말씀을 해주었다. 대부분의 사람들은 가려운 곳을 긁어주듯 후련하다든가, 할 말을 잘 한 것이라고 내 글에 공감해주는 편이었다. 하지만 불교교단 내의 분위기는 많이 달랐다. 사찰을 운영하는 집행부측에선 사찰에서 이런 비리가 있어서는 안 되는 일이지만, 그렇다고 기왕 있었던 일을 이렇게 만천하에 떠들어대는 것은 너무 지나치지 않느냐는, 양비론을 주장하고 나섰다. 화합종단의 분위기를 깨뜨리는 해종(害宗) 행위자라고까지 혹평을 하고 나왔다.

이무렵(1981년) 천은사 주지가 또 경질이 되었다.

새로 취임해온 주지스님과 함께 4~5명의 객승들이 외지에서 몰려왔다. 이때 온 객승 중에는 불교환경연대 상임대표로 사패산과 천선산 터널공사와 새만금방조제공사 등 국책사업을 반대하는 데 앞장섰던 S스님과 또 이에 못지않은 경력의 소유자인 봉은사 주지를 거쳐서 최근(2017년) 승적제적문제로 총무원 앞에서 1인시위를 벌인 M스님 등이 있었다. 이들은 절에 오자마자 나에게 천은사를 떠나라는 강력한 암시를 주었다. 그러나 당시 나는 목물관건립의 꿈을 실현하려는 복안이 있었기에 절을 떠날 생각이 없었다. 이 많은 목각작품들을 어떻게 하고 어디로 떠나겠는가? 나는 모른 척 내 방을 지키며 버티었다. 이 객승들은 개인적으로 만나면 너그럽고 자비스러운 면이 보였지만 사찰운영에 관한 공적 태도에는 한기가 느껴질 정도로 싸늘했다. 당시 총무소임을 맡아보던 S스님은 어느 날 내 방에 찾아와서 내가 거처해 오던 방을 수리해야 되겠으니 방을 옮기라며 허름한 구석진 방 하나를 내주었다. 나는 2~3일간 구석방의 찢어진 문풍지를 바르고 망가진 부엌을 수리를 한 다음 그곳으로 옮겼다. 구석방에서 지낸 지 1개월쯤 지나자, 그 방도 수리해야 되겠다며 또 방을 옮기라고 했다. 나는 또 짐을 챙겨서 방을 옮겼다. 세 번째 옮긴 방도 얼마 안 있어서 또 비워주라고 채근했다. 난감했다. 천은사를 떠나라는 노골적인 처사였다. 몇 개월 사이에 다섯 번 방을 옮겨야 했다. 더 이상 버틸 재간이 없어 내가 어려서 자라왔던 암자인 할머니스님의 암자로 짐을 옮겨갔다. 절을 떠날 때, 나는 내가 쓰던 절방에 큰 목물 용 한 마리를 기념으로 남겨두었다. 내가 가장 아끼던 것이었다.

 천은사에서 내가 떠나야만 되었던 것은 한두 사람의 뜻에 의한 것이 아닌 여러 사람의 공동의지에 의한 것이었다. 몇 년 후, 조계사에서 우연히 M스님을 만났다. M스님은 나를 반기면서 미안해했다. 당시 자기 개인으로는 오히려 내게 치하와 격려를 해주고 싶었는데 그럴 기회를 갖지 못했다고 아쉬워했다.

 할머니스님이 계신 암자로 거처를 옮긴 뒤에도 많은 재

야 인사들이 암자로 찾아왔다. 지금도 기억되는 분은 이명박정부에서 특임장관을 지냈던 이재오 의원과 당시 인권변호사였던 박원순(현, 서울시장)씨다. 당시 내가 머물던 곳의 문전은 항상 정보과 형사들이 외부출입자를 감시하고 있어서 이분들이 왔을 때도 인사만 나누고 충분한 대화도 없이 헤어졌다. 그 후 이재오 의원이 19대 대통령후보로 출마하여 유세차 순천에 왔을 때 나는 그 유세장에 갔었다. 이재오 후보는 그날 페이스북에 글을 올렸다. 「내가 젊어서 민주화운동으로 도망 다닐 때」라는 제목 하에 "전남 모 사찰에 계시는 어른이 순천유세장에 오셔서 유세하는 나를 끝까지 지켜보시더니 주머니에서 돈을 꺼내 주시며 점심이나 먹고 가게, 하시고는 가신다. 강산이 몇 번 바뀌었는데도 아직도 나를 아우처럼 사랑하시는구나 싶어 가시는 뒷모습을 물끄러미 보면서 유세차에 오른 나도 울었다. (…)"

내가 암자로 거처를 옮기고도 들려오는 소문은 불길했다. 큰절에서 쫓아낸 사람을 암자에서 받아주니 암자에서도 쫓아내야 된다는 이야기가 돌고 있다는 것이다. 사실인지 아닌지는 모르지만 이게 사실이라면 나로서는 보통 심각한 문제가 아니었다. 객승들의 설쳐대는 행동으로 보아서 무슨 짓인들 못하랴 싶었다. 어린 핏덩이를 불쌍히 거두어 길러주셨던 할머니스님이 혹시라도 피해를 보실까 그게 더 걱정이었다. 나는 또 떠나지 않을 수가 없었다. 부처님의 자비는 경전에나 있지 현실에는 없는 것일까.

 막상 암자를 떠나기로 작정은 했지만 갈 길이 막막했다. 산골에서만 자라온 나는 산골을 떠날 생각을 못 하였다. 할머니스님께 쌀 서너 되를 얻어 짊어지고 무작정 지리산 깊은 산골 하늘 아래 첫 동네로 불리는 심원마을로 찾아들어갔다. 이것이 어려서부터 승복을 입고 부처님을 의지하며 살아오던 나의 첫 환속 아닌 환속이었다. 정처 없이 떠난 길이었다. 나는 이때 내가 어려서 보았던 감나무 가지에 까치가 집을 지어놓으면 어디서 덩치가 큰 까마귀 떼가 몰려와 집을 빼앗고 까치를 쫓아내던 일이 떠올랐다. 혼자 산길을 터벅터벅 걸어가면서 처음으로 뼈저리게 외롭다는 생각에 젖어보았다. 이런 것이 승려사회에서 문중 없이 사는 외톨이 인생의 시련이던가. 두 눈에서는 하염없이 뜨거운 눈물이 흘러내렸다. 누구에게 원망도 미움도 없는 그저 내 인생의 회한에 젖어 쏟아진 눈물을 손등으로 닦으며 심원마을에 도착하였다.

 초면인 이장을 만나서 찾아온 사연을 말하니, 그는 잘 찾아오셨다며 헌집 한 채를 내주었다. 그곳에 짐을 풀었다. 사찰의 대중처소에서 느껴보지 못했던 인간적인 따뜻한 정을 심산유곡 산골에 찾아와서야 맛보았다. 내 토담집은 비워둔 지 오래되어 손볼 데가 여간 많지 않았다. 소용되는 도구나 자재들은 그전의 처소에서 가파른 산길 40여 리를 내 등으로 지어 날랐다. 그 모든 어려움을 기구한 내 운명을 개척하는 것이라 생각하며 견디었다. 사람이 들만큼 아늑한 처소로 가꾸는 데 꼭 1개월이 걸렸다. 평생 처음으로 가져보는 자유스러운 나만의 보금자리였다. 당시 그곳은 전화도 전기도 없는 원시생활 그대로였다. 이때 작가 윤흥길씨가 찾아와서 이곳에서 집필을 하고 싶다고 하여 옆방을 내주었다. 윤흥길씨는 소설 『완장』을 출판하고 다음 작품을 준비하는 중이었다. 그와 나는 한집에서 몇 개월을 같이 지냈다. 언젠가는 동네 이장이 내 처소에서 얼마 멀지 않은 곳의 양씨네 집에 한 젊은 서울 청년이 와 있는데 가서 만나보자고 하였다. 나는 아무 때든 우연히 만나면 인사하면 되지 싶어 사양했다. 나중에 알고 보니 그 양씨네 집에 머물던 청년이 작가였다가 정치인으로 변신한 김한길씨였다.

사람들의 발길이 끊긴 심산유곡의 내 거처까지 변함없이 찾아오는 사람이 있었으니 다름 아닌 정보과 형사였다. 형사는 내 일거수일투족을 감시하면서 늘 어딘가에 보고하는 것 같았다. 그는 혼자 두 홉들이 소주 몇 병을 가지고 와서 밤이 깊도록 마시며 나와 잡담을 나누었다. 가끔 내 후배인 중학교 국어교사와 동행하였고, 한번은 경찰서 서장이 함께 온 적도 있었다. 1983년 당시, 《여성동아》에서 수필원고 청탁을 받고 썼던 수필 「산중일기」를 여기에 옮겨 본다.

아침이면 꾀꼬리, 뻐꾸기, 산비둘기, 머슴새 등 뭇새들의 한가로운 노래 소리에 눈을 뜨고 저녁이면 소쩍새의 애끊는 울음소리에 밤이 깊어가는 산촌.

이곳은 지리산 깊숙이 자리잡은 심원(深遠). 심원이란 이름 자체가 말해주듯이 정말 깊고도 먼 골짜기다. 건너편엔 불가에서 지혜를 상징하는 반야봉이 우뚝 솟아있고 우측으로는 노고단이 있어 마치 병풍을 드리운 듯 아늑한 마을이다. 행정구역으로는 전남 구례군에 소속되지만 생활권은 전북 남원군에 속하는 편이다. 전체 호수가 11가구. 이중 부부가 함께 상주하는 집은 네 가구뿐이다. 생활수단은 봄이면 산나물을 뜯고 도라지나 더덕을 캔다. 그리고 모두가 당귀, 천궁, 작약, 황기, 만삼 등의 약초재배와 토종벌을 기른다.

나도 금년 초봄 이곳에 오면서 벌 두통을 사두었는데 새끼 두 통이 분봉되어 4통이 되었다. 이것이 내 유일한 생활수단이요 전 재산이다. 금년은 이상 기후 때문인지 벌이 분봉되어 받아두면 곧 나가버리는 수난을 겪어야 했다. 그래서 벌이 나가려는 기색이 보이면 모기장으로 만든 망을 씌워 도망가지 못하게 막느라고 법석을 떨었다. 그래도 민씨네는 9통이 도망을 갔고 모두가 한두 통씩은 손해를 보았다. 나 역시 한 통이 도망가 4통만 남았다. 이렇게 나가려는 벌은 10여 일을 지켜서 안정을 시켜 놓아야만 안심할 수가 있다. 70여 통을 기르는 문씨는 봄부터 내내 얼굴이 새카맣게 탈 정도로 벌통 앞에서 살아야만 되었다. 그 통에 약초밭엔 풀이 무성하여 일손이 바쁘다. 풀매기가 먼저 끝난 사람은 옆사람을 도와준다. 시중에서 구입해온 비료나 잡다한 물건들은 찻길이 닿는 데까지 실어오면 네 짐 내 짐 할 것 없이 마을사람 전체가 나서서 날라준다.

이곳에선 이웃사촌이 아닌 모두가 다 의좋은 형제인 것이다. 누가 나서서 이래라 저래라 딱딱거리지 않아도 된다. 무슨 국가의 시책이니 정부의 지시니 하고 거창하게 떠들지 않아도 된다. 이곳만은 물질문명의 공해에 물들지 않은 사람이 사는 인간마을이기 때문이다. 자율이란 이렇게 효율적이고 창의적인 것이다. 물 맑고 공기 맑으니 사람들의 마음도 맑고 곱다. 칼날같이 시퍼런 종교적인 계율이 없어도 남을 의심하거나 미워하지 않는다. 울타리가 없으니 네 집 내 집이 아닌 우리들 집이다. 가끔씩 연휴 때면 시중에서 배낭을 짊어진 등산객들이 찾아와 노고단으로 가는 등산로를 묻는다. 일손 바쁘지 않은 사람이 나서서 길을 인도해준다. 개중엔 구차한 산중생활을 보고 안 됐다는 듯이 혀를 차는 사람들이 있다. 아마 그들의 눈엔 문명과는 거리가 먼 우리들 생활이 불쌍하고 측은하게 보였을지도 모른다. 그러나 어디 행복이라는 게 꼭 문명의 혜택 속에만 있다고 누가 장담할 수 있을 것인가. 비록 생활은 가난할지라도 마음만은 넉넉하게 사는 것을. 돈이 많아서 부자가 아니라 마음에 여유가 있어야 부자가 아니겠는가.

약초밭에서 김을 매다가 그늘에 앉아 쉬면서 지난 가을에 담가둔 다래주 한 잔을 들면 쏴하고 청풍에 다 끓는 소리가 들려온다. 코끝을 스치는 바람결엔 솔향기가 물씬 풍겨오고…. 그 어느 궁중에서 베푼 주악의 흥인들 이에 비할 건가.

벌이 분봉의 징후로 새끼가 깨어나면서 밀봉된 집을 트고 나올 때 생기는 딱지가 벌통 앞에 많이 떨어져 있으면 며칠 후 분봉이 되어 나온다. 언제 나올지를 몰라 종일 뙤약볕에서 기다리다가도 벌이 나와 멍석에 받아들 때 느껴지는 무게에서 오는 소박한 흐뭇함은 체험을 하지 않고서는 아무도 알 수 없는 가난한 사람들만의 행복이리라. 어려서부터 출가한 내가 수십 년을 몸담아왔던 불가를 떠나 이 심산유곡의 움막생활로 들어오니 사람들은 의문의 눈초리로 바라보았다. 혹자는 큰절의 주지로나 발령받아 떵떵거리며 살 일이지 왜 저리 타락의 길로만 빠져드는가 하고 안스러워하기도 했다.

나는 그들의 의문에 대한 내 마음의 속뜰을 이웃에게 보내는 편지에서 조심스럽게 비쳤다. 캐나다에 있는 한 친구에게는 이렇게 적었다.

"사람이 귀한 곳에서 사람의 소중함을 느끼고 싶었다."

그리고 서울 한 학생에게는 "노력한 만큼만을 기대하며 살고 싶어 괭이와 삽, 지게, 도끼 등을 준비해왔습니다. 또한 학생에게는 모든 삶의 형태가 획일적이어서는 안 된다고 생각합니다"라고 적었다. 이 분들에게 띄운 사연들이 내가 산행을 결심하게 된 요인이라고 보아도 무방하겠다.

그러나 이러한 결심이 영글기까지는 나름대로 형벌에 가까운 어려움이 없었던 것이 아니었다. 첫 번째 편지의 배경엔 부처의 혜명을 받아 자비를 바탕으로 살아야 할 종교집단에서 주도권 싸움에 이용할 문중관리에 급급한 나머지 자기 권속이 아니면 갖은 멸시와 박해를 가하는 비리에 시달렸던 사람들의 한숨과 그 서글프고도 절실한 체험에서 얻어진 나와 이웃사랑에 대한 각오가 깔려있는 것이다. 그리고 두 번째 편지엔 힘없고 불쌍한 서민들의 어려움을 보살펴야 할 승려로서 오히려 세속의 시은으로만 살아야 했던 내 지난 날의 대한 회의와 반성이었다. 적어도 베풀기에 앞서 신세지지 않으려는 내 초라한 결심. 세 번째 편지엔 개성과 창의와 양심이 무시된 채 나만이 옳고 이것만이 살길이니 따르라고 윽박지르는 사람들의 횡포와 내 종교만이 절대 진리요 가치라는 종교관의 독선과 아집에서 벗어나 조용히 가난한 내 양심의 등불을 지켜보자는 결심에 서였다.

앞으로 이 소망과 결심이 얼마나 지켜질지는 알 수 없는 일이지만 적어도 그렇게 되기 위한 노력의 자세만은 흩트리지 않을 결심이다. 실로 이 산골에 들어온 후 아직은 단 하루도 제대로 쉬어보지 못했다. 최소한 노력한 만큼만을 기대하며 살려고 했기에 기대한 만큼만은 노력을 해야 했기 때문이다.

나는 아침에 일어나면 조용히 마음속으로 기도를 드린다. 첫째는 내 의지가 흔들리지 않게 해달라고 빌고 다음은 계획을 실천할 수 있는 건강이 있게 해달라고 빈다. 신앙이란 결국 이런 선량한 기대요 차분한 확신이 아니겠는가. 하나님과 부처님은 웅장한 건물이나 거창한 형식 속에 있는 것이 아니라 소박한 사람들의 맑고 깨끗한 마음속에 계시지 않겠는가.

오늘도 해가 동쪽 하늘에서 떠서 서쪽으로 기우는 것은 교회나 사찰이나 이 산골 또한 한가지일 것이다.

— 《여성동아》 1983년 8월호에 수록된 졸작, 「산중일기」 전문

연재) 산에는 길이 있네 17

지었던 집을 뜯기고

지리산의 깊은 산골, 하늘 아래 첫 동네인 심원(深遠) 마을에서 자연을 벗하며 내 젊음을 묻고 남은 여생을 살아가고 싶었다. 자연은 거짓이 없고 진실했으며 미움과 배신이 없었다. 노력을 하면 하는 만큼의 대가를 보상해주었고 손 놓고 허송하면 이익이 없음을 깨닫게 해주었다. 이는 자연이 전하는 무언의 설법이었다. 이제 여러 사람들과 어울리며 옳고 그른 것을 따지고 시비하는 일은 멀리하고 숲속에 묻혀있는 바위처럼 묵묵히 살아가야겠다고 결심하고 나니, 이 산속이 나의 집이요 보금자리였다. 풀잎 하나하나가 다 내 몸처럼 소중했으며 발길에 차이는 돌멩이 하나도 함부로 밟을 수가 없었다.

이 자연 속에서 생을 마칠 때까지 살려면 아무래도 남의 집보다는 내 개인 소유의 처소가 있어야만 될 것 같았다. 그래서 어떻게 하면 내 집을 마련할 수 있을 것인가를 이웃 주민들에게 물어보았다.

심원마을에는 개인 소유의 땅이 있기는 하였으나 극소수였고 넓은 산천은 서울대학교 농과대학 연습림이었다. 대부분의 사람들은 옛날부터 이 연습림에서 토막(土幕)을 짓고 살아가고 있었다. 나도 이 골짝 저 골짝을 둘러본 뒤 적당한 장소를 찾았다. 옛날에 화전민의 집으로 지리산 공비토벌 당시 소개되어 비워두고 있던 폐가 터를 복원하여 살리고 했다. 앞으로 이 산골에서 세속을 등지고 살아가야겠다고 생각을 하니 그동안 알고 지내왔던 지인들을 두루 한 번 만나보고 싶었다.

서울로 향했다. 우선 몇 군데 들러서 친지들을 만나보고 동아투위 사무실에도 들러 유신독재에 맞서 직필 정론을 펼치려다 해직된 기자들을 만나보았다. 그리고 지인이 사장인 일월서각 출판사를 찾아갔다. 이곳에 가니 오래 전에 유신체제를 비판하는 시 「겨울공화국」을 써서 일본 어느 잡지에 발표했다가 교사직에서 해임되고 적당히 수양할 곳이 없는 처지여서 내가 있던 천은사로 오게 하여 몇 개월을 같이 지냈던 시인 양성우 씨가 출판사 일을 돕고 있었다. 반가웠다. 당시 일월서각 출판사는 공화당 박찬종 국회의원이 유신체제에 가담하게 된 동기와 그간 활동했던 행적에 대해서 뉘우치고 반성하는 심경록을 써서 책으로 출판하려고 했으나 국내 각 출판사들이 원고를 검토해보고는 모두가 다 거절해오던 원고를 받아서 『부끄러운 이야기』라는 단행본으로 출판을 했었다. 이 일로 유신정부에 밉보여 세무사찰을 당하고 감당하기 어려운 세금이 부과되어 어려운 처지에 있었다. 출판되었던 몇 권의 책도 판매금지 처분을 당했다.

내가 그곳에 갔을 땐 이런 상황이었다. 사무실의 한 직원이 간곡히 부탁을 해왔다.

"출판사가 이렇게 어려운 처지인데 월급만 받고 있을 수가 없으니 어디서 입만 얻어먹을 수 있는 곳이 있으면 아무 곳이나 소개를 좀 해주십시오."

얼마나 어려운 처지면 초면인 나에게 이런 부탁을 할까 싶어 마음이 찡했다. 나는 이 사람과 함께 산속에서 생활하면 되겠다 싶어 즉석에서 나를 따라가자고 했다.

다음날 그는 나를 따라서 구례로 내려왔다. 주민등록도 아예 내 주소지인 구례로 옮겨왔다. 그는 전남이 고향이었고 성함은 김술재였으며 법무부 교정공무원을 지내면서 남민전에 가담하여 반체제 활동을 하다가 적발되어 옥고를 치르고 나와서 출판사에서 일을 보고 있었다. 당시 나 역시 요주의 인물로 경찰서의 주목을 받고 있던 중이었는데 거기에 한 사람이 더 보태지니 정보과엔 초비상인 모양이었다. 당시 화엄사 회주이신 D스님께서 갑자기 열반을 하셔서 그 영결식장에 참석을 했었는데 거기에서 정보과의 간부를 만났다. 그는 서울에서 온 김술재를 다시 서울로 보내라고 요구했다. 나는 헌법에 주거의 자유가 보장되어 있는데 무슨 소리냐며 그의 요구를 거절했다.

김술재는 심원에서 내가 집짓는 일을 거들었다. 집을 지을 목재는 산중에 흔한 것이었으나 혹시 시비가 있을지 몰라 아예 남원에서 헌 집을 뜯은 목재를 구해 차로 실어왔다. 차가 닿는 곳에 자재를 내려놓으면 마을 사람들이 나서서 그 먼 거리를 운반하는 데 도와주웠다. 건물 구조는 옛날에 있던 그대로 짓고, 서울 김씨의 방 하나를 더 들였다. 서까래를 걸고 흙을 이겨 벽을 바르기 시작하였다. 일이 이대로만 진행되면 며칠 후면 집이 완성될 것 같았다. 기쁘고 뿌듯했다. 내가 이 골짜기에서 생을 마치고 뼈를 묻으면 내 영혼은 세세생생을 이 지리산을 지키는 수호신이 되겠다는 생각을 해보았다.

그날도 나는 아침을 일찍 먹고 서울 김씨와 함께 집 짓는 현장으로 나갔다. 갑자기 까마귀 몇 마리가 어디서 날아와서 머리 위를 돌며 까악까악 하고 심하게 울어댔다. 무슨 불길한 일이라도 있으려나, 생각하고 있는데 그때 갑자기 지리산 국립공원관리사무소 직원들이 들이닥쳤다. 그들은 어디서 허락을 받고 이 공원지역에 집을 짓느냐면서 따지고 들었다. 나는 대답할 말이 없었다. 그저 옛날부터 있던 폐가 터였기에 다시 집을 짓고 살려고 했던 것뿐이었다. 관리소 직원은 당장 집을 뜯지 않으면 의법조치하겠다면서 3일간의 말미를 주었다. 한번만 봐달라는 나의 간곡한 사정에 안면이 있는 한 직원은 자기들도 이러고 싶진 않은데 사무실로 공원지역에 왜 불법건축물을 묵인하고 있느냐고 전화를 걸어오는 기관이 있어 어쩔 수가 없다고 실토하였다. 그날 오후에는 백운산과 지리산 지역에 있는 서울농대 연습림을 총 관리하고 있는 광양의 연습림사무소에서도 직원이 출장을 나와서 연습림 지역에서 함부로 건축을 하지 말라고 경고하였다. 양수 겹장식으로 나에게 압박이 가해졌다.

내가 지은 집을 차마 내 손으로 뜯어낼 수가 없어 공원관리소 직원이 말미를 주고 간 3일을 넘기고 있었다. 3일 만에 다시 나타난 공원 직원들은 아직도 뜯지 않고 있는 건물을 보고는 당장 뜯어내라고 노발대발이었다. 그들도 직책상 어쩔 수 없는 일이었겠지만 안면이 있는 처지에 참 야속하였다. 더 버틴다고 해결될 일이 아니어서 결국 집을 뜯기로 결심하였다. 집을 짓기는 힘들었지만 허무는 것은 금방이었다. 공원직원들은 집을 뜯어낸 다음 방바닥의 구들장까지 괭이로 파헤치는 장면을 카메라로 찍은 다음 떠나갔다.

모든 것이 허망하고 허전했다. 가슴속에 부풀어 오르던 희망이 한 순간에 무너져 내렸다. 내 젊음을 이곳에 묻고 남은 생을 자연과 더불어 조용히 살아가려던 내 소박한 꿈은 산산조각이 났다.

집은 뜯겼으나 주위에 옮겨놓았던 벌통의 벌들은 멋모르고 숲속으로 날아다니며 꿀들을 열심히 물어 날랐다. 첫 해에는 네 통이었던 벌이 해마다 분봉이 되어 금년에는 열다섯 통으로 늘었다. 숲속의 풍부한 밀원에서 활동이 한참인 이 벌통은 옮길 수가 없으니 어쩔 수 없이 천막이라도 치고 지켜야만 했다. 남원시장에 나가서 천막을 하나 구해왔다. 밤이면 주변 숲속에서 들려오는 짐승들의 울음소리를 자장가처럼 들으며 천막 속에서 피곤한 잠을 잤다. 집을 뜯기고 나서 서울 김씨는 할 수 없이 산골을 떠나가고 나 혼자서 벌통을 지켰다. 천막에서 비바람 부는 우기를 어렵게 넘겼다. 자고 일어나면 두꺼비가 주변에서 놀았고 도마뱀은 천막 안에까지도 들어왔다. 고난 속에서도 무정한 세월은 흘러만 갔다.

깊은 지리산 속에는 가을이 제일 먼저 찾아온다. 산천에 단풍이 물들기에 앞서 아침저녁으로 쌀쌀해진 기온이 가을이 다가오고 있음을 알려준다. 천막에서 추운 겨울을 지내려면 바닥에다 구들장을 깔아야 되겠다 싶어 며칠 품을 들여 구들을 깔았다. 지게로 주변 숲속에서 월동용 나무도 충분히 날라다 쌓아두었고 벌통을 감싸줄 볏짚도 넉넉하게 준비해왔다. 이제 겨울식량만 마련되면 월동준비는 완전히 끝나는 셈이었다.

　식량을 구하러 남원으로 나갔다. 오랜만에 목욕탕에도 들러 목욕하고 이발도 하였다. 다음날 식량과 부식을 준비해서 한 짐 짊어지고 골짜기에 들어섰는데, 이게 웬일인가. 내 천막이 갈기갈기 찢겨져 바람에 펄럭이고 있었다. 누군가 칼로 내 천막을 갈기갈기 찢어놓은 것이었다. 누가 그랬는지는 모르지만 나를 이 골짜기에서도 못살게 쫓아내려는 수작인 것 같았다. 참으로 천인공노할 일이었다. 세상에 누구와 원수지고 살아온 적 없는데 이보다 더 잔인한 짓이 또 어디 있겠는가. 심성 좋은 이 심원마을 사람들의 짓은 아닌 것 같은데 이상한 일이었다.

　속담에 살다살다 못 살면 중노릇 간다는 말이 있다. 그런데 나는 어려서 동진출가하여 승려생활을 하다가 이곳 산골에까지 쫓겨왔는데 이곳에서마저 쫓겨나면 어디로 가야 한단 말인가. 내 운명이 저주스럽고 한탄스러웠다. 절망감이 엄습해왔다. 해가 저물어 찢어진 천막 속에서 뜬눈으로 밤새 밤하늘에 총총히 떠있는 별을 바라보며 생각을 해보았다. 내가 이렇게 누군가에게 저주를 받으면서까지 구차한 삶을 꼭 이어가야만 되는가? 이렇게 살아서 무엇 한단 말인가? 삶이 너무 힘겹고 피곤했다. 내 앞에는 아무런 희망이 없어 보였다. 차라리 이 고달픈 삶을 포기해버릴까? 이런 상념 속에서 날이 밝아왔다.

나는 투신을 할 생각으로 앞산 높은 절벽이 있는 곳으로 발걸음을 옮겼다. 가는 길초에 놓여있는 벌통이 시야에 들어왔다. 나뭇가지가 바람에 밀려와 벌의 출입을 막고 있었다.

이 절박하고 심각한 찰나에 벌통 하나에 애착이 남아있어서가 아니었다. 습관적으로 벌통 앞으로 다가가서 나뭇가지를 손으로 들어내주었다. 이때 막혀있던 출구가 트이자 한꺼번에 쏟아져 나온 벌떼들이 내 얼굴로 달려들었다. 나는 혼비백산 손을 내저어 벌을 쫓으며 가던 길 반대편으로 한참을 쫓겨갔다. 벌은 쫓으면 더 달려들며 쫓아왔다. 얼굴 여기저기를 쏘였다. 벌에 쏘일 때마다 정신이 번쩍 들었다.

얼마쯤 도망쳐 벌이 쫓아오지 않을 즈음 숨이 차올라 털썩 주저앉았다. 쉬면서 생각해보니 자살을 하려고 가던 길이었는데 이까짓 벌이 무서워서 쫓겨왔던 내 행동이 우습고 이상하였다. 본능적으로 내 삶을 사랑하고 있었기 때문인 것 같았다. 벌에 쏘인 얼굴은 퉁퉁 부어오르며 쓰리고 아파왔다. 한참을 멍하니 앉았다 일어난 나는 벌에 쏘이면 바르려고 약국에서 사다둔 연고를 생각하며 찢어진 천막이 있는 곳으로 걸음을 옮겼다. 나는 이미 앞산 절벽과는 반대편으로 가고 있었고, 동쪽 산마루에 얼굴을 내밀고 있는 눈부신 아침 햇살이 새삼 은혜롭게 생각되었다.

찢어진 천막을 다시 복원하고 싶지는 않았다. 내가 항상

이 장소를 지키고 있을 수도 없고 잠시 비우면 나를 이곳에서 쫓아내려는 세력들이 또 똑같은 일을 저지를 것이 분명했다. 나의 전 재산인 벌통을 해코지 않고 놔둔 것만도 천만다행이었다. 그러나 아무리 생각해도 이 벌통을 짊어지고 찾아갈 만한 곳이 없었다. 난감했다. 너무도 막막하고 답답한 나머지 부처님과 지리산 산신령님이 야속하다는 생각까지 하게 되었다. 그래서 맘속으로 부처님께 호소문을 써보았다.

부처님 전상서.

부처님, 부처님의 그 자비는 어디에다 쓰시려고 저같이 오갈 데 없는 불쌍한 인간에게는 왜 이렇게도 인색하십니까. 부처님의 뜻인 정의롭게 살려고 노력을 하다가 이 산골에까지 쫓겨왔는데 이곳에서마저 저를 쫓아내시면 저는 어디로 가야만 됩니까. 제가 이 세상에서 쉬었다 갈 곳은 어디란 말입니까. 갈 곳을 계시하여 주옵소서.

눈을 감고 이렇게 묵념을 드리며 두 손을 모아 합장을 하였다. 순간 스님 할머니가 내 앞에 나타나 나를 품에 안아주셨다. 너무도 황홀한 환상이었다. 감고 있던 눈을 뜨고 생각을 해보았다. 스님 할머니가 나를 품에 안아주시는 것은 내 인생에서 이제는 액땜을 다했으니 할머니가 계신 암자로 다시 가도 된다는 부처님의 계시가 아닐까 싶었다.

나는 짐을 챙겨서 짊어지고 그동안 의도적으로 멀리해왔던 할머님이 계신 암자로 찾아갔다. 객승들의 등쌀에 못살고 쫓겨난 지 4년 만에 나는 다시 내가 어려서 자라왔던 이곳 암자로 돌아왔다. 졸장부인 내 능력으로는 아무리 기고 뛰어봐야 역시 그 자리가 그 자리였다. 이것은 내 운명이었다. 암자 울타리 밖에다 조그마한 토막집을 짓고 심원 마을에서 벌들도 다 옮겨왔다. 봄이 되어 잎이 피고 꽃이 피니 벌들은 씩씩하게 활동을 잘 하였다.

나는 내 벌통을 관리하는 한편 주로 암자의 일을 돌보아 드렸다. 나를 길러주신 은혜에 보답하는 일이라고 생각하며 성심껏 심부름을 해드렸다. 이때는 할머니 스님은 노환으로 누워 계시고 상좌스님이 암자를 맡아서 운영하였다. 옛날부터 이 자비 도량에서 아이들을 잘 보살핀다는 소문이 돌고 있었기 때문인지 근래까지도 대문 앞에는 자주 불쌍한 아이들이 강보에 싸여 버려지고 있었다. 이런 일이 생기면 나의 자화상을 보는 것만 같아서 마음이 숙연해진다. 아이들을 정성을 다해 보살폈다. 생후 몇 개월도 안 되는 젖먹이가 버려지면 우유를 먹이는 일이 제일 힘들었다. 아기들이 커나면 읍에 있는 어린이 집과 유치원에 데려다주고 데려오는 일은 내가 할 일이었다.

상좌스님 역시 노스님 못지않게 아이들을 성심껏 잘 보살폈다. 스님의 하루는 새벽에 부처님께 예불을 마치면 우선 아이들의 기저귀를 갈아주고 우유병을 챙겨서 우유를 먹이는 일로 시작되었다. 돌이 돌아오면 돌사진을 찍어서 앨범을 만들었고 아이들의 교육보험은 물론 백세보험까지도 다 들어주시었다. 그동안 이 암자에서 길러져서 사회에 나간 아이들의 수가 얼마인지는 헤아리기가 어려울 정도로 많았지만 현재(2003년) 있는 아이들은 진희, 진아, 보리, 이슬, 효진이, 소영이 등 여섯 명의 아이들이다. 산골에서 이루어지는 일이지만 이 지극 정성으로 아이들을 보살피는 성의가 자연히 입소문으로 세상에 알려졌다. 미력이지만 나도 도와드리고 있는 스님의 숨겨져있던 덕화가 세상에서 인정받게 되자 내 마음도 뿌듯했다. 1990년 7월호 잡지『신부』에서 스님의 행적을 소개하였고, 1991년 6월 25일 KBS 인간극장에서도 스님을 집중 소개하였다. 1997년 6월 19일자 경향신문은 25면 한 면을 다 할애하여 스님을 크게 보도하였다.

당시 김대중 대통령은 2001년 7월 25일 스님을 청와대 만찬에도 초대하여 노고를 치하하여 주었다.

정부에서는 스님에게 국민포장까지 수여하였다.

포장증 (제14275호)

전남 구례군 광의면 방광리

정숙련

귀하는 우리나라 사회발전에 이바지 한바 크므로 대한민국 헌법 규정에 의하여 다음 포장을 수여함.

국민포장

2002년 3월 21일

대통령 김 대 중

산에는 길이 있네 18

오가는 인연들

　세월은 화살보다 빠르다. 내가 지리산 산골에서 벌통을 짊어지고 이곳 스님 할머님이 계신 암자로 거처를 옮겨온 지도 어언 삼십 년이 넘었다. 나를 길러주셨던 스님 할머님은 열반하셨고 비가 새던 낡은 가람은 새롭게 중수되었다. 그동안 우리 암자에서 키운 아이만도 여럿이다.
　그런데 내 속으로 낳은 자식이 아니고 남의 자식이라 그런 것인가?
　아이들은 똥오줌 가려 애지중지 길러서 중고등학교를 마치고 나면, 몰래 버리고 갔던 부모가 느닷없이 나타나 데려가는 경우가 많았다. 물론 고아였던 아이에게 부모가 나타났으니 보내줘야 하는 것은 당연하다. 그래도 이런저런 아쉬움은 어쩔 수 없다. 대부분 아이를 데리러 오는 부모들은 사전에 말 한마디 없이 마치 물품보관소에 맡겨두었던 물건이나 찾으러 온 것처럼 '내가 아무개의 부모요!'하고 불쑥 나타난다. 그 말은 이제는 아이를 데리고 가야겠으니 돌려달라는 묵시적인 요구다. 몰래 대문 앞에다 버리고 갈 때는 언제고 이제 와서 무슨 소리냐고 따져 묻고 싶지만, 아이들이 금방 제 부모인 줄을 알아보고는 반가워하니 그럴 수도 없다. 스님은 서운하고 아쉬운 정(情) 다 접으시고 그동안 길러오면서 찍어둔 생일 사진첩과 옷가지들을 챙겨서 가방에 담아 아이의 손에 들려주신다. 그리고는 떠나가는 아이의 뒷모습은 차마 쳐다보지 못하시겠는지 어서 잘 가라는 말 한마디를 남기고 법당으로 들어가 참배를 올리신다. 그 속마음이 어떠하실까! 인생은 역시 회자정리(會者定離)인가. 이렇게 부모가 나타나서 데려가지 않은 아이들은 사춘기가 되면 말썽을 부리다가 간다온다 말 한마디 없이 떠나간다. 그 중에 제일 기억에 남는 것은 E다. 그 아이는 스님께서 유독 정성을 더 기울이셨는데 또 유독 스님의 속을 썩이다가 떠나가서 그런 모양이다.

99년 11월 12일 초저녁, 어둑해질 무렵 절 대문 앞에서 인기척이 들려왔다. 나가보니 세 살쯤 되어 보이는 아이가 서있고 옆에는 옷 보퉁이 하나가 놓여있었다. 아이를 방으로 데리고 와서 재우려고 옷을 벗기는데 주머니에서 메모가 하나 나왔다.

"애비는 교통사고로 죽고 어미는 가출하고 할미인 저는 기르기가 너무도 힘들어서 염치불구하고 아이를 두고 갑니다."

그 아이가 바로 E다. 스님은 또 인연이 있어서 찾아온 아이구나 하시고는 다른 아이들과 함께 길렀다. 출타할 때면 꼭 봉고차에 E를 데리고 다니셨는데, 때로 음악을 틀어놓으면 E는 리듬에 맞추어 어깨춤을 추곤 했다. 상당 기간 전문적인 교육을 받은 아이처럼 몸의 율동이 자연스럽고 아름다웠다. 예능에 재능이 있는 것 같아서 유치원 때부터 국악을 가르쳤다. 유치원 때는 군내에 있는 국악선생님께 보내다가 초등학교에 입학하면서부터 국악의 고장인 남원 국립국악원에다 등록시켰다. 나는 일주일에 두 번씩 E의 초등학교 정문에서 기다리다가 E가 수업을 마치고 나오면 차에 태우고 남원국악원으로 가야 했다. 그즈음 명창 이난초 선생님의 문하에 들어갔다. 주말이면 선생님의 국악교습소가 있는 광주에도 다녀야 했다. 그곳에는 서울과 부산에서도 배우러 오는 문하생들이 있어서 먼저 가서 차례를 기다려야 하기 때문에 항상 바빴다. 눈이 오나 비가 오나 남원과 광주는 빠짐없이 다녔다.

E는 재능이 있어서 배우는 과정에서도 대회에 나갈 때마다 상을 타왔다. 부상으로 상금을 타오기도 했는데, 그럴

땐 상금보다 축하해주는 주변사람들 접대비가 훨씬 더 들었다. 그 외에도 국악은 돈이 들어가야 하는 경우가 많았다. 첫째로 명창 선생님의 많은 제자들 중 완창발표회가 자주 있었다. 그러면 서울이건 부산이건 공연장을 찾아가서 축하해주는 것이 문하생으로서 예의다. 축의금 봉투는 당연한 관례다. 배우는 사람 자신도 언젠가는 완창발표회를 할 것이기 때문에 꼭 찾아가봐야 한다는 쪽으로 분위기가 조성되어 있다. 그렇다고 공연장에 어린아이 혼자 보낼 수 없으니 늘 보호자가 따라가야만 했다. 국악을 배우려면 북도 전문 기능인에게 가서 맞추어야만 한다. 또 여름이든 겨울이든 방학 때마다 십여 일씩 합숙수련회를 한다. 이 수련회비가 보통이 아니다. 게다가 2년마다 한 번씩 무대에 출연하게 되는데, 이때 입고 나갈 의상은 두 벌이 필요했다. 무대에 나서면 누가 더 노래를 잘 하는가에 앞서 누구의 의상이 더 예쁜가가 눈에 띄기 마련이다. 전문의상실에 몸 치수를 재려고 아이를 데리고 가면 철없는 아이는 곱고 비싼 옷감만을 고집한다. 이래저래 초등생 아이 하나 국악을 가르치는 데 일 년 간 들어가는 비용이 일천만 원이 넘었다.

E는 초등학교 5학년 때 전주국악대회에서 전국 초등부 대상을 수상했다. 그리고 다음해인 6학년 때도 남원대회에서 대상을 수상했다. 구례 좁은 고을에서는 물론이고 국악에 관심이 있는 많은 사람들 모두가 E를 부러워했었다. 초

등학교에서 E의 인기는 최고였다. E는 초등학교 총학생회장 선거에서 경쟁자인 남학생을 누르고 학생회장에 선출되었다. 두 번째로 남원에서 대상을 수상했을 때, 스님은 너무도 기뻐서 전교생들에게 빵과 우유를 하나씩 돌렸고 학교 선생님들도 식당으로 초대해서 저녁식사를 대접해드렸다. 스님은 E에게 지극한 정성을 기울이셨다.

그런데 E가 중학교에 진학하고부터 조금씩 달라졌다. 학교가 파하면 친구들과 놀다가 밤늦게야 택시를 타고 와서 스님에게 택시비를 내라고 졸랐다. 중학교 2학년 어느 날이었다. E는 선생님이 오늘은 학급 단체로 고기를 먹으러 가는 날이니 각자 돈을 가져오라고 했다면서 스님께 몇만 원을 타갔다. 그날 밤 12시가 되어도 돌아오지 않았다. 도계암에서 자라 당시 직장에 다니고 있던 보리에게 전화를 해보라고 했더니 엉뚱하게도 진주에 있다는 연락이 왔다. 보리가 차를 가지고 진주로 찾아가서 데려왔다. E는 그곳 찜질방에서 또래 남녀학생들과 어울려 놀고 있었다고 한다.

그 후 일 년이 채 안 된 중3 때는 학교에 간 E가 이틀이나 들어오지 않았다. 첫날은 친구집에 갔나 했다가 이틀째 나는 학교로 찾아갔다. 담임선생님은 충남 홍성의 ㅇㅇ고등학교 2학년 7반 유ㅇ훈을 찾아가보라고 했다. 홍성에 가서 E를 데려왔다. 그때부터 E는 국악에도 별 관심이 없었다.

나는 늘 광주 국악교습소에 데려가기 위해서 학교 앞에서 기다렸다.

어느 날 학생들이 거의 다 빠져나오는데도 E가 나오지 않았다. 교실로 가봤더니 교실은 이미 텅 비어있었다. 친구들과 어울려 놀려고 후문으로 빠져나간 것이었다. 스님은 제 장래를 위해서 국악을 가르치려고 백방으로 애를 쓰시는데, E는 서서히 어긋나고 있었다.

어렵게 중학교를 졸업하고 고등학교는 남원예술고등학교 국악과에 입학시켰다. 이 학교는 기숙사가 있었다. 기숙사에서 지내라고 기숙사비를 주어 보냈는데 학교에서 연락이 왔다. E가 학교에 오지 않았다는 것이었다. 그 길로 영영 돌아오지 않았다. 어디로 갔는지 찾을 길이 없었다.

그로부터 얼마의 시간이 흐르자 E에게 돈을 꾸어주었다는 사람들로부터 반환하라는 청구서가 암자로 날아들었다. 스님이 단골로 거래를 하는 곳은 물론이고 전혀 알지도 못하는 병원, 약국, 주유소, 서점 등에서도 몇만 원에서 몇십만 원씩 다 꾸어갔다. 남원에 있는 신도네 집까지 찾아가서 돈을 꾸어갔다. 스님께선 아무 말씀 없이 몇백만 원의 돈을 다 갚아주셨다. 때로는 E의 소재를 묻는 전화와 함께 E가 아직은 미성년자이니까 그 보호자가 돈을 갚아야 된다는 협박성 전화를 걸어오는 경우도 있었다. 지금까지도 E의 빚 독촉장은 암자로 날아오고 있다.

1990년 사월 어느 날에 생후 2개월도 못된 핏덩이로 대문 앞에 버려졌던 보리를 키우던 시간도 기억 속에 켜켜이 내려앉아있다. 보리가 순천 청암대학 야간학부를 다닐 때는 내가 차로 순천에까지 데리고 가서 수업을 마칠 때까지 기다렸다가 데려오곤 하였다. 그 뒤 보리는 농어촌공사에서 직장생활을 했었는데 스님과는 아무런 상의도 없이 직장에 사표를 내고 종적을 감추었었다. 몇 년 뒤에야 현대건설 직원과 결혼해서 살림을 차렸다면서 아이를 데리고 찾아왔다. 이제 저희들도 세상 풍상을 겪으며 자식을 낳아서 길러보면 스님의 은혜를 느낄 수가 있을 것이지만, 스님을 곁에서 지켜보는 내 마음은 무척이나 아리다.

아이들이 다 떠난 산암(山庵)은 적막하고 쓸쓸했다. 스님도 이제 연세가 칠십이 넘으셨다. 관절이 좋지 않아 양 무릎을 수술을 했지만 여전히 보행이 불편하시다. 이제는 아이가 절에 들어와도 기르기가 힘든 형편인데 또 누가 아이 하나를 암자 대문 앞에 두고 갔다.

2013년 9월 2일 초저녁이었다. 이번에는 처음으로 남아였다. 남기고 간 메모를 보니 생후 삼 개월째 되는 떡아기였다. 주위에서는 스님께 아기를 다른 곳으로 보내라고 간곡히 말씀드렸다. 지금까지 수많은 아이들을 길러왔지만 결국은 스님의 가슴에 서운함만을 남기고 떠나갔기 때문이다. 스님은 인연이 있어서 찾아온 아이를 어떻게 남의 집으로 보내느냐며 망설이셨다.

아기가 절에 들어오기 꼭 삼일 전날 밤, 나는 이상한 꿈을 꾸었다. 이십여 년 전에 열반하신 스님 할머님이 생시처럼 대문 안으로 들어오시면서 "전에 살던 곳이라 다시 찾아왔다"고 또렷이 말씀하셨다. 괴이한 일이라고 생각하고 있었는데 사흘 뒤 아기가 들어온 것이다.

윤회와 인과를 믿는 불가에서 평생을 살아온 나는, 혹시 이 아이가 스님 할머님이 환생해서 찾아오신 것 아닌가 하는 생각이 들었다. 스님께 꿈 이야기를 하면서 이 아기를 꼭 길러보자고 적극 건의하였다. 스님은 주위의 반대를 무릅쓰고 내 건의를 받아들여주셨다. 그리고 덧붙여 말씀하셨다.

"꿈을 어떻게 믿습니까? 그래도 아기를 기르면서 하는 행동을 보면 노스님이 환생해오신 것인지 아닌지를 알 수 있겠지요."

나는 그날로 사유서를 작성해서 법원에 제출하여 판결을 받아 면사무소에서 아이의 호적을 만들었다. 성은 스님의 성씨인 진양 정(鄭)씨로 하고 이름은 지우(志宇)라고 지었다.

우리 암자에는 정지우(鄭志宇)란 이름을 가진 식구가 하나 더 생겼다. 지우가 세 살 때였다. 지나가는 관광객들이 암자에 들어와서 마당에서 서성이고 있었는데 지우가 그 중 한 관광객의 손을 잡고 법당 안으로 이끌었다. 그리고 제가 먼저 부처님께 절을 하면서 관광객에게도 따라서 하라는 시늉을 하였다. 이런 모습을 본 우리 암자 식구들은 지우가 노스님이 환생해서 오신 것이라고 굳게 믿기 시작했다. 지우의 얼굴을 자세히 살펴보면 옆얼굴이 열반하신 스님 할머님의 모습을 빼어 닮았다.

지우가 네 살 때였다. 스님은 노스님 살아생전에 외국 구경 한번 시켜드리지 못했으니 이제라도 시켜드리자며 지우의 여권을 만들어서 싱가포르와 인도네시아를 다녀왔다. 출국할 때 각자 여권을 손에 들고 줄을 서서 기다리는데 지우가 갑자기 서있던 열을 이탈해서 딴 곳에 가서 해찰을 부리는 바람에 애를 먹었다. 이때 지우를 꾸짖으려는 나에게 스님은 노스님을 대하듯이 예의를 갖추어야지 그게 무슨 버릇이냐고 오히려 나를 나무라시었다. 처음엔 나의 꿈 이야기를 반신반의하셨던 스님은 이제는 나보다도 더 확신을 갖고 지우가 노스님의 화신임을 굳게 믿고 계신다. 봉고차를 타고 먼 길을 갈 때, "노스님이 지금까지 생존해 계신다면 여러 곳을 구경이나 시켜드렸으면 좋았을 것을…" 이렇게 내가 말을 꺼내면 옆에서 듣고 계시던 스님은 지금 지우를 데리고 가고 있지 않아요, 하고 말을 받으신다. 스님에겐 이미 지우와 노스님이 둘이 아니다.

이제 우리 암자에서는 모두가 다 지우를 노스님처럼 받들어 보살피며 살아간다. 그것이 비록 '분별'이 지어내는 부질없는 허상일지라도, 내 마음이 짓는 헛것이라 할지라도, 이 작은 믿음으로 말미암은 모심이 불이문(不二門)으로 들어가는 과정은 아닐는지…. 나는 오늘도 지우를 차에 태우고 이십리길 어린이집을 오가면서 마냥 마음이 흐뭇하고 충만하다.

연재) 산에는 길이 있네 19

연재를 마치며

　연재를 시작한 지 벌써 3년이 지나 마무리할 때가 되었다. 그동안 따뜻한 시선으로 바라봐주시던 독자님들의 곁을 떠나려 하니 아쉽고 서운하다.
　그러나 연재 덕분에 나는 그동안 무덤 속에 갈 때까지도 가슴속에만 묻어두고 싶었던 내밀한 이야기들을 쏟아냈다. 그 누가 처절하게도 비참했던 자기의 과거를 남 앞에 말하고 싶겠는가. 나는 네 발로 기어다니던 어린 시절에 강보에 쌓여 지리산 자락의 한 여승암 대문 앞에 버려졌었다. 그래서 여스님들의 보살핌을 받으며 자라왔다.
　나는 지금 나를 낳아주신 어머님의 얼굴을 알지 못한다. 내 기억에는 어머님을 한 번도 본 적이 없었기 때문이다. 어머님의 얼굴을 한번 보고 싶은 것이, 지금껏 살아오면서 한 순간도 가슴속에서 떠나지 않는 화두처럼 맺혀있는 한 가지 소원이었다. 방방곡곡 내 발길이 닿는 곳은 다 수소문을 해보았으나 그리운 얼굴은 찾을 길이 없었다. 꿈에라도 한번 보았으면 싶지만 이마저도 허락해주시지 않으니 야속하다. 때로는 산속 골짜기에 들어가서 어머니 하고 소리쳐 불러보지만 돌아오는 것은 허무한 내 목소리 메아리뿐이었다. 나의 삶도 이제 잔월처럼 서서히 기울어가고 있으니, 이 사무친 소원은 이생에서는 이루지 못하고 다음생의 숙제로 가져가야만 될 것 같다.

나는 청소년기를 지나 성장한 후 아버님을 만나볼 기회가 있었으나 정을 느끼지 못해 몇 번 만나보지 못하고 세상을 떠나셨다. 아버님을 통해서 외가댁을 알게 되었고 외삼촌에게서 어머님이 나를 여승암에다 두고 떠날 수밖에 없었다는 사연을 들을 수가 있었다.

그때는(해방 직전) 흉년이 돌면 모두가 먹고살기가 힘들어 배고픈 고통을 감내하며 살던 어려운 시절이었다. 가난한 집안에는 먹을 것은 없고 아사 직전에 직면한 어머니는 자리가 잡혀 살만하면 다시 찾아와서 데려갈 생각에서 임시로 나를 여승암에다 두고 살길을 찾아 만주로 떠나셨다고 한다. 그러나 그 후 분단의 38선이 막혀 왕래도 소식도 알 길이 없는 막막한 세월이 되고 말았다.

나는 중국과 수교 후 만주를 거쳐서 백두산을 다녀왔다. 백두산을 가기 위해서 버스를 타고 연길과 용정을 지나는데 왜 그렇게도 두 눈에서 뜨거운 눈물이 하염없이 쏟아져 나오던지 참느라고 애를 먹었다. 아마도 만주에서 생을 마친 어머님의 정령이 그곳을 찾아간 천륜을 잊지 못하고 나를 품에 안아주셨기 때문이 아닌가 싶었다.

평생을 그리워하던 어머님을 생시에는 만나보지 못하고 영혼의 정령으로 만주땅 용정에서 만나본 것 같다. 쏟아지는 눈물을 손수건으로 닦으면서도 어머님의 정취가 느껴지는 것 같았다. 그때 귀국 후 얼마 있다가 어머님이 그리워서 또 다시 용정을 찾아갔다. 그러나 이번에는 그런 감흥은 느낄 수가 없었다. 어머님의 영혼이 왕생극락을 하셨기 때문이라고 믿어본다.

운명적으로 고독한 나는 어린 나이에 동진출가하여 부처님의 뜻을 받들어 정의롭게 살아보겠다는 생각에서 사찰 집행부의 부정에 눈감지 못하고 이의를 제기하기 시작했고 사회의 부조리에까지 관심을 갖게 되면서 내 인생의 비극은 시작된 것 같다. 부정과의 싸움은 힘이 있어야 되는데 나에게는 힘이 없었다. 한마디로 힘은 동조하는 동료와 조직을 말하는데 나는 불교 교단 내에서도 문중이 없었다. 생각하면 불교 교단은 다 같은 일불(一佛) 제자인데 이 좁은 나라에서 왜 한집안 식구끼리 경상도 문중 전라도 문중을 따져야만 되겠는가? 이것은 부처님의 뜻이 아닌 것 같아서 나는 의도적으로 문중의 대열에 서기를 거부해왔다. 그러나 모두 문중을 찾고 있는 현실에서 나는 외로울 수밖에 없었다. 언제나 어디서나 직언을 하는 사람은 그 단체에서 모난 사람으로 몰려 따돌림을 받는다. 비리를 지적하면 비리를 시정하려는 노력에 앞서 분열 행위자로 몰아 심한 불이익만 돌아온다. 심한 경우는 전혀 사실이 아닌 무고한 혐의까지 뒤집어 씌워서 형사처벌까지도 받게 만든다. 억울하고 분하지만 저들끼리 짜고 증언까지 하고 나서니 통탄할 일이다. 진실을 지켜가는 일은 이렇게 숨 막히게 고독하고 피를 토하는 험난한 고행이다. 나는 이런 질곡의 삶을 체험해왔다.

내가 겪어왔던 삶의 흔적은 1980년 《신동아》 11월호 논픽션 『인간송충이들』이 증언하고 있다. 세상에 내어놓을 문제성 있는 글은 객관적으로 증거가 불확실하면 쓸 수가 없는 것이기에 실지로 내가 겪어왔던 체험의 몇 분의 일도 안 되는 내용들이었다. 《신동아》에 발표했던 논픽션의 내용은 여기에 별첨(別添)을 하지 않더라도 에세이스트에 연재해왔던 〈산에는 길이 있네〉의 내용에 대부분 녹아있다. 나는 지금껏 살아오면서 내 양심에 옳다고 판단되는 일에 혼신의 노력을 다해왔다. 그러나 남은 것은 상처뿐이다.

성삼재에서(2016년 봄)

요즘 원고를 쓰기 위해서 책상 앞에 앉아서 옛날 일들을 회상하다 보면 다시 한 번 분노가 차올라서 격분을 하다가도 어느새 두 눈에서는 눈물이 흘러내린다. 세월이 무상하고 인생도 무상하여 처연해지기 때문인가보다.

이제 활활 타오르던 지리산의 봉화불길도 다 꺼져 잦아들고 한 알의 불씨마저 시들어가는 처지의 나에게 나 아직도 죽지 않고 여기 이렇게 살아있네, 하고 소리쳐 외칠 수 있는 에세이스트의 무대를 열어주신 김종완 발행인과 조정은 주간께 더운 마음으로 감사의 뜻을 전합니다.

4부

어느 이야기
혜관(慧觀) 스님
보리
스님은 침묵
어느 천도식
인도 여행기
P교장과 朴씨

어느 이야기

오래 전에 들었던 이야기다.

한국의 한 젊은 청년이 일제하에 일본으로 징용되어 갔었다. 그는 일본의 한 부대에 배속되어 근무하면서 부대 주변 마을에 사는 한 처녀를 사귀어 사랑을 나누게 되었다.

그들은 날이 갈수록 도저히 헤어질 수 없는 짙은 열애에 빠졌다. 그러나 처녀의 부모들은 징용에 끌려온 한국인 청년을 달갑지 않게 생각하고 그들의 결혼을 결사반대하였다. 이런 어려움에 처해 있을 때 한국은 독립이 되었다. 징용에 끌려갔던 청년에겐 귀국할 수 있는 기회가 주어졌으나 처녀와의 관계 때문에 고민하지 않을 수 없었다. 사랑을 포기하느냐 귀국을 포기하느냐의 진퇴양난.

그는 며칠간의 고민 끝에 처녀와의 관계를 포기하고, 그리운 고국행을 결심하였다. 그리고 그 심정을 처녀에게 알렸다. 사연을 들은 처녀는 청년에게 매달리며 제발 나를 데리고 귀국해달라고 눈물로 호소하였다. 자신은 부모형제와 고향산천을 못 잊어 그녀와의 관계를 포기하기로 결심하였는데 그녀는 사랑을 위해서 부모의 만류를 뿌리치고 조국까지도 버리겠다고 나서는 태도에 감동되어 그는 결국 그녀를 데리고 귀국하게 되었다. 그녀는 남편의 나라인 한국에 와서 일제하에 핍박을 받았던 뭇사람들의 멸시를 받으면서도 오직 일편단심 남편만을 섬기며 어려운 살림에도 잘 적응해 나갔다.

  그러나 그들의 생활은 해가 거듭될수록 쪼들리기 시작했다. 공부나 기술을 배워야 할 나이에 징용에 끌려갔던 남편은 특별한 직업이 없이 빈둥빈둥 주막을 드나들며 술로 세월을 보내곤 했다. 어려운 가정은 부인이 남의 집 품팔이로 근근이 꾸려나갔다. 그런데도 남편은 의처증이 생겨 걸핏하면 부인을 폭행하는 버릇도 생겼다. 사흘이 멀다고 부인을 손찌검하는 소리가 담을 넘어 이웃집에까지 들려왔다. 주위에서 싸움을 말리는 일도 한두 번이지 매일이다시피 계속되는 이 가정불화에 환멸을 느끼고 이제 으레 그러려니 하고 무관심해져갔다. 마을 사람들은 아무 잘못한 일도 없이 매만 맞는 부인이 안쓰럽고 가여워 다 집어치우고 고향으로 돌아가라고 권유하기도 했다. 그러면 그녀는 눈물을 흘리다가도 "남편의 고향이 내 고향이지요. 남편의 나라에 내 뼈를 묻고 싶어요"라는 말로 사람들의 말에 대응

하곤 했다.

　술독이 올라 코가 딸기처럼 빨개진 남편은 매일 술이 아니면 살지 못했고 술이 취했다 하면 부인을 폭행하는 일로 술을 깼다. 부인은 남편에게 손찌검을 당하다가도 이웃 사람들이 만나러 가서 "일본댁"하고 부르면 흐트러진 옷매무새를 가다듬으며 "네"하고 상냥한 표정을 지으려고 애를 쓰며 나오곤 했다. 술을 이기지 못하고 더 이상 부인을 때리지 못할 정도로 기력이 쇠진해진 남편은 결국 피골이 상접한 몰골로 숨을 거두고 말았다.

　장례를 치르고 난 다음 마을 사람들이 부인에게 위로의 말로 "서방님이 돌아가셔서 안 되긴 했지만 한편 생각하면 차라리 잘 되었는지도 모르지요. 어찌 허구헌 날 매만 맞구 살겠수" 했다. 그러나 그녀는 정색을 했다.

　"아니지요. 아무리 제가 매를 맞더라도 그것은 내가 그이의 아내이기 때문이지요. 이제 그이가 가고 없는 지금 내가 아무리 잘한들 기뻐해줄 사람이 누구며 잘못한들 꾸중해줄 사람이 누가 있겠어요. 부부란 서로에게 하늘과 같은 것인데 그이는 그 존엄을 따르지 않았기에 세상을 빨리 떠나시게 된 것 같아요."

　그녀의 표정엔 가슴이 찢어지는 슬픔과 하늘이 무너지는 듯한 절망이 어려있었다.

2016 연간집 『빈 하늘 그대로』

혜관(慧觀) 스님

　비구니 혜관스님은 경남 남해에서 태어나 지리산자락의 조그마한 산암으로 동진출가하여 평생을 이곳 한 곳에서만 가람을 수호하며 정진중이시다. 타고난 성품이 온화하고 넉넉하여 항상 주변에 따르는 사람들이 많다. 아무리 생면부지의 초면이라도 한번 대하고 나면 수년간 친해온 지기처럼 정감이 느껴지는 분이시다.

　그래서 그런지 스님이 거주하시는 이곳 산암의 대문 앞에는 가끔씩 태어난 지 얼마 안 되는 핏덩이를 강보에 싸서 두고 가는 일들이 발생한다. 그러면 스님은 이 업동이를 지중한 인연으로 믿고 친자식처럼 소중하게 온 정성을 다해서 기르신다.

　스님이 출가하신 후 이렇게 버려진 아이들을 길러서 사회에 내보낸 아이들의 수가 지금까지 얼마인지 헤아리기가 쉽지 않다. 스님의 출가생활은 선방에서 참선을 하거나 강원에서 경학을 공부하는 것보다도 아이들의 기저귀를 갈아주고 입에 우유병을 물리는 것이 수행이며 공부였다.

스님의 이런 지극정성의 생활은 산골에서 이루어진 일이지만 자연히 사람들의 입소문으로 세상에 알려졌다. 1990년 7월 『신부』라는 잡지에 소개되더니 KBS의 〈인간극장〉(1991년 6월 25일)에서 집중 취재하고, 경향신문(1997년 6월 19일)에서도 기사로 다루었다. 마침내 김대중 대통령께서는 청와대 만찬(2001년 7월 25일)에도 초대해주셨고 정부에서는 스님의 사회적 공헌이 크게 인정된다고 하여 국민포장(제14275호)까지도 수여하였다.

이런 스님께서 최근에 버려진 아이들을 보살펴왔던 일로 못 당할 일을 겪으셨다. 이미 신문 방송을 통해서 알려진 일이지만 어린이집 교사들이 아이들을 함부로 학대해서 구속 또는 무거운 벌금형의 처벌을 받은 바가 있었다. 신문에는 어린이를 학대한 사실을 신고한 사람에게는 많은 보상금을 준다는 보도가 있었다. 그럴 무렵이었다. 뜻밖에도 경찰서에서 스님에게 어린이를 학대했다는 신고가 들어왔으나 조사를 받으러 경찰서로 나오라는 연락이 왔다. 신고한 사람은 십여 년 전에 암자에 아이를 버리고 가서 스님께서 애지중지 기르다가 부모가 와서 데리고 간 소영이와 그 부모들이었다.

사건의 개요는 이렇다. 십여 년 전 어느 날, 한 젊은 여인이 세 살쯤 되는 어린아이를 데리고 암자에 왔었다. 스님은 지나가는 길손이거니 생각하고 있었는데 잠시 후에 보니 여인은 없어지고 아이만 혼자 남아있었다. 날이 저물어 아이를 방으로 데리고 와서 재우려고 윗옷을 벗기는데 주머니에서 메모가 하나 발견되었다. 메모에는 이런 내용이 적혀 있었다.

"말 못할 사정이 있어서 아이를 두고 가니 잘 길러서 제자로 삼으십시오."

주소와 이름은 적혀 있지 않고 생년월일만 적혀 있었다. 스님은 이 아이의 사유서를 작성하여 법원에 보내 재판을 받아서 이름을 지어 호적에 올리고 다른 아이들과 함께 길렀다. 그런데 이 아이는 유난히도 음식을 많이 먹었다. 주지 않아도 훔쳐 먹었다. 스님은 가난한 집에서 못 먹고 자라 속이 허해 그런가보라면서 부산의 친동생 집에 맡겨 반 년 가까이 쇠뼈를 고아 먹이도록 했다. 아이는 공부에는 별 취미를 보이지 않아 국악을 가르치려고 국악원에 등록시켜서 학과후 과외도 시켰다. 아이는 암자에서 스님을 도와 운전을 하고 있는 처사인 나를 아빠라고 불렀다.

아이가 초등학교 2학년 때였다. 담임선생에게서 전화가 걸려왔다. 아이의 부모라는 사람이 찾아와서 아이를 데려가겠다는데 어떻게 찾으면 좋겠느냐는 문의전화였다. 스님은 아이를 데려가려면 절에 와서 상의할 일이지 왜 학교에 가서 그러는가 싶고 도리가 아닌 일이기에 보내주지 말고 그 부모를 절로 보내달라고 하셨다. 잠시 후에 부모가 절로 왔다. 여인의 얼굴을 쳐다보니 처음 아이를 데리고 왔던 여인이 맞았다. 신변인계 인수서 2부를 작성하여 상호 서명날인 후 나눠 갖고 아이를 돌려보냈다.

그로부터 6년이 지난 어느 날, 갑자기 경찰서에서 이런 전화가 온 것이었다. 그 부모는 처사인 나까지도 성추행혐의로 고소를 했다. 나는 그 아이를 유치원과 초등학교에 몇 년간 실어 나른 일밖에 없었다. 그러나 신고가 접수됐으니 조사를 받지 않을 수가 없었다. 조사는 녹음과 녹화가 동시에 되는 특수 조사실에서 전남 경찰청 특수조사계 형사에 의해서 이루어졌다. 형사의 심문은 집요했다. 그는 내게 천진난만한 어린아이들은 거짓이 없는 것이니 바른대로 말을 하라고 추궁했다. 정말로 죄를 지었으면 자백을 안 할 수가 없는 초조하고 난처한 숨 막히는 순간들이 이어졌다. 차라리 고문을 받는 게 낫겠다는 생각이 들 정도였다. 그러나 아이를 학대하고 성추행한 사실이 없으니 끝까지 진실을 주장할 수밖에 없었다. 아이의 부모들은 우리에게 거짓말 탐지기의 검사까지도 요구하고 나섰다. 우리의 강력한 진실주장에 고소인을 의심한 검찰에서 수사관을 고소인에게 보내 심문한 결과 우리에게서 돈을 얻어내기 위해서 허위 사실을 고소했음이 밝혀졌다.

검찰에선 사건 번호 641호인 이 피의사건 처분 결과 "혐의없음"을 알려왔다. 이 결과 통지서는 2016년 6월 1일자, 순천지청 최은영 검사 이름으로 발부되었다.

나는 원래 신경성 위장병으로 오랫동안 병원에서 치료를 받아왔었다. 이제 겨우 완치가 되어 약을 끊은 지도 몇 개월도 안 되었는데 이번 일로 신경을 써서 또 다시 병원에서 약을 타다가 먹는다. 나는 이번 일을 참기가 너무 억울하고 분해서 아이 부모들을 무고혐의로 고소하려고 고발장을 써서 경찰서로 가려다가 스님에게 의견을 여쭈었다. 그랬더니 내 의견에 공감해주실 것으로 믿었던 스님께서 의외의 말씀을 하셨다.

"우리가 전생의 악연으로 이런 일을 당했는데 이번 일로 그 인연의 고리가 풀려가고 있으니 아무리 억울하더라도 조금만 참고 이해를 해주면 그 사람들과의 인연은 이것으로 끝나는 것이오. 더 이상 그 사람들과 인연을 갖지 맙시다. 그 사람들이 악한 것이 아니라 우리가 과거생에 그렇게 악했던 것이오. 지금 저 사람들의 행위는 과거생의 우리들의 모습이오. 그 사람들을 탓할 것이 아니라 우리들의 잘못했던 것을 참회합시다. 저 사람들은 과거의 내 모습을 볼 수 있는 거울이 아니겠소? 정 고소를 하고 싶으면 우리 절을 떠나서 딴 곳에 가서 하시지요."

나는 스님의 말씀을 듣고 난 후에도 맘속의 앙금이 얼른 풀리지 않아 몇 시간을 생각한 끝에 결국 스님의 뜻에 따르기로 하고 고소장을 소각장에 가서 소각하였다. 그런 뒤부터 병원에서 타온 약을 먹지 않아도 뱃속이 편안했다. 다음 날 약봉지도 소각장에 갖다버렸다. 나는 스님의 담담한 말씀의 여운 속에서 이미 열반하신 부처님의 음성을 듣는 것만 같아서 한없이 충만하였다.

2016연간집 『문학회 가는 길』

보리

"시님, 시님, 보리시님이 절에서 나갔다면서요?"

스님께서 불공거리를 준비하기 위해 읍내시장 골목을 들어서자 모퉁이에 있는 가게 할머니가 스님을 잡고 물어왔다. 스님이 가타부타 입을 열기도 전에 할머니는 또 말씀하셨다.

"보리가 애인이 생겨서 애인이 좋은 차도 사주고 멀리 데려 갔다고 읍내에 소문이 다 돌았어요. 그나저나 그것이 사실이요?"

할머니는 그것이 궁금해서 묻는다기보다는 이미 확신을 갖고 확답을 받으려는 태도였다. 스님은 먼 곳을 잠시 바라보다가 무겁게 입을 열었다.

"그것이 아니고 지가 타던 차가 낡아서 새 차를 산다고 계약금을 좀 달라고 허길래, 백만 원을 주면서 네 처지에 맞는 경차나 사라고 했지요. 그런디 좀 비싼 차를 뽑았는가 봅디다. 비싼 차를 뽑아 놓고 저도 걱정이 되겠지요. 그래서 밤에도 벌어야 되겠다고 일자리를 알아봐달라고 허길래, 이 좁은 시골에서 네 입맛에 맞는 일자리가 어디가 있겠느냐, 그랬더니 밤낮으로 벌 수 있는 곳을 찾아서 어디론가 갔는가 봅디다."

스님은 보리 문제를 빨리 기억에서 지워버리고 싶은지 "오늘 장에는 무엇이 싼가?" 하시고는 얼른 발길을 돌렸다. 할머니는 스님과의 대화가 싱겁게 끝난 것이 아쉬운 듯 돌아서서 가는 스님의 등 뒤를 쳐다보며 후렴처럼 한마디를 더 중얼거렸다.

"그래, 그렇구만, 그래야지. 지가 어떻게 컸는디, 시님 허락 없이 나가믄 벌 받지 암, 천벌을 받지."

스님과 보리가 만나게 된 것은 1990년 4월 중순이었다. 그러니까 지금부터 꼭 22년 전, 내가 스님의 암자에서 섭외 일로 봉사해온 지 3년 째 되는 해였다. 그날따라 산암山庵의 밤은 칠흑이었고 유난히 고요했다. 적막한 어둠이 내려앉은 산자락에선 나뭇가지들의 숨 쉬는 소리가 들려오는 듯싶었다. 그때, 난데없는 아이의 울음소리가 고요를 깨뜨렸다.

"응애, 응애~"

이 밤중에 더구나 비구니가 수행하는 청정도량에 어린아이의 울음소리라니…. 때마침 법당에서 저녁기도를 마친

스님께서 밖으로 나왔고, 나도 해우소에 들렀다가 나오는 길이었다. 아이 울음소리는 대문 밖에서 들려왔다. 누가 먼저랄 것도 없이 스님과 나는 가로등이 켜져 있는 대문 밖으로 나갔다. 신선한 밤공기가 얼굴을 스쳐갔다. 아기는 강보에 싸여 도로변에 방치되어 있었다. 내가 스님을 쳐다보며 말했다.

"이게 무슨 일일까요?"

"또 식구가 하나 더 생겼네요."

스님은 예감이라도 한 듯 차분한 표정이었다. 생후 2개월이나 되었음직한 건강해 뵈는 여아였다. 스님은 그동안 문전에 버려진 아이들을 수없이 길러 사회에 내보내곤 했었지만 이처럼 핏덩이를 대하기는 처음이었다. 당장 배가 고파 울어대는 아기에게 젖은 어떻게 해결해야 하며 절집에서 아이의 울음소리와 똥오줌은 또 어찌 해결해야 된단 말인가? 스님은 잠시 시름에 잠긴 듯하더니 이내 연못에서 갓 피어난 연꽃처럼 청아하고 평화롭게 미소를 머금고 혼잣말처럼 중얼거리셨다.

"어쩔 수 없지. 지중한 인연인 걸…."

다음날 스님은 일찍 읍에 나가 기저귀와 분유와 젖병을 사오셨다. 그러나 아기에게 우유를 먹이는 일이 그렇게 쉬운 일이 아니었다. 우유병의 젖꼭지를 입에 물리면 아이는 제 어미젖이 아니라는 듯이 자꾸만 뱉어냈다. 그 바람에 우유가 목으로 흘러 저고리를 적셨고, 한번 울어대면 달래기가 꽤 힘들었다. 오줌이나 똥을 누면 기저귀를 갈아주는 일이나 하루 한 차례씩 물을 데워 목욕을 시키는 일도 만만치 않았다. 조용하고 청결하던 절에 아기울음소리와 젖비린내가 진동했다. 스님의 일과는 우는 아기 달래는 일로 시작해서 아기 재우는 일로 마쳤다. 아기가 절에 들어온 지 일주일쯤 되자 이를 보다 못한 서울보살이 아기 보살피는 일을 자청하고 나섰다. 서울보살은 건강이 좋지 않아 암자에서 3개월째 요양을 하고 있는 중이었다. 그날부터 아기는 서울보살의 손에 길러졌다.

아기가 절에 들어온 후부터 스님의 지갑은 항상 쪼들렸다. 아기를 보살펴주는 대신 월 이십만 원씩 내던 서울보살의 식비가 면제되었고, 한 달에 한 차례 한약방에서 지어다 먹던 한약 값 10만 원도 스님이 지불했다. 서울보살이 세속에서 먹던 고기를 먹지 못해 속이 허할까봐 가끔씩 읍내식당에 가서 외식도 시켜주었다. 한 달에 한 번 서울 집에 갈 때도 아기를 데리고 가야 하기 때문에 왕복 차비며, 우유 값, 기저귀 값에다가 혹시 감기에 걸리면 병원에 데리고 가라고 여비도 넉넉히 챙겨주었다.

보리와 스님은 이렇게 인연이 되어 만났던 것이다. 보리가 네 살이 되면서 서울보살 손을 떠나 스님께서 직접 거두었다. 보리가 여섯 살이 되자 읍내 유치원에 입학시켰다.

읍내까지 이십 리 길을 3년 동안 차로 데려다주고, 데리고 왔다. 이렇게 정성을 다해 대학까지 보냈다. 졸업한 다음 지방 농어촌공사지부에 임시직원이지만 취직까지 시켜주었다. 그런데 보리는 어느 날 스님께 어떤 건설회사에서 일을 하게 될 것 같은데 우선 삼 일간 교육을 받아야 한다면서 당분간 기다리지 말라는 말을 남기고 절에서 나갔다. 그 삼 일간이 지금 한 달이 지나 두 달이 넘어간다.

　보리가 쓰던 방문을 열어보니 언제 와서 챙겨갔는지 옷가지들이 하나도 없다. 옷장이 텅 비어 있었다. 휴대폰으로 연락을 하면 그때마다 결번이라는 안내음성만 되풀이되었다. 보리가 다니던 회사에 찾아가보았으나 진즉 사표를 냈다는 것이었다. 스님께서 저에게 서운하게 대해준 게 뭘까. 아무리 생각해보아도 그런 일은 없었다. 기껏해야 경차를 사라했더니 왜 비싼 차를 뽑았느냐, 그 돈은 네가 벌어서 갚아라, 하고 한 번 말씀하셨을 뿐인데, 그 말 한마디가 그렇게도 야속하게 들렸더란 말인가? 정말 배은망덕도 유분수지. 그러고 보니 한 가지 짚이는 일이 있기는 있다. 근래에 들어 밤 12시가 넘어 화장실에 가면서 보리 방 옆을 지날 때면 방에서 누군가와 전화통화를 하면서 시시덕거리다가 발자국소리를 듣고는 그치곤 했다. 이런 일은 매일 밤 새벽까지 계속되었다. 또 하나 짐을 챙겨가면서 서랍 속에 남기고 간 사진 한 장, 낯선 청년이 마냥 웃고 있는 보리의 어깨를 감싸고 있는 사진이었다. 절 식구들은 스님께서 보관하는 보리가 어렸을 때 찍은 사진들이 이제 무슨 소용 있느냐고, 이제 필요가 없으니 소각장에서 소각해 버리라고 했다. 그러나 스님은 들은 척도 하지 않았다.

 부질없는 미련인가, 아니면 인지상정인가. 아, 인생(人生). 이래서 인생은 낙엽 지는 가을 달밤의 우수이고 꽃피는 봄 하늘의 종달새울음인가?

 불가해여라. 인생이란….

스님은 침묵

해탈이가 집을 나간 지가 벌써 삼 개월째다. 해탈이는 우리 암자에서 기르던 진돗개의 이름이다. 절에서 웬 개를 다 기르느냐고 의아하게 생각할지 모르지만 우리가 개를 기르게 된 데는 여러 가지 그럴 만한 이유가 있었다.

첫째는 산속에서 먹이가 부족한 짐승들이 시도때도 없이 울타리가 없는 절 안에까지 들어와서 구석구석을 뒤지니, 어린아이들을 기르고 있는 우리로서는 아이들의 안전에 문제가 크기 때문이다. 사연이 많은 부모들이 생후 몇 개월 되지 않는 아기들을 강보에 싸서 우리 암자 대문 앞에다 두고 가는데, 스님께서는 그 업동이들을 중한 인연으로 받아들여 다 기르고 계신다. 특히 십여년 전 kbs에서 이곳 스님이 불쌍한 아이들을 정성껏 잘 기른다는 내용의 인간극장을 방영한 후로는 더욱 그런 일이 잦다. 둘째는 멧돼지들이 장독대에 들어가 된장, 간장, 김칫독을 넘어뜨려 깨뜨리는 일들이 자주 발생하기 때문이다. 국립공원관리사무소에다 신고를 했더니 출장을 나와 답사를 하고 간 며칠 후 멧돼지가 자주 출몰하는 쪽에다 전자철망을 설치해주었다. 덕분에 한동안 괜찮았지만 그것도 잠시뿐 귀신같이 그 반대편으로 찾아들어가 항아리 안에 넣어둔 각종 종자 포대들을 물고가면서 또 항아리들을 깨뜨려놓곤 하였다. 셋째는 김장용으로 무 배추를 텃밭에다 심어놓으면 노루, 고라니들이 새끼까지 데리고 와서 다 뜯어먹어버리기 때문이다. 날씨가 가물면 물을 길어다 뿌려주고 잡풀을 매주어 애써 가꿔놓은 농작물을 하룻밤 사이에 죄다 뜯어먹어버리는데 그 피해를 직접 겪어보지 못한 사람들은 아무도 그 애석하고 억울한 심정을 이해하지 못할 것이다.

　이러한 이유들 때문에 진돗개를 구해다 길러야 된다는 의견이 나왔었다. 그래도 주지스님이신 혜관스님은 산중에서 다같이 살아가는 한 집안 식구들끼리 먹는 것을 가지고 다투는 것은 너무 야박한 인심이 아니냐면서 진돗개 구입에 언뜻 동의를 하지 않으셨다. 그러나 대중 식구들이 우겨서 진도로 개를 구하러 길을 떠났다. 진도를 찾아가니 읍 초입에 진도견 사육장이 있어 그곳에 들러 첫눈에 들어온 황색 강아지 한 마리를 구입했다. 이제 막 젖이 떨어진 강아지 한 마리 값이 사십만 원으로 비싼 편이었다. 그래도 값을 치르고 진도견 출산증명서를 받아보니 강아지의 부견

父犬은 진도의 어느 유지분이 기르는 개였고 모견母犬은 당시 진도군수가 기르는 개였다. 혈통으로 보아서는 믿음직스러웠다.

강아지의 보살핌은 스님을 보좌하고 있는 처사인 나의 책임이었다. 우선 읍에 가서 개집과 밥그릇을 사왔다. 적당한 곳에다 개집을 옮겨놓고 강아지를 그 안에 넣어주었다 그러나 강아지는 곧 집에서 나와 내 방 앞 마루 밑으로 기어들었다. 아무리 보듬어다 제 집에다 넣어주어도 소용이 없었다. 나는 혹시나 산 짐승들의 침범이 있을까 싶어 강아지가 자는 내 방 앞에는 촉수가 높은 전등을 켜놓고 자주 살폈다. 먹이는 사료를 아침저녁으로 반 컵씩만 주고 물은 항시 먹을 수 있도록 준비를 해두었다. 읍 동물병원에도 자주 들러 질병의 예방접종도 계획에 따라서 철저히 해주었다. 삼사 개월이 되자 몸집도 커지고 짖는 소리도 제법 우렁찼다. 절 도량에도 자주 돌아다니며 군데군데 소변을 보아 냄새로 제 영역임을 표시하였다. 사 개월이 되면서부터는 잠자리를 내 방 앞에서 혜관스님 방 앞으로 옮겨갔다. 절의 실세인 책임자가 누구인지 알아차린 것 같았다. 주지스님이 출타를 하고 절을 비울 때면 또 내 방 앞에 와서 잠을 잤다. 기특한 현상이었다.

해탈이가 중견개가 되면서부터는 절 안으로 그렇게 자주 침범해오던 짐승들이 일체 얼씬거리지를 않았다. 짐승들도 절 안에 사나운 개가 있는 줄을 아는 것 같았다. 혹시 뭣 모르고 길을 잘못들어 절 주변으로 접근해오는 짐승들은 해탈이의 짖어대는 불호령에 혼비백산 도망을 쳤다. 한밤중에 개짖는 소리가 심하게 들려 쫓아나가면 짐승을 물어 죽여놓은 경우도 있었다. 진돗개는 한 번 짐승을 물면 숨이 넘어갈 때까지 놓아주지 않는 습성이 있다. 체구가 적고 순한 짐승들은 아예 해탈이의 위세에 접근을 피했고 체구가 크고 이빨이 사나운 짐승들만 절 주변으로 접근을 해오는 것 같았다. 그동안 이빨이 사납기로 유명한 오소리가 두 마리나 해탈이에게 희생되었고, 중돝 멧돼지 한 마리도 잡혔다. 오소리 두 마리는 개짖는 소리를 듣고 쫓아나가니 이미 죽어 있었고, 멧돼지는 반죽음 상태였다. 멧돼지에게서 해탈이를 떼어놓으려고 싸리 빗자루를 들고 아무리 위협을 해도 해탈이는 점점 더 사나워져갔다. 짐승을 보고 한 번 흥분을 하니 주인도 몰라보는 것 같았다. 더구나 멧돼지를 잡던 날은 해탈이의 살생을 못마땅하게 생각하시는 혜관스님의 지시로 튼실한 쇠목줄을 사다가 묶어놓고 있었는데도 다급하니까 쇠줄을 끊고 쫓아가서 멧돼지를 공격한 것이다.

그동안 우리 암자에서는 해탈이의 덕을 톡톡히 보고 있었다. 멧돼지로부터 장독대의 침범을 막아주었고 채소밭도 지켜주었다. 그 중에서도 제일 다행스러웠던 것은 짐승들의 위험에서 어린아이들이 안전하게 보호받게 된 것이었다. 절에 오시는 손님들에게는 그렇게 순할 수가 없었다. 두 살짜리 지우가 두 귀를 잡아당기고 젓가락으로 얼굴을 때려도 슬슬 피하기만 하던 순한 양이었다. 해탈이는 고양이처럼 쥐도 잘 잡았다. 지하 창고 쌀방에도 들끓던 쥐들이 없어졌다. 메주를 쑤어 벽에다 매달아 놓으면 쥐들이 파먹어버리곤 했었는데 이젠 쥐 걱정을 하지 않아도 되었다.

이렇게 해탈이는 우리 암자에서 도량을 지켜주는 수호신 역할을 하고 있었는데 하룻밤 사이에 감쪽같이 없어진 것이었다. 처음에는 주변 산중을 돌아다니다가 돌아오겠지 싶었는데 하루이틀이 지나도 돌아오지 않았다. 어떤 사람들은 해탈이가 사냥을 잘 한다는 소문을 듣고 누군가 먹이로 유인을 해다 묶어놓고 있을 것이라고도 하고, 짝을 찾아갔을 것이라고도 한다. 또는 산속에서 사나운 짐승을 만나서 싸우다가 희생되었을 것이라고도 하지만 우리로서는 그 어떤 것이 맞는 생각인지 도통 짐작이 가지 않는다. 나는 기르던 정이 있어 해탈이가 돌아오기를 진심으로 빌었으나 해탈이는 무정하게도 돌아오지 않고 있다. 만약 사랑하던 사람이 있다가 헤어지면 이럴까 싶다. 너무도 서운하고 마음이 아프다.

지난 일요일엔 여러 사람들이 모여서 해탈이의 탈출이

화제가 되었다.

"진돗개는 영리해서 몇 개월 후에도 다시 집으로 찾아온답니다. 너무 섭섭해하지 말고 더 기다려보셔요."

아랫마을 박보살의 말이었다.

"그렇게 서운하면 또 진도에 가서 더 영리하고 똑똑한 새끼 한 마리 사오면 되지 뭐. 그렇게 서운해쌌소?"

읍에서 보험사에 다니는 아주머니의 말. 그러나 정이란 사람이나 짐승 간에도 그렇게 문짝을 열고 닫듯이 쉽게 잊혀지고 정리되는 것이 아니지 싶다.

"만약에 해탈이가 다시 돌아와서도 멧돼지를 잡으면 그것은 딴 사람들 주지 말고 꼭 나를 주시오잉?"

광주에서 다니러 온 누리엄마의 주문이다.

"아무튼 또 진도에 가서 새끼 한 마리 더 사다가 길러야 돼요. 그래야 내년에 김장 무 배추 제대로 키우지요. 그럽시다. 스님…."

행자인 진아의 주문이었다.

그러나 곁에서 묵묵히 듣고 계시는 혜관스님은 가타부타 아무런 말씀이 없으시다. 그저 침묵이시다.

어느 천도식

　오래 전이다. 절 주변에 도둑고양이 한 마리가 들락거렸다. 고양이는 가끔씩 바위틈에서 노니는 다람쥐를 채어가곤 했다. 나는 고양이의 살생을 막고자 보시하는 마음으로 고양이가 자주 다니는 장소에다가 매일 밥을 조금씩 떠다 놓았다. 고양이는 처음에는 주는 밥을 거들떠보지도 않고 사람을 슬슬 피하더니 점차 사람에 대한 경계심을 풀고 밥을 먹기 시작했다. 때론 밥주는 일을 깜박 잊고 있으면 아옹아옹 하고 울며 밥 달라는 신호를 보내오기도 했다.
　그러던 고양이가 작년 여름에 새끼를 낳았다. 볼일이 있어 공로 위로 올라갔는데 웅크리고 있던 고양이가 갑자기 으르렁거리며 덤벼들려는 자세를 취했다. 가만히 살펴보니 고양이가 새끼를 품고 있었다. 나는 공로 위의 볼일을 취소하고 고양이의 뜻에 동의해주었다. 그리곤 가끔씩 고양이의 거동을 살펴봤다. 십여 일 후에는 예쁜 새끼 한 마리가 어미를 따라다니고 있었다. 나는 저 예쁜 고양이도 그냥 두면 어미처럼 도둑고양이가 되겠다 싶어 새끼를 잡아 줄로 매어두었다. 놀다가 돌아온 어미고양이는 목을 매어둔 새끼고양이가 안쓰러운지 애처롭게 울며 새끼에게 다가와서 놀다가 사람을 보면 도망가곤 했다.

이렇게 매어두기를 한 달 여. 새끼고양이는 밥을 가져다주면 반갑게 달려나와 반기며 손가락을 잘근잘근 깨물면서 장난을 걸곤 했다. 줄을 풀어줘도 도망가지 않고 나를 잘 따랐다. 솔방울을 던져주면 쥐를 잡듯이 달려가 발로 채어 굴리며 재롱을 부렸다. 나는 됐다 싶어 이 고양이를 쥐가 자주 다니는 내 처소인 토굴로 데려갔다. 처음에는 암자로 다시 갈까 싶어 목줄을 매었다가 며칠 후 풀어 놓았다. 고양이는 토굴을 잘 지켜주었다. 나는 암자에서 공양을 마치고 올 때마다 그릇에 밥을 덜어다주곤 했다. 시장에서 멸치를 한 포 사다 놓고 밥을 줄 때마다 몇 마리씩 얹어주었다. 고양이를 토굴에다 갖다놓은 후로는 구석에서 잠을 못 자게 설치던 쥐들이 얼씬거리지를 않았다. 고양이 덕을 톡톡히 본 셈이다.

내가 암자에서 공양을 마치고 올 때면 기다리고 있다가 고양이는 내 뒤를 따라오곤 했다. 그리고 공양을 하러 암자로 갈 때면 중간지점까지 따라오다 되돌아섰다. 가끔씩 제 어미고양이가 와서 같이 가자는 듯이 아옹아옹 하고 울지만 놀다가도 따라가지 않고 갈라서는 것이었다. 신기하고 신통했다.

이제 고양이는 내 토굴의 한 식구임이 분명했다. 나는 며칠씩 출타할 일이 있어 토굴을 비울 때면 암자에 부탁해서 밥을 갖다주도록 했다. 한 번은 며칠간 외출했다 돌아오니 고양이가 밥을 주어도 먹지 않고 설사만 하고 먹었던 것을 다 토한다고 절 식구들이 걱정이었다. 고양이는 살이 빠져 핼쑥한 채로 눈만 빠끔히 뜨고 있었다. 나는 그 길로 읍내 동물병원에 가서 약을 지어다 먹이면서 내 방에 들여와 보살폈더니 사흘째 밥을 조금씩 먹기 시작했다. 물을 데워서 설사로 몸뚱이에 묻어있는 배설물을 깨끗이 씻어주고 기운을 완전히 회복할 때까지 며칠간 더 내 방에서 같이 지냈다. 그 후로는 더욱 나를 잘 따랐다. 밖에 나와 서있으면 멀리서도 쏜살같이 달여와 내 바짓가랑이에다 등을 문지르기도 하고 쥐를 잡듯이 발로 낚아채는 시늉을 하며 재롱을 부렸다. 고양이는 내 유일한 벗이요 애완동물이 되었다.

비 오는 여름날 밤이면 개구리들이 토굴 방으로 들어오려고 출입문으로 뛰어올라 부딪치곤 했다. 자다가 깜짝깜짝 놀라 깨는 적이 자주 있었는데 고양이가 문 앞에 지켜앉아서 개구리들을 쫓아냈다. 이런 귀여운 짓을 할 때마다 나는 포상으로 멸치 몇 마리씩을 꺼내주면서 정이 들어갔다. 이 고양이가 어미가 되면 새끼를 키워 대대로 기르려니 생각하고 있었다.

그러던 어느 날, 그날도 나는 점심공양을 마치고 고양이 몫의 밥을 들고 토굴로 올라왔다. 다른 때 같으면 미리 나와 기다리고 있을 녀석이 보이지 않았다. 어디 갔을까? 궁금해서 토굴만 쳐다보며 발걸음을 빨리했다. 토굴 앞까지 왔을 무렵 옆에서 갑자기 튀어나온 녀석이 내 발에 밟히고 말았다. 꽥 비명을 지르며 한 길이나 홀떡홀떡 몇 차례 뛰더니 그대로 땅바닥에 퍽 쓰러져 숨을 헐떡이는 것이었다. 너무 놀라고 당황한 내가 녀석을 품에 안고 상처를 확인하려는 순간 녀석은 사지를 바르르 떨면서 숨을 거두었다. 주둥이에서 피가 몹시 흘렀다. 눈앞이 캄캄했다. 이 무슨 악연이란 말인가. 차라리 도둑고양이로 그대로 크게 둘 것을 공연히 잡아 길들여 키우려다 이 살생을 하였구나! 가슴이 미어질 듯 아프고 후회가 되었다.

세숫대야에 물을 떠다 고양이의 상처를 깨끗이 씻은 후 묻어주었다. 전생에 무슨 인연으로 이생에 이렇게 만나 내 가슴을 이리도 아프게 하느냐, 부디 원한이 있거든 풀고 왕생극락하소서, 왕생극락하소서, 기도를 많이 했다. 사십구일째 되는 날은 고양이가 좋아하는 간단한 음식을 준비해 놓고 영가(靈駕)천도식을 했다.

그래도 살생에 대한 죄책감이나 가슴속 묵진한 통증은 가시질 않았다. 어쩌면 이생을 마치는 날까지 고양이의 죽음은 회한으로 남아있을지도 모를 일이다. 전생에 무슨 인연이 있었기에 이생에 이렇게 만나 이렇게 헤어지는 것인가. 내생에는 또 어떤 인연으로 다시 만나게 될까.

저녁으로 자리에 누워 눈을 감으면 고양이가 사지를 떨며 숨을 거두던 모습이 떠올라 잠을 이룰 수가 없었다. 그 인연을 기억하는 것보다 잊는 것이 나을지도 모르겠다는 생각을 하면서 뒤척인 세월이 꽤나 길었다. 기억하는 한 인연은 계속 될 것이고, 윤회의 수레바퀴는 멈추지 않을 것을 안다. 하지만 그저 잊는 것만이 능사는 아니다. 그 조그만 녀석의 맑은 눈빛과 따뜻한 체온은 내 몸에 그리고 내 토굴에 오래도록 지문처럼 남아있었고 나 또한 슬픔과 후회 속에서 조금은 따뜻해져가고 있었던 것 같다.

이 봄 대지 위에 피어나는 따뜻한 아지랑이 햇볕 속에 가지마다 잎은 피어 다시 소생하건만 한 번 간 넋은 돌아오지 않는다. 벌써 수십 년이 지난 이야기임에도 글을 쓰면서 다시 가슴통증이 도졌다. 아프다는 것도 어찌 보면 생의 축복이고 기쁨일 수 있다.

인도 여행기

혜관스님을 모시고 북인도 다람살라로 달라이 라마 스님의 초청 법회에 참석하게 되었다. 스님은 양 무릎을 수술하고 한 달도 안 되었을 때라 보행이 불편하셨다. 몇 해 전부터 해마다 정기적으로 개최되는 이 법회에 참석하시고 싶어 하셨으나 그때마다 바쁜 일이 있어서 참석하지 못해 오던 중 금년에는 무슨 일이 있어도 꼭 참석을 하시겠다는 결심으로 날짜를 기다려왔는데 또 갑자기 양 무릎에 심각한 이상증세가 나타났다. 병원을 찾아갔더니 다행히도 줄기세포로 수술하면 수술 다음날 바로 퇴원해서 걸어 다닐 수 있다고 했다. 법회 날짜를 한 달쯤 남겨두고 수술을 했고 수술 3일 만에 퇴원을 하였으나 보행은 전과 같이 원활하지는 못했다. 지팡이를 짚어야 겨우 걸어 다닐 수가 있었다. 수술을 하고 회복되어 가는 것도 사람에 따라서 각기 다른 모양이었다.

스님은 날짜가 지나다 보면 차차 좋아지겠지 싶은 생각에서 여행사 측에 참가비용을 송금했었다. 나는 스님의 간단한 옷가방 정도를 거들어주는 정도였지만 마땅히 동행할 사람이 없어서 따라나서게 되었다. 집결 장소인 인천공항에 도착하니 서울 부산 등 전국 각지에서 비구, 비구니 스님 등과 신도님들이 많이 모여들었다. 전체 인원은 백 명에 가까웠다.

외국 단일 여행팀으로는 많은 인원이었다. 그런데 이 많은 인원을 인솔하는 사람은 여행사 사장 한 사람뿐이었다. 탑승수속을 밟고 짐을 챙겨 부치는 것은 모두 각자 책임이었다. 복잡한 수속을 밟아 비행기에 탑승하여 인도 수도 델리공항에 내렸으나 스님은 일행을 따라다니기가 힘이 들었다. 일행 맨 뒤에 처져서 따라가기 마련이었다. 그러다 우리는 특급 열차를 타야 되는 사람들이 많이 붐비는 델리 역에서 일행을 놓치고 말았다.

인솔 사장은 역 앞 광장에서 일행에게 자기를 따라오라는 말을 하고는 앞장서서 역 안으로 걸어 들어가는데 다리가 불편한 스님은 도저히 따라갈 수가 없었다. 수백수천 명의 여행객들이 붐비고 있는 군중 속에서 일행을 잃었다. 어디로 가야 할지가 막막하였다. 옆을 보니 긴 열차 하나가 출발을 기다리고 있었다. 우리 일행이 이 열차에 타고 있겠다 싶어서 올라가 칸칸을 다 살펴보았지만 일행은 없었다.

눈앞이 캄캄하였다. 언어도 통하지 않은 이 이국땅에서 미아가 되겠다 싶으니 억장이 무너졌다. 나는 스님을 한 곳에 있게 하고 주위를 둘러보았다. 옆에 넓은 계단이 있고 그 계단으로 많은 사람들이 올라가고 있었다. 그 계단으로 올라가보았다. 계단을 올라가니 각 행선지로 기차를 타게 되는 지상연결 통로였는데 너무 길어서 끝이 잘 보이지가 않았다. 한참을 걸어가다 돌아서서 나오는데 마침 일행 중 한 분인 원불교 불교학과 대학원 교수인 노권용 교수를 만나게 되었다. 그도 일행을 놓치고 찾는 중이었다. 그를 만난 것만으로도 이제 살았다 싶은 안도감이 들었다. 나는 그에게 스님을 부탁하고 다시 양옆 계단을 오르내리며 차분한 마음으로 일행을 찾아 다녔다. 다섯 번째 통로를 거치고 여섯 번째 계단을 내려가니 거기에 군중들 속에서 일행들이 보였다. 일행들은 그때까지도 각자 들뜬 기분에 우리가 뒤처져서 따라오지 못하고 있는 줄도 모르고 있다가 우리가 나타나자 반가워하였다. 우리는 인솔 사장을 만나니 우리를 챙겨주지 않은 원망은 잊고 너무도 반가워서 눈물이 핑 돌았다.

나는 인솔 사장에게 스님의 다리 수술 이야기를 하고 앞으로는 스님을 기준으로 일행을 인솔해 달라고 각별히 부탁하였다. 다행히 열차 출발시간이 넉넉하였기 때문에 우리가 일행을 만날 수가 있었지 만약에 열차가 떠나버렸더라면 어찌 되었겠는가? 생각만 해도 아찔하다.

　잠시 후 우리 일행은 특급 열차를 타고 델리 역을 출발하여 찬디가르 역에 내렸다. 여기서부터 다람살라까지는 대절버스로 7시간을 가야만 되었다. 피곤하고 지쳐 있는 터라 긴 시간의 버스여행은 지루하고 힘이 들었다. 그래도 십여 년 전보다는 도로도 잘 정비가 되어있었고 또 길 가운데에 새끼줄을 쳐놓고는 통과세를 내야 길을 비켜주는 시비는 없어서 다행이었다. (옛날에는 새끼줄을 쳐놓고 돈을 줘야 길을 비켜주는 일이 자주 있었다.)

　해가 저물어 어둑해서야 다람살라에 도착하여 스님들과 일반 신도들의 정해진 숙소에 짐을 풀었다. 나는 델리 역에서 도움을 받았던 원광대학교 교수님과 한 방을 쓰게 되었다.

　다음날부터 달라이 라마 스님이 법문을 하는 법회에 참석을 하였다. 법회 장소인 남걀 사원은 숙소 호텔에서 약간 먼 거리에 있었다. 일행들은 대부분 걸어서 왕래를 하였으나 스님은 매번 택시를 이용하였다. 택시 요금은 사람에 따라서 들쑥날쑥 일정치 않았다. 남걀 사원 정문은 오전 중에는 달라이 라마 스님의 법문을 들으려고 찾아오는 사람들로 장사진을 이루었다. 남걀 사원 대법당은 넓었으나 세계 각국에서 몰려온 신도들 때문에 항상 붐비었다. 법당에서도 스님과 일반 신도들의 앉는 좌석이 구분돼 있어서 승속 간의 위계질서가 여법하였다. 스님은 법회 기간 중, 우리 일행이 재단에서 운영 중인 양로원과 고아원을 방문했는데 옆사람에게 보시금만을 전해달라고 부탁을 하고는 법당에 서 기도를 하시었다.

이렇게 법회 일정을 마치고 귀국하는 날, 스님은 델리 공항에서 또 한 번의 어려움을 겪으셨다. 델리 공항은 규모가 크기로 세계에서 첫 번째가 아닌가 싶었다. 편의시설들이 섬세하게 갖추어져 있지는 않았지만 규모만큼은 어마어마하게 크게 보였다.

인솔 사장은 귀국 수속을 마친 우리들에게 몇 시까지 15번 출국장 앞으로 모이라는 말을 남기고는 헤어졌다. 우리가 들어서 있는 주위에는 바로 13번 출국장이 있었다. 스님은 이 13번 출국장 표시를 보시고는 15번 출국장은 얼마 안 가고 곧 나오겠지 싶으셨는지 곁에 있는 의자에 앉아서 쉬시었다. 시계를 보니 모이라는 시간은 아직 30분 남아있었다. 5분쯤 쉬었다가 다시 걸었다. 절룩거리는 스님의 걸음으로 10분쯤을 걸어왔는데도 아직도 15번 출국장은 보이지가 않았다. 한국으로 귀국하는 공항 건물의 구조는 디귿자 형태로 되어있었는데 다리가 불편한 스님으로서는 가도 가도 끝이 없었다. 이렇게 먼 거리인 줄 진즉 알았더라면 입구에서 휠체어라도 빌려서 타고 왔을 텐데 가까운 거리인 줄 알고 그러지 못했던 것이 후회가 되었다. 모이라는 약속시간이 10분밖에 남아있지 않았는데 스님의 발걸음은 자꾸만 뒤처지고 있었다.

"좀 빨리 걸읍시다. 이러다가 비행기 못 타겠네요."

나는 무정하게도 스님을 재촉하지 않을 수가 없었다.

스님께서 무릎을 수술을 하시고 이렇게 보행이 불편하신 중임에도 불구하고 이 먼 인도에서 개최되는 법회에 참석을 하시게 된 것은 꼭 그럴만한 특별한 이유가 있으셨기 때문이다.

스님은 몇 년 전에도 이 법회에 참석을 했었다. 그때도 이번처럼 전국 각지에서 많은 스님들과 신도님들이 오셨는데 서울 어느 절에서 온 신도분 중 한 분이 델리 공항에서 손가방을 분실을 했었다. 그러니 여행 중에 쓸 용돈과 달라이 라마 스님에게 보시하려고 가져온 돈 전부를 몽땅 잃은 것이었다. 당장 물 한 병 사 마실 돈이 없는 딱한 처지가 되었다. 스님께서는 그때 그 신도분의 처지를 눈여겨보시고는 자기가 쓰려고 가져온 용돈 일부를 아무도 모르게 그의 손에 쥐어주셨다. 신도분은 자기와 같이 온 일행도 아닌 산골에서 온 낯선 스님으로부터 이런 대접을 받으니 고맙고 감사한 마음 이를 데 없었다. 귀국 후 그 신도는 델리 공항에서 분실했던 소지품을 항공우편으로 받았다. 공항에서 그것을 찾아 보내준 것이다. 가방 속에는 가져갔던 현금도 그대로 다 있었다. 이에 감격한 그분은 그 돈을 스님에게 전부를 부쳐온 것이었다. 이런 메모도 함께 보내왔다.

"이 돈은 달라이 라마 스님께 시주하려던 것이었으나 그분은 주인이 아니었기에 본래 주인이신 스님께 돌려드리니 요긴하게 쓰십시오."

스님은 보내온 이 돈을 받으신 날로부터 지금까지 한 시도 잊지 않고 받은 돈의 절반만이라도 그 신도분을 대신해서 달라이 라마 스님께 갖다 드려야 되겠다고 생각을 하고 계시다가 이번 기회에 결행을 하고 나선 것이었다.

나는 발걸음을 천근인 듯 무겁게 걷고 계시는 스님에게 저만치 보이는 15번 출국장을 손으로 가리키며 이렇게 말을 하였다.

"이제 다 왔네요. 이번 인도 여행은 너무도 힘들었어요. 귀국하면 다시는 오지 맙시다."

"복 짓는 일이 어찌 그리 쉽겠어요? 이런 기회가 주어진 것도 감사히 생각합시다."

피곤해하시던 스님은 어느새 만면에 웃음을 활짝 웃고 계시었다.

2017 연간집 『그 여자의 그림 그리기』

P교장과 朴씨

지금은 딴 곳으로 이사를 갔지만 朴씨는 절(寺) 가까운 곳에서 돼지와 염소를 기르며 어렵게 살아가고 있었다. 그는 손끝이 야물어 무슨 일이고 한번 손을 대면 다시는 손볼 데가 없었다.

그날도 나는 하루 품삯을 주고 朴씨에게 일을 부탁했다. 며칠 전 한 신도가 "이것은 꼭 스님께서 잡수십시오" 하는 당부와 함께 소포로 보내준 인삼 몇 뿌리를 됫병 소주에다 담가 두었다. 없이 살지만 남 속일 줄 모르며 정직하게만 살아가는 朴씨를 후히 대접해드리고 싶어서였다.

朴씨는 종일 힘든 일을 하고는 새참으로 끓여준 라면을 아주 맛있게 들었다. 그리고는 내가 정성들여 담근 술은 손도 대지 않았다. 그는 내가 권할 때마다 "일 마치고 갈 때나 한잔 하지요" 하며 굳이 사양하는 것이었다.

그날 저녁 일을 마치고 나는 품삯과 함께 술병을 朴씨 앞에 내놓으면서 집에 가져가 한 잔씩 들라고 권했다.

"스님의 성의는 참으로 고맙지만 나처럼 없이 사는 사람이 이런 좋은 술에 맛 들이면 앞으로 우리집 식구들은 뭘 먹고 살겠습니까?"

사양하는 그의 얼굴은 진지했으며 사뭇 근엄한 표정을 짓고 있었다. 순간 나는 무거운 쇠망치로 뒤통수를 얻어맞은 것처럼 아찔한 기분이었다.

벌써 여러 해가 흘렀건만 그때 朴씨가 한 말은 두고두고 내 가슴속에 큰 파장을 일으키며 여울지고 있다.

또 하나 잊혀지지 않는 생생한 일화가 생각난다.

지난해 12월 그날 나는 볼일이 있어 P교장댁에 들렀다. 그런데 공교롭게도 교장선생님은 외출을 하려고 막 대문을 나서던 길이었다. 집앞에는 고급 승용차 한대가 서있었다.

잠시 뒤 이상한 광경이 벌어졌다. 낯선 신사 한분이 차에서 내리더니 교장선생님에게 차에 오르기를 권했다. 그러나 교장선생님은 한사코 사양하는 것이었다. 사업을 한다는 그 신사는 교장선생님 댁 이웃에 사는 분으로 마침 광주에 볼일이 있어 나가는 길에 교장선생님을 모시고 가기 위해 온 것이었다.

"교장선생님 저도 광주에 볼일이 있어 나가는 길이니 허물치 마시고 제 차편을 이용해 주십시오. 날씨가 꽤 찹습니다"

그러나 교장선생님은 막무가내였다.

한참 뒤 승용차는 결국 교장선생님을 태우지 못한 채 광주로 떠났다. 교장선생님은 휘적휘적 버스 차부로 걸어가면서 내게 이렇게 말했다.

"나는 자기 분수를 알고 사는 것이 삶의 가장 큰 지혜라고 생각합니다. 나 같은 시골 교장이 저런 고급 승용차를 타버릇 하다가는 자주 버스를 타야 할 형편인데 그때마다 짜증스러워질 게 아니겠습니까?"

참으로 옳은 말씀이었다. 버릇이란 참으로 무서운 것이다. 수천만 군사는 무찌를 수 있어도 한번 얻어진 습관은 고치기가 어려운 법이다. 수행자들이 엄한 계율로 자신을 얽어매는 것은 나쁜 타성을 떨쳐버리고 바른 길로 나를 이끌기 위한 방편이 아니겠는가.

P교장과 朴씨 그들은 평범한 생활인이었다. 그들은 묵묵히 자기 몫을 다하며 성실하게 살아가는 사람들이었다.

이런 분들이 우리 사회에 좀더 많아질 때 나같은 땡초가 손끝 맺고 앉아 감히 사랑이니 자비를 떠들지 않더라도 지상낙원과 불국토 건설은 이루어질 것이다.

스스로 자제하고 노력할 줄 아는 사람은 운명을 창조하는 사람이요 자제하지 못하고 노력하지 않는 사람은 업장(業障)에 끌려가는 운명의 노예가 아니겠는가.

5부

우번(牛翻)조사의 일화
다시 시작하는 아침
우리 할머니
산사의 겨울 준비
흐르는 물처럼
합봉이변(合蜂異變)
승자(勝者)의 길
나무의 지혜
고향
남의 신앙
여순사건의 가려지는 진실

우번(牛翻)조사의 일화

지리산의 주봉(主峯)인 천왕봉에서 서남으로 길게 맥을 이어 굽이쳐 흘러온 산맥은 남원과 구례의 경계지점에서 해발 1,507m로 우뚝 솟아있다. 이 산봉우리를 노고단(老姑壇)이라고 부른다. 노고단이란 명칭은 옛날부터 지리산의 산신령이신 노고(老姑) 할머님께 일 년에 한 차례씩 산신제를 올렸는데 이 산 정상에서 제(祭)를 모셨기에 노고할머님께 제를 올리는 제단(祭壇)역할을 한다고 해서다.

이 노고단 건너편에 멀리서 보면 마치 어느 잔칫집 마당에 커다랗게 설치해 놓은 차일처럼 보이는 산을 차일봉이라고 부른다. 이 차일봉 좌측 정상에서 아래로 400m쯤 지점에 조그마한 토굴이 하나 있다. 우번암(牛翻庵)이다. 이 토굴의 터를 종석대라고도 하고 석종대(石鐘臺)라고도 한다.

석종대라고 부르게 된 것은 이 토굴에서 지극정성으로

기도를 드리면 마침내 이 산의 신비로운 석종소리를 듣고 도를 깨친다고 해서라고 전해진다. 한편 우변암이라고 부르게 된 연유는 옛날에 이곳에서 한 고승이 수행을 하던 중 어느 오곡이 무르익어가는 가을에 세속에 볼일이 있어서 아랫마을 지금의 구례군 광의면 방광리 앞 들길을 지나가는데 논둑으로 고개를 숙이고 있는 벼 이삭을 손으로 젖히고 가다가 보니 손바닥에 알곡 세 개가 떨어졌다. 이것을 버릴 수가 없어서 껍질을 벗기고 입안에 넣고 삼켰다. 그러나 삼키고 보니 논 주인에게 커다란 빚을 지었음을 깨달았다. 이 빚을 다 갚기 위해서는 소가 되어 논 주인에게 3년간 일을 해주어야 될 것 같았다. 그래서 그 자리에서 소로 변해서 논 주변을 서성였다. 이때 논을 둘러보러 나온 주인은 임자 없는 소가 논가에 있으니 집으로 몰고 갔다. 이 소는 어찌나 영리하고 일을 잘하던지 주인은 날로 부자가 되어갔다. 그래서 이 소 이름을 복소라고 불렀고 소를 상전처럼 귀중히 받들며 길렀다. 이 복소는 논밭에서 쟁기질을 할 때면 주인이 이랴이랴 신호를 주지 않아도 제가 다 알아서 일을 처리해 나갔다. 마을 사람들은 저 집은 어디서 복소가 들어와서 날로 부자가 되어간다고 부러움과 시샘을 멈추지 않았다. 매일 복소를 구경하러 오는 사람들의 발길이 멈추지 않았다. 복소의 주인은 너무 좋아서 밥을 굶어도 배가 고프지도 않았다. 주변에서는 많은 돈을 줄 테니 소를 좀 빌려달라는 사람까지도 나타났다. 복소가 집에 들어온 후로는 천지신명의 도움인지 기후도 농사짓는 데 알맞았다. 모내기를 할 때면 비가 자주 왔고 추수 때는 날씨가 가물었다. 주인은 소의 외양간도 특별히 꾸며 아무 부족함 없이 소를 잘 보살폈다.

복소의 주인은 이렇게 주변 사람들의 부러움을 받으며 아무 걱정 없이 태평성대를 누리고 있는데 어느덧 3년 세월이 다 지나갔다. 이제 소는 벼 세 알의 빚을 다 갚고 원래의 수행처로 돌아가게 되었다. 복소의 주인은 조금 전까지도 집에 있던 소가 갑자기 없어지자 소를 찾느라고 난리가 났다. 이 마을 저 마을로 찾아다니며 우리 복소 못 보았소 하고 물어보았으나 소를 보았다는 사람은 아무도 없었다. 허탈한 마음으로 집에 돌아온 주인은 눈이 번듯 띄었다. 어둠 속에서 소가 지나가면서 길바닥에 배설하고 간 똥에서 빛이 나고 있었기 때문이다. 소의 똥이 방광(放光)을 하고 있었다. 소가 지나간 흔적을 이 빛을 보고 찾아갈 수가 있었으니 얼마나 반가웠겠는가. 그래서 지금도 이 마을을 방광리(放光理)라고 부르고 있다.

방광리 위 천은사 아래 삼거리는 원래 빛이 나는 소똥을 보고 소가 지나간 자초(自初)를 찾아갔던 들녘이라고 하여 자들이라고 하였으나 자들 자들하다가 지금은 젓들이라고 부르고 있다.

이 복소는 마을 위 천은사 옆길을 따라 올라가다가 개울가에 커다란 바위가 있어 이 바위 위에 앉아서 소의 허물을 벗었다. 3년간 입고 있던 소의 허물을 벗고 홀가분한 마음으로 인과의 지중함을 생각하며 선정삼매에 들어있었다.

이때 복소의 주인은 소똥에서 빛이 난데다가 때마침 하늘에 보름달이 두둥실 떠올라 있어서 소를 찾아가는 데 안성맞춤이었다. 종일 이 마을 저 마을로 찾아다니느라고 피곤하기는 하였지만 그래도 빛을 만나서 기쁜 마음으로 계속 계곡 길을 따라 올라갔다. 한참을 올라가다보니 커다란 바위 위에 웬 스님이 초연히 앉아있고 그 곁에는 소가죽이 벗겨져있었다. 복소의 주인은 저 중이 내 소를 잡아먹었구나 싶어 다짜고짜 스님에게 달려가 소값을 물어내라고 고함을 질렀다. 이때 스님은 상황을 알아채고는 인자한 모습으로 빙그레 웃으시며 3년 전에 있었던 일의 자초지종(自初至終)을 설명하여 주었다.

이 설명을 듣고 난 주인은 너무 황송하여 자기의 경솔했던 행동을 뉘우치며 스님에게 무릎을 꿇고 용서를 빌었다.

"스님, 저의 무례함을 용서하여 주십시오."

"아니요. 그런 줄을 몰랐을 때는 누구나 화를 낼만한 일이지요. 그러니 진정하시고 내가 벗어놓은 저 허물이나 개울물에다 던져주시오. 그러면 바다에 흘러가서 인간 세상에 이로운 먹잇감이 생산될 것이오."

스님은 나긋한 음성으로 용서를 비는 사람에게 이렇게 일렀다. 용서를 빌던 사람은 죄책감에 스님의 요구대로 소의 허물을 가져다가 개울물에다 던져주었다. 그래서 이 소의 허물은 천은사의 계곡물에 떠내려가 섬진강에 이르렀다. 섬진강물은 하동포구 바닷물에 흘러 들어가서 우리들이 여름철에 별미로 먹는 우모를 만드는 우모가사리가 되었고 이 우모가사리가 주로 남해안에서 많이 생산되는 이유가 여기에 있다는 전설이 전해지고 있다.

소가 바위 위에 앉아서 허물을 벗은 이곳은 천은사에서 3Km쯤 올라가면 있다. 원래는 소의 몸을 면(免)한 곳이라 하여 면우(免牛)당이었으나 지금은 먹우댕이라고 부르고 있다.

스님은 흥분하여 찾아온 복소의 주인을 감화시켜 돌려보내고 나서 쉬엄쉬엄 천은사 산내 암자인 수도암과 상선암 곁을 지나서 3년 전에 내려왔던 길을 따라 올라갔다. 한참을 걸어서 옛터에 도착하니 토막은 그대로였고 여기저기 거미줄만 쳐져 있었다. 스님은 매우 감회가 깊었다. 몇 생을 지나온 느낌이었다. 스님은 우선 불전에 향을 피워 올리고 예배를 드렸다.

이때 어디서 천상의 소리인 듯싶은 석종소리가 청아하고 은은하게 덩 덩 덩 하고 울려오고 있었다. 스님은 황홀한 꿈속인 듯싶었다. 스님은 시은(施恩)을 다 갚고 나서야 석종소리를 들을 수가 있었다.

　이 처소는 이렇게 소가 다시 스님으로 변신해서 온 곳이라 하여 우번암이라고 부르게 되었고 이 전설 속의 스님은 우번대사라고 전해지고 있다.

다시 시작하는 아침

　대부분 삼십여 년 전에 신문 잡지 등에 기고했던 원고 보따리를 이사를 가거나 방을 옮겨 다닐 때도 소중하게 보관을 해왔으나 기구한 팔자라 산골 화전민 부락으로 전전할 때는 좀 귀찮다는 생각도 들었다.
　한 권의 책으로 묶어 놓고 싶은 생각이 들기 시작한 것은 최근이었다. 마침 오래 전 절에 함께 있었던 서칠석 선생이 절 아래 동네로 이사를 왔다. 그의 소개로 에세이스트 편집실을 찾아갔고, 김종완 선생님을 뵈었다. 선생은 당장 책을 내는 것보다는 에세이스트를 통해서 작품 활동을 조금 더 하다가 책을 내는 것이 좋겠다고 했다. 쾌히 공감하였다.
　다음날부터 선생과의 약속을 지키기 위해서 글을 써보려고 했으나 오랫동안 녹슬어버린 머리에서 좋은 글상이 떠오르질 않았다. 고심 중일 때 집안[寺中]에서 사소한 일이 생겨서 그것을 소재로 글을 써서 보내긴 했는데, 심사를 기다리는 나날이 편치만은 않았다. 역시 너무 오래 펜을 놓고 있었다는 께름했고 세월이 너무 흘러 내 글이 고루하게 느껴질까 하는 우려로 초조한 시간을 보내고 있을 때, 신인상에 당선되었다는 낭보를 받았다. 이것이 정말인가 싶었다. 사실 그동안 꽤 오래 많은 글을 쓰긴 했지만 등단을 생각해 보지 못 했다. 나와는 먼 얘기인줄만 알았다. 이 은혜로운 챙겨주심에 보답하는 길은 에세이스트 구성원으로서 성실한 집필일 것이다. 꾸준히 노력하면서 책임을 다하리라 다짐한다. 무겁지만 소중한 짐을 기꺼이 짊어지려 한다. 심사위원님들께 감사하고 특히 김종완 선생님께 감사드린다. 또한 좋은 인연처를 소개해준 서칠석 친구에게도 고맙다는 인사 전한다.

— 『에세이스트』 신인상 수상소감

우리 할머니

요즘은 기상관측 장비의 발달로 일기예보가 대체로 맞아서 여간 편리한 것이 아니다. 옛날에는 기상대의 오보로 인해서 어려운 서민들이 여러 가지로 많은 피해를 보아왔었다. 날씨는 맑고 바람 한 점 없이 포근하리라던 기상대의 발표를 믿고 고기잡이에 나섰던 어부들이 갑자기 몰아닥친 험한 풍랑을 만나 목숨을 잃은 일들도 있었다. 바다에 남편을 잃고 청상과부가 된 여인네들은 평생 가슴에 한을 품고 기상대를 원망하며 살았으리라. 또 농부들도 폐농을 했다고 억울해 하는 일들도 많았다. 우리 집에선 기상대의 일기예보를 믿을 수가 없어서 날씨에 관한 것은 차라리 할머니들께 자문을 구했다. 할머니들은 어깨가 저리고 무릎이 쑤시는 중세가 오면 날씨가 구지겠다고 말씀하셨고 그 기상예보는 대체로 맞았다. 할머니께서 '얘야 비설거지해라' 하시면 우리들은 '할머니 또 무릎이 쑤시오' 하고 물었고 '비가 많이 오겠오, 적게 오겠오?'라고도 물었다. 할머니는 어깨가 저리고 무릎이 쑤시는 농도에 따라서 비가 많이 오고 적게 오는 것을 짐작하셨다. 집안 식구들은 할머니의 이 조언에 따라 멍석에 널어놓았던 곡식을 의지처로 옮겨놓고 출타를 하곤 했었다.

할머니의 무릎관측은 우리들의 생활에 여간 편리하고 유익한 것이 아니었다. 그러다가 할머니께서 정형외과에서 무릎을 수술하셨다. 그때 우리들은 "이제 기상관측은 어떻게 하지요?" 하고 웃기도 했었다. 그러나 이후에도 할머니의 기상관측은 물론 예전처럼 정확하지는 않았지만 그런대로 기능이 유지되었다. 그것이 다행인지 불행인지는 모르겠지만.

어쨌거나 우리 할머니가 수술 받은 후로는 이웃집 산동할머니의 기상관측이 더 정확하단 생각이 들었다. 때로 산동할머니에게 가서 "산동 할매, 내일 비 오겠오?"하고 물으면 산동할머니는 "저 호랭이가 물어갈 것들이 내 다리 아픈 것이 그렇게도 좋아서 찾아 댕기면서 처묻고 지랄이냐?"하고 역정을 내셨다. 산동 할머니에게 찾아가서 "할머니 진지 잡수셨우?" 하고 물어도 할머니는 "또 날씨 물으러 왔냐?" 하시곤 했었다. 그러나 이 할머니들의 기상관측도 어느 땐가 헛갈리기 시작했다. 수시로 어깨가 저리고 무릎이 쑤신다고 주물러 달라고 하셨기 때문이다.

이제 위성을 통해서 기상관측을 하고 또 장비가 많이 개선되었기 때문에 정확도가 예전과 비교할 수 없을 정도로 많이 좋아졌다. 하지만 이 또한 사람이 하는 일인지라 착오가 전혀 없을 순 없다. 살다 보면 일반적인 상식이나 예상을 벗어나는 일들로 일반 대중을 실망시키는 일들이 어찌 기상관측뿐이겠는가?

우리들은 싫던 좋던 주기적으로 몇 년마다 한 번씩은 선거하는 제도 하에서 여러 후보들로부터 각종 공약예보 방송을 듣게 된다. 그런데 이 공약예보는 옛날 일기예보처럼 오보인 경우가 대부분이다.

공약 상으로는 어찌 우리들의 가려운 곳을 그리도 잘 파악하고 보살펴주려는지 그 사람들이 언제부터 그처럼 애국위민하던 사람들인지는 몰라도 선거철만 되면 비 온 뒤 산에 버섯처럼 나타나서 내가 최적임자요, 내가 여러분들의 심부름꾼임을 자청하고 나서서 설쳐댄다.

그들의 공약사항을 살펴보면 교회에 가서 연보돈 안 내고 찬송가 안 불러도 또 사찰에 가서 불공 안 드려도 천당과 극락은 걱정하지 않아도 될 것 같다. 그 천문학적인 예산은 어디서 다 확보하려는지? 결론부터 짐작해보면 우리들이 내야 할 세금이 아니겠는가. 아니면 외국 차관일 것이고, 차관은 우리가 갚지 않으면 우리 후손들이 갚아야 할 빚이다.

선거란 결국 우리 국민을 담보로 밑져야 본전인 장사꾼들의 잔치놀음이 아닐까? 우리들은 자주 이 잔치놀음에 초대되어 입후보자들로부터 공약선물을 한 아름씩 받아온다. 그러나 각종 공약은 선거 사기꾼이 표를 낚기 위한 낚시 밥이 아니겠는가. 낚시꾼이 고기를 위해서 낚시 밥을 주는 것인지 아니면 욕심을 채우기 위해서인지 삼척동자도 다 아는 자명한 일이다.

우리들은 그동안 얼마나 많이 겪어왔고 체험해왔던가? 각종 선거에 출마한 사람들은 심지어 마을 앞에 개울이 없는데도 다리를 건설해주겠다는 식으로 허황된 헛소리를 해놓고는 당선만 되고나면 내 손가락 빨라는 식으로 무관심하지 않았던가? 물론 사람의 성품과 인격은 천차만별이다.

몇 사람의 그릇된 행위로 전체를 다 그렇게 평가할 수는 없다. 개중에는 어려서부터 부모 도움 없이 온갖 고초를 겪으며 자수성가하여 어렸을 때의 고생을 거울삼아 어려운 이웃을 위해서 좋은 일을 해보고자 청운의 꿈을 품고 노력하고 계신 분들도 있으리라. 어쩌다 이런 분들의 소식을 접하게 되면 나도 모르게 절로 고개가 숙여지고 경의를 표하게 된다. 그러나 문제는 이런 훌륭한 분들이 그리 많지 않다는 것이다.

바야흐로 또 대선 선거철인 모양이다. 각 정당들의 스피커에서는 공약 예보방송소리가 귀청을 따갑게 하고 있다.

나는 요즘 내가 정기구독하고 있는 D일보의 신문철을 넘겨 보다가 어느 날(9월14일)의 사설 제목에 시선이 멈췄다. 사설 제목은 「국가가 아내를 죽였다. 대통령은 들었는가」였다.

서울 중곡동 30대 주부가 성범죄자 서진환에게 목숨을 빼앗긴 지 3주일여가 지났다. 피살자의 남편 박귀섭 씨는 요즘 잠든 아이들을 두고 새벽부터 일하러 나간다. 그래야 아이들과 먹고 살 수 있기 때문이다. …

참 딱하고 고달픈 삶이다. 이런 사람들의 현실 앞에 요즘 대선주자들의 선거공약은 어떤 의미가 있을까? 물론 국가 지도자가 국민 개개인의 아픈 상처를 다 어루만져줄 수는 없다. 그렇더라도 국가 기강이 바로 서있고 질서기능이 제대로 유지되었더라면 사설 제목이 '국가가 아내를 죽였다. 대통령은 들었는가'는 아니었을 것이다.

나는 지금 맘속으로 이 사설이 던지는 메시지의 질문을 대선주자들에게 묻고 싶다.

"새겨들었는가? 실천할 것인가? 믿어도 되겠는가?"

많은 서민대중은 초일류국가가 부러워서가 아니라 우선 눈앞에 닥친 이런 어려움 때문에 더 뜨거운 눈물을 흘린다. 이제 우리 국민들도 사기꾼일수록 더 달콤한 감언이설로 우리들을 유혹하는 줄 다 안다. 제발 국가를 부도위기로 몰아넣는 헛소리는 접는 것이 국민을 위하는 길이다. 왠지 지금은 작고하고 안 계신 우리 할머니의 무릎 기상관측이 생각나고 그리워진다.

산사의 겨울 준비

지리산 골의 겨울은 유난히도 매섭다. 눈도 많이 오고 바람도 세차다. 겨울도 좀 빨리 찾아온 것 같다.

그래서 산골에서는 대개 10월이면 겨울 준비를 서두르고 눈이 오기 전 11월이면 모든 준비를 끝내야 된다. 겨울에 아궁이에 지필 땔감도 넉넉히 준비를 해야 되고 더럽혀진 문종이도 뜯고 창호도 새로 바른다. 산골짜기에서 흘러내리는 식수 호수도 얼지 않게 단단히 싸매야 된다. 내년에 장 담글 메주로 시장에서 새 콩을 팔아다 가마솥에다 삶아 하루 종일 식구대로 방아를 찧어 양지바른 곳에다 매달아 놓았다.

이제 남은 일은 김장이다. 김장은 일거리가 많아 참으로 버겁다. 팔아온 빛 좋은 고추는 농약 제거를 위해서 물수건으로 하나씩 닦아서 햇볕에 말려야 방아를 찧을 수 있다. 무 배추는 가을 내내 밭에서 노루 고라니 등 산짐승들의 피해를 막기 위해서 허수아비를 만들어 세우고 군데군데 촛불을 밝혀 지켰지만 그래도 삼분의 일 정도는 그들이 나눠 갔다. 그때도 다 가져가지 않은 것을 위안으로 삼아야 된다. 스님의 말씀은 다 같이 산속에 사는 식구들인데 그들을 위해서 미리 밭 한 다랑이를 더 심으셨다니 할 말은 없다.

김장을 하는 동안은 온 대중이 다 나서서 울력을 해야 된다. 밭에서 무 배추를 뽑아 날라야 되고, 무는 절반은 김장용으로 씻고 반은 땅을 파고 얼지 않게 묻어야 겨울 내내 싱싱한 찬거리가 된다. 배추포기는 반으로 칼집을 주어 소금물에다 숨을 죽인 후 깨끗이 씻어서 물이 빠지도록 쌓아 놓는다.

또 맛을 낼 양념준비가 태산이다. 큰 가마솥에다 무 다시마 등의 여러 가지 자료를 넣고 하루 종일 장작불을 지펴 삶아 맛을 우려내야 한다. 이 물에다 청각과 고춧가루를 버무려 양념으로 쓴다. 일 년 행사 중 김장이 제일 힘겹다. 식구가 많지 않은 우리 암자庵子에서는 배추 백 포기정도면 충분하지만 어려운 이웃들과 나눠야 하기 때문에 해마다 이천여 포기씩을 해오고 있다. 적은 암자로서는 대 역사가 아닐 수 없다. 때문에 김장때는 신도회 간부들은 물론이고, 이웃 마을에서 십여 명의 아주머니들을 모셔 와야 일을 제대로 처리할 수 있다.

김장이 끝나면 또 이웃들에 날라야 된다. 가까운 곳은 봉고차로 나르지만 외지에는 택배로 부쳐야 된다. 재작년까지만 해도 큰 통에다 담아서 부쳤지만 작년부터는 비닐에 넣어 규격박스에 담아야만 택배에서 받아준다. 금년에도 예년처럼 서울 부산 광주 대구 인천 거제도의 선희네 집에까지도 다 부쳤다.

이렇게 김장 배송까지 마쳤으니 이제 겨울 준비는 다 끝났는가 싶었는데 생각하니 또 한 가지가 빠졌다. 사람이 기르는 동물들 중에서 유독 추위를 많이 타는 나비(고양이)의 집을 미처 마련해 주지 못했다. 식재료를 넣어두는 지하방에 습기를 제거하기 위해서 문을 열어두면 쥐들이 들어가서 이것저것을 쪼아놓고 어지럽혀 놓기 때문에 문 앞에 매어두어 쥐들의 출입을 통제할 목적으로 스님께서 금년 봄에 광주 어느 골목길을 지나시다가 고양이 소주집에 들러 사정하여 데리고 온 고양이다.

"이거 내일 잡아서 소주 내려야할 것인디, 스님이 다랄고 졸라쌓깨 줍니다. 갑이나 잘 주시오."

묶여있는 고양이 목줄을 풀어서 스님에게 건네면서 주인아저씨가 한 말이었다. 하루만 늦었더라면 소주로 내려질 고양이였다.

그런데 절에 온 고양이는 운동을 시키기 위해서 잠시만 풀어놓으면 여기저기 아무데나 똥오줌을 배설해놓기 시작했다. 아무리 길을 들이려고 노력해 보았지만 쉽게 고쳐지

질 않았다. 그래서 가을이 되면서 아랫마을 식당집으로 보내진 것인데, 얼마 안 있어 다시 절로 찾아와서 할 수 없이 기르기로 한 것이었다.

다음날 나는 스님에게서 얼마간의 예산을 얻어 고양이집을 지어줄 재료를 구하기 위해서 읍으로 차를 몰았다. 운전을 하면서 헤아려보았다. 추운 산골이니 목재상에 가서 두꺼운 판자나 합판을 구할까. 아니면 지어놓은 강아지 집을 하나 사다가 고양이집으로 쓸까.

어느 것이나 다 괜찮을 것 같았다. 그러나 한편으로는 스님의 비위를 맞추려면 다 틀리는 계산일지도 모른다는 생각이 들었다. 왜냐하면 스님은 산골에 사는 모든 짐승들까지도 다 한집안 식구로 생각하고 계셨기 때문에 단순히 고양이를 고양이로 만 보는 것은 처사處士인 내 계산일 뿐 스님의 생각과는 거리가 있을 수 있기 때문이었다.

나는 목재상과 강아지집을 파는 철물점의 갈림길에서 스님에게 휴대폰을 걸었다. 합판과 강아지집 중에서 어느 것으로 할 것인가를 물어보았다. 스님은 예상했던 대로 알아서 준비를 해오라고 하신다. 알아서 준비를 해오라는 것은 나를 신임한다는 뜻이겠지만 나로서는 더 무거운 책임감이 느껴지는 일이었다. 신중하게 선택해야 되었다.

나는 강아지집을 구하기로 결심했다. 그래서 혹한酷寒 때는 담요를 씌워주고 안에는 방석용 전기매트를 구해다 깔아주면 될 것 같았다.

강아지집을 사서 봉고차에 싣고 이번에는 전기장판 집으로 향했다. 그런데 전기장판 집에는 그런 소형은 없다는 대답이다. 보온이 될 만한 소형으로는 찜질팩밖에 없는데 값이 좀 비싸다고 했다. 그래서 나는 그거라도 달라고 주문했다. 주인아저씨는 찜질팩을 내어주면서 이거 어디에 쓸 거냐고 물었다.

"고양이 집에 넣어주려고요."

내 대답에 주인아저씨는 정색을 하며 "그까짓 고양이에게 찜질팩을 다 사다주어요?" 나는 적당히 대답할 말이 없어서 스님께서 자주 하시던 말씀이 생각나서 "다 인연중생 因緣衆生인걸요" 했다. 그러자 주인아저씨는 "그거 무슨 뜻이요" "다 같이 사는 식구라는 뜻이요."

나는 내 대답이 맞는 해석이기를 바라면서 장판집 가게 문을 나왔다. 강아지집과 찜질팩을 차에 싣고 절에 와서 내 계획을 스님에게 설명하자 스님은 흡족하신 표정이었다. 고양이집은 겨울이니만큼 바람막이가 잘 되는 곳에다 설치해 주는 것이 좋은 것 같았다. 그래서 화장실 가는 쪽 세면장 뒤쪽에다 옮겨 놓았다. 그리고 전선을 느려 찜질팩에다 연결해 주고 그 위에다 방석을 하나 깔아주었다. 이만하면 금년 추위는 무난할 것 같았다. 그날 밤 자다가 개어 화장실에 가면서 고양이집 앞에서 나직이 "나비야" 하고 불러보왔다. 그랬더니 속에서 "야옹"하고는 반응을 해온다. 사람과 짐승과의 교감, 어쩌면 이것은 대우주 법계와의 교감이 아니겠는가.

　나는 내 방으로 들어와 다시 잠을 청하면서 지금 이 순간 우주공간을 함께 라고 있는 일체중생一切衆生은 아무리 미미한 것일지라도 다 그 자리에 꼭 그렇게 있어야 할 필연必然이 있어서 있음이니 우리는 이 엄숙한 질서를 인정하고 아름답게 가꾸는데 미력이지만 꼭 동참해야 되지 않을까를 생각하면서 포근한 잠에 빠져든다.

흐르는 물처럼

　언제나 흐르는 물은 부패하지 않는다. 흐르는 물은 항상 새롭게 만나고 환경에 적응하며 미래를 향해 개척해 나가는 진취적인 기상이 있다.
　그래서 흐르는 물을 보면 나태해진 마음에 신선한 감동을 얻곤 한다. 아무리 험상궂게 생긴 바윗돌이 앞을 가로막아도 화내지 않고 비켜가고, 아무리 높은 둑이 앞에 나타나도 좌절하지 않고 조용히 참으며 때를 기다려 둑을 넘는 인내와 슬기가 있다.
　나는 때로 어지러운 일들로 마음이 시끄러울 땐 혼자 조용히 계곡의 흐르는 개울가를 찾는다. 세수도 하고 손발을 씻고 바윗돌에 앉아 도란도란 흐르는 개울물 소리를 들으면 한결 마음이 개운하고 느긋해진다.
　개울물소리는 어느 달관한 도인의 설법처럼 나태한 마음에 싱싱한 활기를, 분노한 가슴에 훈훈한 관용과 이해를,

초조한 심정에 느긋한 여유를 느끼게 해준다.

　개울가에 오면 이처럼 온갖 잡다한 세정의 슬픔과 분노와 초조를 잠재울 수 있는 진리의 화음을 들을 수 있어 좋다.

　그러나 이 개울물소리는 누구에게나 다 진리의 화음으로 들려지는 것은 아니다. 어린이를 유괴한 유괴범에게는 자기의 팔목에 수갑을 채우려고 쫓아오는 형사들의 발자욱소리일 수도 있고 남모르게 잘못을 저지르고 그 죄를 숨기고 있는 사람에겐 저승사자의 무서운 호통소리일 수도 있다.

　자연은 우리들에게 하나의 밝은 거울이다. 그래서 이 자연 앞에 설 때는 항상 마음을 바르게 가져야 한다. 추한 모습으로 거울 앞에 서면 추한 모습일 뿐 아름다울 수는 없다. 자연은 거짓이 없다. 자연은 곧 진리이기 때문이다.

　우리 인간은 자연을 등지고는 살 수가 없다. 자연에서 와서 자연과 함께 살다가 다시 자연의 품으로 돌아가는 것이 우리 인생이다. 그러므로 우리는 자연 앞에 겸허해야 한다. 자연을 배우고 자연에 순응하면서 살아가야 한다.

　자연을 극복한다는 것은 자연의 섭리를 알아 그에 따른다는 것이다. 인간의 두뇌로 과학이 발달하여 우주를 정복하고 원자무기로 치구를 파괴할 우 있는 능력을 보유하고 무서운 질병을 퇴치할 수 있는 의술을 얻음도 모두가 다 이 자연의 섭리를 터득하여 그 일부분을 활용하고 있을 뿐인 것이다.

우리가 자연 앞에 설 때는 자만과 시기와 과욕을 버리고 태어날 때의 순수한 본마음으로 돌아가야 한다. 그러므로 자연의 거울 앞에 나의 본 모습을 발견할 수 있는 것이다. 모든 헛된 욕심을 버리고 나 자신까지도 버려 자타自他의 분별에 끊겼을 때 무아경에 들어 커다란 깨침의 각覺을 일을 수 있을 것이다. 어느 시대 어느 때를 막론하고 삶을 선택은 우리들에게 가장 절실하게 요구되는 것은 슬기로운 사람의 자세이다.

슬기로운 사람의 바탕은 곧 지혜인 것이다.

지혜가 부족하기에 인간 살육의 전쟁과 파당이 일어나고 사회혼란이 일어난다. 지혜가 없기 때문에 사람들은 나태하고 게으르고 된다. 게으르기에 발전이 없고 발전이 없으니 삶이 지루하고 고달프다. 나태하여 낙오된 사람들에겐 현실이 짜증스럽고 불만스러울 수밖에 없다. 불만이 쌓여 고통이 된다. 고통과 함께하는 사람은 곧 지옥인 것이다. 이 지옥 같은 삶을 면하기 위해서 우리들은 슬기로워야 하고 지혜로워야 한다. 지혜로운 사람이어야 근면 검소하고 인내할 수 있고 양보할 수도 있다. 지혜로운 사람이어야 나서지 않아야 할 차제에 무모하게 나서서 설치지 않는다.

우리는 오늘의 현실에서 쓸데없는 자만과 아집 때문에

커다란 망신과 불행한 결과를 자초하는 경우를 자주 본다. 겨루지 말았어야 할 일을 겨루고 다투지 말아야 할 일을 다투다 서로 수원지간으로 갈라서고 만다. 현실이 각박하고 부족하기 때문에 신용을 잃고 거짓말을 하게 된다고들 한다. 일자리가 없으니 불만이 많고 할 일이 없으니 불평할 수밖에 없다고들 한다.

그러나 과욕을 버리고 정신을 똑바로 차려 내 주변을 살펴보면 내가 설 수 있는 자리가 어딘가는 있고 해야 할 일거리도 얼마든지 있다. 남이 자가용을 타니 나도 타야만 되겠고 남이 좋은 직장을 가졌으니 나도 그런 직장이 있어야 체면이 선다는 사치스런 생각을 버리고 우선 그러한 입장에 도달할 수 있는 노력을 열심히 해야 된다.

노력은 하지 않고 남의 경우만을 쳐다보며 부러워만 하다가는 때를 놓치고 영원히 낙오자가 되고 만다. 이미 나는 늦었다고 포기하지 말고 나는 늦었다는 것을 깨닫는 그 순간부터 두 주먹을 갈라쥐고 내 분수에 맞게 목표를 세워 열심히 노력하면 그 사람은 남에게 뒤진 거리를 얼마든지 따라잡을 수 있을 것이다.

쉬지 않고 흐르는 물은 항상 신선하고 생기에 넘친다. 한 곳으로 수십 년 수백 년을 흐르는 물은 커다란 바윗돌을 갈라놓고 구멍을 뚫는다. 쉼 없이 흐르다 보니 그런 기적 같은 현실이 나타나는 것이다.

우리도 열심히 노력하며 그 결과를 당장 얻으려는 성급한 생각을 버리고 노력하는 자세, 그것이 곧 내 삶의 본령으로 믿고 그 결과는 멀리에 두고 기다려야 한다.

열심히 기도하며 엎드려 매달려도 돌아보시지 않는 절대자의 무관심을 이해할 수 있는 입장에 섰을 때 비로소 나는 그의 종일 수 있는 자격을 인정받게 되는 것이다. 희망을 갖고 기다리는 자세야말로 아름답다.

열심히 노력하는 사람에겐 오직 창조와 성취의 희망찬 기쁨이 있을 뿐 좌절은 없다.

합봉이변(合蜂異變)

　산야의 나뭇가지에 푸릇푸릇 잎들이 피어나는 오월은 토종벌을 기르는 한봉가(韓蜂家)에서는 새로 분봉되어 나오는 벌을 받기에 한창 바쁜 나날들이다.
　그해 처음 나온 첫배를 받아놓고는 벌통 앞에다 술을 따르고 절을 한다. 경사진 곳에다 벌을 받아 놓을 때는 그 순서에 따라 차례로 내려놓아야지 먼저 나온 벌을 아래쪽에다 놓고 뒤에 나온 것을 위쪽에다 받아놓아도 안 된다. 벌의 세계에는 엄격한 규율과 질서가 있기 때문이다. 일벌들은 잠시도 놀아서는 안 된다. 역사를 나갔다가 돌아올 때는 빈 몸으로 돌아올 수가 없다. 문지기가 지키고 있다가 다시 내쫓기 때문이다.
　지금까지의 경험에 비추어보면 첫배는 오전 9시에서 12시 사이에 주로 나온다. 그 통에서 다시 두 배의 새끼 벌은 첫배가 나온 후 정확히 일주일 후에 분봉되어 나온다.

그러나 두 배째부터는 나오는 시간이 첫배처럼 정해져 있는 것이 아니라 오전 오후를 가리지 않고 해가 떠서 지기까지의 사이에 나오기 때문에 이때는 아무리 바쁜 일이 있어도 벌통 곁을 떠나서는 안 된다. 주로 벌이 나오는 날은 날씨가 청명하고 맑은 날이며 흐리거나 구름이 많이 끼어 있는 날은 잘 나오지 않는다.

벌은 각 통마다 다 산란을 해서 새끼를 치지만 그렇다고 다 분봉이 되어 나오는 것은 아니다. 벌은 아무리 많이 길러도 기르는 통수의 절반 정도만 분봉을 한다.

분봉을 많이 하는 통은 일 년에 다섯 배까지도 하지만 세 배 이상은 세가 약해서 별 재미를 보기 어렵다. 벌을 오래 길러 벌의 습성을 잘 아는 사람들은 세 배까지만 받고는 벌통을 떠들고 왕대〈여왕봉〉를 바늘로 찔러 더 이상 여왕이 태어나는 것을 막아 분봉을 조절하기도 한다.

집을 나온 벌이 공중에 떠돌다가 붙는 장소는 약속이나 한 듯이 대개 한두 군데로 정해져 있다. 벌을 받기에 좋은 곳에 자리를 잡으면 다행이지만 그렇지 않고 높은 나뭇가지 끝이나 벼랑 위의 바위틈 같은 곳에 가서 앉으면 큰 고역이 아닐 수 없다. 사람이 올라가지도 못할 만큼 위험한 나뭇가지 끝에 가서 붙으면 이때는 긴 장대 끝에다 멍덕을 매달아 한 사람이 붙잡고 또 다른 한 사람은 다른 장대 끝에다 생쑥을 뜯어 매달아 붙어있는 벌 위에다 멍덕을 대고 쑥으로 벌을 쓸어올려야만 된다.

　일이 쉬우려면 벌이 쉽게 멍덕에 옮아 붙지만 잘 붙지 않고 애를 먹이면, 장대를 들고 있는 팔이 아파 여간 고역이 아닐 수 없다. 만약 이때 바람이라도 불어 붙들고 있던 장대 끝이 조금이라도 흔들려 나뭇가지에 부딪치면 엉겨 붙으려던 벌들이 쏟아져 내려 벌을 받으려던 사람들은 여지없이 벌의 공격을 받게 된다.

　그러나 벌을 수십여 통씩 많이 기르는 사람들은 이보다 더 큰 어려움이 있다. 그것은 여기저기 여러 벌통에서 벌들이 한꺼번에 쏟아져 나와 한 장소에 가서 같이 붙어버린 경우이다. 두 곳으로 갈라서야 할 벌들이 같이 합봉이 되어버린 경우이다. 실로 높은 나뭇가지에 유난히도 크게 엉겨 붙어있는 벌을 바라볼 땐 난감하기만 하다.

　낮은 곳이면 벌을 받으면서 여왕을 골라내어 인위적으로라도 분봉을 시킬 수도 있겠지만 높은 나뭇가지에 붙어있는 것은 그럴 수도 없는 일이다. 흔한 일은 아니지만 이렇게 두 통이 함께 합봉이 되는 일 외에 세 통에서 나온 벌들이 한데 합봉이 되는 경우도 있다. 세 통에서 나온 벌들은 숫자가 너무 많아 받아 내리기도 더욱 힘이 들어 여간 어렵지 않다.

　이런 경우엔 벌통을 큰 것을 준비해놓고 멍덕도 제일 큰 것으로 골라 조심조심 정성을 다해 주문이라도 외우면서 받아야만 된다. 함부로 하면 벌들이 공중에 떠서 먼 곳으로 날아가 버리기 때문이다. 벌은 한번 나와서 처음 붙어있는 곳에서 받아야지, 그렇지 못하고 두 번째로 자리를 옮길 때는 아주 먼 곳으로 날아가 버리는 경우가 많다.

이렇게 힘든 작업을 해서 어렵게 벌을 받아놓는다고 그것만으로 내 벌이 되는 것은 아니다. 세가 강한 벌일수록 받아놓으면 금방 도망가버리는 경우가 많다. 그래서 모기장으로 만든 망을 준비해놓고 잘 지켜야만 된다. 벌이 나가려는 기미가 보이면 재빨리 벌통에 망을 씌워 막아야만 된다.

이런 벌을 한 통에다 받아놓고 가만히 관찰해 보면 세 여왕들이 조화를 이루지 못하고 세 다툼을 하며 서로 싸우느라 많은 일벌들이 희생을 당한다. 그러다가 결국 세가 약한 쪽의 벌이 자기 식구들을 데리고 다시 분가를 해 나가고 만다. 개중엔 분가해 나가지 않고 겉으로는 조용히 지내는 듯싶은 경우도 있다. 그러나 여러 날을 자세히 살펴보면 분명히 벌통 속엔 세가 약한 여왕벌의 죽은 시체가 밑바닥에 떨어져 뒹굴고 있다. 합봉 이변이 아닐 수 없다. 뭉치면 살고 흩어지면 망한다는 말은 많은 부하를 거느리고 통솔하는 여왕벌들의 생리에는 맞지 않는 역설일지도 모른다.

자연의 조화가 이럴진대 어찌 우리 사람들의 집단인들 이에서 예외일 수가 있겠는가? 역시 세 집단이 한 집단으로 단합하기란 몹시 어려운 일일지도 모른다.

《신동아》 (1991년 6월호)

승자(勝者)의 길

　세상을 살다보면 본의 아니게 이웃과 불화(不和)하고 남으로부터 미움을 받게 되는 경우가 있다. 그 원인을 가만히 생각해보면 나에게 결점이 있었기 때문인 경우가 대부분이지만 때로는 아무런 잘못한 일이 없었는데도 헐뜯고 비난을 받는 경우가 있다.

　그럴 때면 나는 다음의 방법으로 그러한 문제를 해결하기 위해 노력한다. 첫째는 그 사람이 나에게 못되기를 바라는 만큼 나는 더 잘되기 위해서 내가 세운 목표를 향해 열심히 노력한다. 맞서 싸우기보다는 자신의 일에 충실하다보면 자연 분노 따위는 이미 나와 관계가 없어진다.

　두 번째의 방법은 나에게 아무런 잘못이 없었는데도 저 사람이 나를 미워하게 되는 것은 결과적으로 나라는 대상이 있었기 때문이므로 그 책임의 일단은 나에게도 있다고 믿어본다. 내가 저 사람에게 얼마나 밉게 보였으면 그가 저주까지 하게 되었을까 하고 생각하면 마음에 여유가 생긴다.

저 사람이 나를 닮아주면 좋겠지만 그렇지 못할 때, 그가 나를 닮아주기를 기다리기보다는 나를 닮아주지 않는 그를 내가 이해하는 편이 그와 내가 하나가 되는 쉬운 일이요 그것이 승자(勝者)의 자세가 아닐까?

《샘터》 (1980년 12월호)

나무의 지혜

 산골에 사는 사람은 수목들과 함께 살아간다. 봄이면 여러 가지 꽃들이 피어 향기롭고, 여름이면 푸르름의 수해(樹海) 속에서 더위를 잊고 살아간다. 가을이면 공해 없는 머루, 다래, 으름 등 산과일들이 익어 한결 풍성하다. 봄부터 가을까지는 산새들이 저마다 목청을 돋우어 아름다운 노래를 불러주어 홀로 사는 사람에겐 더없이 다정한 벗이 되어준다.
 내가 살고 있는 지리산의 울창한 숲속에는 수십 종의 새들이 살지만 저마다 독특한 목소리로 개성적인 노래를 부른다. 어떤 새소리는 환희에 넘치고 어떤 새는 무뚝뚝하고 어떤 새는 간드러지는 음정이다. 또 어떤 새는 간사하게 어떤 새는 듬직하게 운다.
 자연을 가만히 관찰해보면 새들뿐만이 아니라 모든 수목들도 다 저마다의 모습으로 살고 있다. 어떤 나무는 하늘

높이 치솟아 장부다운 기개가 엿보이고 어떤 나무는 높이보다 옆으로 많이 뻗어 믿음직스럽게 보인다. 또 나무와 나무끼리 서로 얽혀가며 사는 경우도 있고 홀로 고고히 서기를 좋아하는 나무도 있다. 그런가 하면 음지를 좋아하거나 양지를 좋아하는 나무들이 따로 있다. 열매 맺기를 좋아하는 나무가 있는가 하면 꽃내음이 향기로운 나무도 있다. 어떤 나무는 강하고 어떤 나무는 유연하다.

산에는 전 세계의 인류보다도 더 많은 나무와 잡초가 함께 어우러져 살고 있다. 그렇지만 그 많은 나무들치고 모양이 같은 것은 단 하나도 없다.

수종(樹種)이 같다고 해서 모양이 같은 것은 결코 아니다. 비슷한 것 같지만 상이하다. 어떤 나무는 수액이 약이 되고 어떤 나무는 뿌리가 약재로 쓰인다. 그런 반면 나무뿌리나 열매를 잘못 먹으면 귀중한 생명을 잃을 만큼 독한 종류도 있다.

이 자연의 생태를 가만히 살펴보면 사람이 살아가는 모습과 비슷한 점이 발견된다. 어떤 나무는 팔자 좋은 사람처럼 기름진 땅에서 무럭무럭 자라고 어떤 나무는 석벽 위에서 크지도 못하고 강풍에 시달리며 괴롭게 생을 이어간다. 어떤 나무는 곁에 크는 나무를 시샘이나 하듯이 위로만 치솟는다.

산에는 이처럼 많은 수목들이 살고 있지만 다 저마다 개성이 다르고 독특한 모습으로 살고 있다. 그렇지만 유사한 점이 전혀 없는 것은 아니다. 우선 자연의 섭리에 거역할 줄 모르고 다소곳이 순응하며 살고 있는 것이다. 나무는 거짓이 없고 배반을 모른다. 어떠한 어려움이 닥쳐와도 반항하지 않고 참고 견디며 때를 기다리는 여유가 있다. 가꾸면 가꾼 만큼 자라고 가꾸지 않는데도 불만을 나타내지 않는 너그러운 미덕을 보인다.

봄이면 초록으로 잎이 피어나고, 가을이면 내년 봄을 기약하며 미련 없이 진다. 또한 계곡에서 자라는 나무와 수천 수만의 나무들을 아래로 내려다보면 산정(山頂)에서 자라는 나무와 다 같이 허상을 부리지 않고 밑으로 밑으로 자기가 서있는 흙으로 밀착한다. 자기를 키워주고 있게 한 근본을 알아서 사랑하는 것이다. 아무리 아름드리 거목일지라도 이 섭리를 거역하면 곧 쓰러지고 만다.

높은 산정에 서고 싶고 그 정상에 오래 머물고 싶거든, 봄부터 가을까지 가꾸고 준비했던 열매와 잎들을 아낌없이 땅에도 환원해야 한다. 자기의 뿌리를 받아안고 감싸준 흙에 보은하는 것이다. 이것이 정상에 선 나무가 살아가는 생존의 비결이다. 이른 봄부터 부지런히 준비했던 잎들을 아낌없이 땅에다 바침으로써 그것이 썩어 땅을 거름지게 하고 자기 뿌리로부터 영양을 공급받는다. 이것은 자기 생존의 방편이요 지혜이며 이웃과 함께 고루 사는 길이다.

나는 이 수목들의 생태를 보면서 많은 것을 느끼고 배운다. 우리 인간 사회에도 이 나무들처럼 자기 분수를 지키고 질서를 존중하는 호혜 정신이 넘친다면 보다 밝은 사회가 될 수 있으리라고 본다. 한 잎 두 잎 쌓이는 낙엽이 썩어 거름이 되어주듯이, 있는 자는 없는 사람을 보살피고 윗사람은 아랫사람을 관용하며 힘 있는 자는 약자를 아량으로 감싸주고, 피고용인은 고용주를, 아랫사람은 윗사람을, 약자는 강자의 입장을 이해할 때 비로소 서로는 하나가 될 수 있으리라. 여유가 있는 자가 어려운 사람을 진심으로 위해주면 서로의 이익은 하나가 될 뿐 아니라 배가 될 수도 있다.

많은 사람들은 지금의 이 사회를 불신사회라고들 말한다. 서로가 서로를 못 믿고 서로를 속이기 위해서 혈안이 되어있다. 존경받아야 할 지도자의 말에도 우리는 너무나 많이 속아왔고 신뢰가 넘쳐야 할 그들의 태도에 우리는 너무도 많이 실망해왔다. 이래도 국민의 뜻이요 저래도 국민의 뜻이다. 언제부터 우리 국민은 그들의 사리사욕과 당리당략을 채우는 담보물이 되어 왔는지 생각하면 할수록 배신감만 앞서고 한심하기 짝이 없다.

국민의 이익을 대변해야 할 그들이 국민을 망각한 채 세인의 눈살을 찌푸리게 하는 추태만 되풀이해서야 되겠는가? 도덕과 가치와 진실이 메마른 현실 앞에서 힘없는 많은 서민들은 오늘도 배고픔과 추위에 떨며 마지막 지는 한 자락 석양빛을 바라보는 심정으로 이 현실에 책임 있는 사람들의 일거수일투족에 시선을 모은다.

신성해야 할 종교인들도 입으로는 사랑을 말하고 자비를 떠들지만, 실천의 현실 앞에서는 흡족하기에 부족함이 너무도 많다. 사랑을 나누고 자비를 실천해야 할 사람들이 자기 종교를 신앙하지 않는다 하여 배척하고 적대하며 자기 권속이 아니라는 이유로 경원하는, 세속범부들만도 못 한 일을 저지르는 부류들이 너무도 많다.

진정 혼돈의 세상을 정화하고 계도해야 할 종교인들이 뜨거운 뉘우침과 피나는 참회 없이 그 추악한 얼굴로 하나님의 종이요 부처님의 제자라고 자부할 수 있는가. 깊이 한 번 반성해야 할 심각한 문제가 아닐 수 없다.

인자요산지자요수(仁者樂山智者樂水)라는 말이 있다. 어진 사람은 산을 즐기고 지혜가 있는 사람은 물을 찾는다는 뜻이다. 부디 올해에는 우리 모두 조용히 산행이라도 하면서 미움과 증오를 풀고 묵묵히 견디며 알차게 살아가는 나무들과 대화하며 그 지혜를 배웠으면 좋겠다. 소위 만물의 영장이라는 인간이 산골에서 커가는 나무들만도 못한대서야 어디 될 법이나 한 일인가?

《신동아》 (1988년 6월호)

고향

사람은 누구나 다 자기가 태어난 고향이 있다. 고향. 되새겨볼수록 정답고 그립고 어머님의 가슴처럼 포근한 정이 느껴지는 것이 고향이다.

그 어머님의 품처럼 항상 심연 속에 안타깝게 남는 것. 처녀의 방향처럼 산란(山蘭)의 향기처럼 그렇게 그리움으로 남는 곳이 고향이다.

내 고향은 남(南) 쪽. 산자수명한 지리산(智異山)을 등진 구례(求禮). 지리산의 정기를 타고 반야봉의 지혜를 얻어 태어남인지 예부터 예의범절이 바른 고을. 그래 예(禮)를 구(求)하며 사는 고장이라 하여 구례(求禮)란다.

국립공원의 1호인 지리산의 관문이요 국보사찰인 화엄사와 연곡사가 있다. 그리고 부처의 자비인 양 보살의 미소인 양 피어나면 등불을 켠 것처럼 주변이 밝아지는 3백 년 수령의 영산홍을 자랑하는 천은사(泉隱寺)가 있다. 신라 흥덕왕 3년에 창건된 고찰이다.

이 태고의 정적이 흐르는 청정도량에 핏빛 영산홍이 유명한 것은 이 도량에서 정진하여 깨치신 많은 선지식 스님네들의 무언의 설법이 아닐는지?

아름다운 꽃을 보고 마음이 괴로운 사람은 없다. 성난 사람도 꽃을 보면 마음이 풀린다. 진정한 진리의 세계란 글이나 말로는 설명할 수가 없다. 꽃을 보고 마음이 즐겁듯이 이심전심으로 느껴야 된다. 천은사의 대명사는 영산홍이요. 영산홍은 이곳 스님네들의 무언의 설법이다.

또한 천은사를 설명하면서 빠뜨릴 수 없는 것이 하나 있다.

민족대표 33인 중의 한 분이신 오세창(吳世昌) 선생이 쓰신 10폭 병풍. 오세창 선생께서 남기신 필적은 많지만 이 천은사의 병풍이 유명한 것은 그분의 고매한 인품과 높은 예술의 경지를 대표할 수 있는 유품 중의 하나이기 때문이다. 한 예술인이 일생을 정진해도 마음에 흡족한 걸작은 한두 점에 불과하다는데 이 천은사의 병풍은 그 대표작.

이웃 연곡사 경내에 있는 북부도(北浮屠)는 고구려 초기의 작품으로서 동부도(東浮屠)를 모방하여 건립된 국보 54호의 사적 유물로 내 고향 구례를 더욱 빛내준다.

큰 산 깊은 계곡 내 고향 구례에는 어느 곳보다 명찰 고적들이 많다. 계곡마다 자리 잡은 산사 불가 중 화엄사(華嚴寺)

는 지리산중 최고찰로 너무도 유명한 국보 대찰이다.

화엄사는 특히 우리나라 최대의 목조건축물인 각황전(覺皇殿)을 비롯 사사(四獅) 3층 석탑(국보 35호) 및 화엄석경 등이 유명하다.

사사(四獅) 3층 석탑은 각황전 왼편 후면에 위치한 것으로서 불국사 다보탑과 더불어 쌍벽을 이루는 작품이다. 네 귀퉁이 사자상 및 가운데 보살상의 조형미는 우리나라 불교예술의 정수를 지키고 있다.

헤아릴 수 없는 명승고적은 섬진강 맑은 물 천년의 흐름만큼이나 유구한 역사를 지키고 있는 곳이 바로 구례다.

굽어 내린 산허리 빨간 낙조가 공양 올리는 불가의 종소리를 머금고 속세의 번뇌를 포근히 감싸는 곳. 계곡과 수림마다 명승 대찰의 불심이 가득한 곳이다.

천은사를 뒤로하고 2km쯤 내려가면 월곡(月谷)리. 이곳에 매천 사당이 있다.

구 한말 국운을 한탄하며 스스로 자결한 의인이요 시인. 나라를 위해 목숨을 바친 충절의 의인을 함께한 예절의 고장 구례에 태어난 것이 자랑스럽기만 하다.

《주간경향》 (1983년 3월 13일)

남의 신앙

스님! 고향 교회에서 세례를 받으려고 하향했습니다. 그동안 몇 차례 그곳을 찾으려고 했었으나 번번이 뜻을 이루지 못하고 말았습니다. 지금 생각해보면 하느님의 뜻이 작용했었다고 믿어집니다. 뭔가 붙들지 않으면 쓰러질 것 같은 허탈한 상태로 지난 몇 년간을 살았던 제가 만약 스님을 자주 찾아뵈었더라면 아마 지금쯤은 머리를 깎은 여승이 되어있을지도 모를 일입니다. 그러나 지금은 하느님 외에는 어느 신(神)도 존재하지 않으며 하느님을 믿는 기독교 외에는 참 종교는 없음을 확신하는 제가 되어있습니다. 그러한 저의 입장에서 스님을 생각할 때 스님의 생활이 안타깝기 짝이 없습니다. 이 세상의 진리는 하나이며 그 진리를 믿는 우리 신자들은 참 진리를 모두에게 전해야 할 의무가 있습니다. 스님을 위해서 기도하겠으니 어서 그 생명 없는 우상숭배의 미신 종교에서 벗어나 참 생명의 길을 택하시기 바랍니다.

 이는 어느 소녀로부터 받은 편지의 내용이다.
 이 비슷한 이야기들은 내가 승려가 된 후 많은 사람들과 대화의 과정에서 가끔 들어왔었기에 새삼스러운 것은 아니지만 이처럼 나를 설득하기 위한 목적에서 한 이야기는 처음 듣는 것이므로, 나로서는 충격적인 일이 아닐 수 없었다.
 그러나 오늘의 현실을 가만히 생각해보면 비단 이 소녀만이 자기중심적인 도그마에 빠져있는 것만은 아닌 것 같다. 천도교인을 만나면 천도교만이 이 세상에서 가장 훌륭하다고 하고 통일교인을 만나면 통일교만이 그렇고, 또 다른 교인을 만나면 그 역시 그러한 말을 서슴없이 한다. 그리고 나 역시 우리 불교가 이 세상에서 가장 훌륭한 종교라고 믿어왔음은 숨길 수 없는 사실이다.
 그러나 나는 나의 신앙생활의 연륜이 깊어갈수록 차차 남의 신앙에 대해서도 이해를 해가고 있다. 나에게 내 신앙이 값지고 소중하듯 남들은 또 자기의 신앙세계가 무엇과도 바꿀 수 없이 귀중하다는 것을 인정하고 싶어지는 것이다.
 종교는 믿을 만한 가치를 느끼지 못하다가도 관심을 갖다 보면 충분히 신앙할 만한 가치가 생기는 법이다. 역시

이 세상에서 가장 아름다운 것은 우리 어머니의 눈동자이지 남의 어머니의 눈동자일 수는 없는 일이다.

　나는 나에게 신앙상담을 해오는 분들에게 불교만이 세상에서 가장 유일한 종교니 불교만을 믿으라는 말을 되도록 삼가해왔다. 다만 오랜 역사가 있고 많은 민중의 호응을 얻고 있는 종교라면 어느 종교이건 다 좋은 종교이니 생활에 무리 없이 가장 마음에 드는 한 종교를 택해 믿으면 좋으나 무엇보다도 중요한 것은 자기 양심을 소중히 간직하며 앞길을 밝혀가는 것이라고 일렀다. 그러한 삶의 태도가 곧 부처의 뜻이요 하느님의 뜻이라고 생각되었기 때문이다.

　물론 내가 무식한 탓으로 원칙에서 벗어난 틀린 이야기를 했을지도 모른다. 그러나 나는 내 양심에 조금도 부끄럼이 없었으며 그러한 내 신앙관보다 더 값지게 느껴지는 진리를 나는 아직 모르고 있기에 어쩔 수 없는 일이다.

　만약 이러한 내 생각이 절대적으로 그릇된 것이라면 이 세상에는 많은 종교들이 있는데 각 종파마다 교리가 상이한 그 성전의 절대성에만 집착하여 타 종교에 대해서는 무조건 배타적인 입장에만 서게 된다면 이보다 더 큰 독선과 아집이 어디 있겠는가. 사회를 정화한다는 종교인들이 오히려 사회의 질서를 어지럽히고 파괴하는 결과가 되고 말 것 아니겠는가.

　보라. 기독교는 우주만물을 절대자인 신이 창조했다고

하고, 불교에서는 만물의 생성을 인연소치(因緣所致)라고 하며, 유교에서는 태극에서 유출되는 음양의 화합이라고 말하지 않는가. 과연 그 어느 것이 틀림없는 진리일 것이며 이 여러 가지 길 중에서 그 어느 문을 두드려야 번뇌에 시달리는 어린 양들은 안심입명(安心立命)할 수 있고 영생극락을 얻을 수 있을 것인가. 현대인에게는 또 하나 선택의 고민이 주어져 있는 것이 분명하다.

그러므로 종교의 진리는 성전의 절대성에서 보다는 가치면에서 찾는 것이 옳다는 것은 자명하다. 어느 종교의 성전을 보던 만물의 생성과정이나 인생의 방향을 설명하는 내용은 다르지만 사람을 올바르게 인도하여 우리의 삶을 아름답고 복되게 꾸미려는 그 목적은 동일하다. 이것이 각 종교가 그 색채는 달리할지라도 한 정신 속에 묶여진 진리성이라고 보아도 무방하지 않을까 싶다.

절대자를 섬기는 것은 획일적인 것이 아닌 다양한 것이다. 모든 사람들이 다 하느님께 나아갈 수 있으나 각자 나가는 길은 다르다고 하지 않던가. 한 가지로는 밖에 섬김을 받을 줄 모르는 하느님이시라면 그게 무슨 하느님이겠느냐고 어느 달관자는 말하지 않던가.

오늘을 함께하는 모든 종교인들은 각자 자기의 신앙과 이념을 돈독히 갖는 것도 중요하지만 남의 신앙과 이념도 못지않게 소중하다는 것을 인정하는 것 또한 중요한 일이다. 그러한 마음의 자세가 모든 사람들의 가슴속에 자리할 때 강자와 약자, 있는 자와 없는 자는 하나가 되며 치자(治者)와 피치자는 서로 훈훈한 마음으로 대하게 되는 사회풍토가 조성되리라고 본다. 그리하여 사상과 체제가 다르고 국가와 종족이 다를지라도 모두는 다 같은 한 인간이라는 절대가치의 공존의 광장에서 삶을 향유할 수 있는 화목하고 복된 사회가 건설되리라고 믿는다.

나는 언젠가 신문에서 미국 행정부에서 어느 최신 무기를 만들기 위해 의회에 예산을 요청했을 때 그 예산 통과를 반대했던 한 의원의 말을 지금도 기억하고 있다.

"이 예산이 통과되어 만들어질 무기의 공격을 받고 쓰러져 죽어야 할 그 사람 역시 인류의 한 사람이다."

이 얼마나 절실한 자비와 사랑의 외침인가. 이 사람을 굳이 법당이나 교회에 나오게 하여 염불을 외우게 하고 찬송가를 부르게 할 필요가 있을까? 하느님의 가르침에 충실하던 사람이 승려가 되고 부처님의 가르침에 충실하던 사람이 기독교인이 되는 것이 절대자의 입장에서 볼 때 어떠한 의미가 있을까? 인간으로서 성실하고 자기 양심을 소중하게 지킬 줄 아는 사람에게 신앙이 외려 흠집을 만드는 것은 아닐까?

누가 뭐래도 모든 종교는 이 세상에서 악을 청산하고 선한 세계를 건설하여 인류에게 행복을 선사하는 데 그 목적이 있다. 그러기에 불교에서는 '제악막작 중선봉행(諸惡莫作 衆善奉行 : 모든 악을 짓지 않고 모두에게 선을 행함)'을 실천의 최고 덕목으로 삼는다.

나는 기독교에 대해서는 잘 모르지만, 마태복음 7장 21절에 보면 '나더러 주여 주여 하는 자마다 다 천당에 가는 것이 아니라 하늘에 계신 내 아버지의 뜻에 따라 사는 자라야 천당에 가느니라'고 되어있다.

나는 이 말씀을 성경 잘 읽고 찬송가 잘 부르고 교회에 잘 다닌다고 해서 구원을 받는 것이 아니라 하나님의 뜻인 착하게 사는 사람이 구원을 받는다는 것으로 이해하고 있다.

이것은 곧 우리 인간이 인간답게 살기 위해서는 인간 상호 간에 지키며 요구하고 확인해야 할 인간의 조건이 아닌가. 단 인간이 인간에게 요구함보다는 절대자의 이름으로 요구했을 때 보다 절실한 사명감을 느낄 수 있고 보다 큰 감화가 가능하기에 절대자의 이름이 신성하고 고귀한 것이 아닐까?

아직도 헐벗고 굶주리는 이웃에게는 인색하면서도 부처 앞에 엎드려 복을 비는 불교인이 있으며 교회의 새벽 종소리가 새로운 공해 문제화되고 있는 현실에 있어서 과연 우리 종교인의 자세는 어떠해야 할 것인지 한번 깊이 생각해 봐야 할 문제인 것 같다.

(1979. 《여성동아》 5월호)

여순사건의 가려지는 진실

 필자가 본문에서 밝히고자 하는 것은 여순사건에 대하여 필자가 직접 보고 경험한 진실에 바탕한다는 것을 밝혀둔다.

 1948년 4월 3일, 제주도에서 남로당의 사주를 받은 일부 주민들이 단독선거, 단독정부 수립반대를 외치며 무장봉기를 일으켰다. (『사삼(4·3)과 제주의 역사』 박찬식, 566p) 당국이 이를 진압하는 과정에서 수많은 인명피해가 발생하였다. 이 사건을 제주도 4·3사건이라고 불러왔다.

 당국의 이런 제지에도 불구하고 이 소요사태의 여진은 진정되지 않고 더욱 거세지자 정부는 이를 진압하기 위하여 여수 주둔 14연대를 파견하려고 하였으나 이 명령을 거부하고 반기를 들고 일어난 이 항명 사건을 우리는 그간 여수 14연대 반란 사건이라고 불러왔다.

 세월이 흘러 이제 그 사건이 반란이 아닌 민중항쟁이라

고 재해석되고 있다.(김용옥, 『우린 너무 몰랐다』)

여수 14연대는 정부의 명령을 거부하고 반기를 들면서 병사위원회의 명의로 여수인민보에 다음과 같은 성명서를 발표하였다.

> 애국 인민에게 호소함
>
> 모든 애국 동포들이여, 조선인민의 아들인 우리는 우리의 형제와 동포를 죽이러 가는 제주도 파병을 결사 거부한다. 우리는 조선인민의 이익과 행복을 위해 싸우는 진정한 인민의 군대가 되려고 봉기하였다.

나는 이 14연대가 성명서에서 말하고 있는 형제애와 동포애의 애민 정신을 진심이라고 믿고 싶다. 허나 우리는 이 역사적인 사건의 정체성을 정확하게 파악하기 위해서는 성명서 내용 하나만을 볼 것이 아니라, 그 사건 발생 동기와 함께 사건의 진행 과정과 그 사건으로 인해서 결과되는 모든 문제점도 다 같이 포함해서 평가를 해야 된다고 생각한다.

그러기 위해서는 14연대가 여수 신월동 주둔지를 뛰쳐나와서(10월 19일) 해왔던 일들을 처음부터 끝까지 살펴볼 필요가 있다.

14연대 병력은 삽시간에 순천에 들이닥쳐 벌교, 보성, 광양, 구례로 진입해왔다. 그리고 첫 번째로 했었던 일은 좌익과 우익 인사를 가리고 지주와 소작인을 구분하여 우익 인사와 지주들은 무조건 인민재판을 열어 처형하기 시작하였다.(안규수,『에세이스트』55호「손가락 총」46p)

　이런 만행을 매일 일삼던 이들은 정부의 진압군이 진격해오자 지리산으로 스며들었다. (10월 23일)

　지리산으로 스며든 김지회, 홍순석, 지창수 일당 2,000여명은 그 다음날 밤부터 지리산 주변 인근 마을에 내려와서 식량을 약탈해갔다. 입에 풀칠하기도 어려운 가난한 농가에 내려와서 농사짓는 데 꼭 필요한 소 등의 가축들을 닥치는 대로 약탈해갔다. 식량을 내어놓으라는 위협 앞에서, 없다고 사정을 하면 내일 아침거리는 있을 것이니 그것이라도 내어놓으라고 총칼을 들이대었다.(당시 주민들은 이들을 반란군이라고 불렀다)

　반란군은 떼로 몰려와서 한편에서는 위협을 하고 일부는 숨겨둔 식량을 찾아내기 위해 대창으로 여기저기 구석을 쑤시고 다녔다. 이들 반란군은 처음에는 좀 순수한 편이었으나 날이 갈수록 짐승처럼 포악해져갔다. 불행하게도 숨겨둔 쌀자루가 발견되면 위대한 인민해방군을 속였다며 대창으로 찌르거나 처참하게 죽였다. 사람의 목숨이 이들 기분에 따라 파리 목숨과 같았다.

　나는 이때, 초등학교 1학년의 어린 나이로 지리산의 산암

(山庵)에서 살다가 마을 민가로 피난 나와 살면서 이런 비참한 일들을 체험하였다. 14연대를 합리적으로 해석하려는 사람들은 이런 일들은 사전 예측하지 못했던 일로서 생존을 위한 자위 수단으로서 극한상황에서 어쩔 수 없는 일이라고 말할지는 모른다. 그러나 여기 '주철희의 『동포의 학살을 거부한다』25p'를 읽어보자.

> 14연대 병사들은 군인의 사명이 무엇인지를 전혀 모르는 무지몽매한 이들이 아니었다. 그들은 명령을 거부함으로써 감수되는 문제의 고심을 거듭하였다.

즉, 이들은 명령을 거부함으로써 빚어질 수 있는 제반 문제점을 다 예측하고 있었다는 것이다. 이들 반란군들의 만행은 생존을 위한 최소한에서 머물지 않고 날이 갈수록 더욱 극악무도하고 천인공노할 짓을 계속 이어갔다.

나는 이런 일도 당했었다. 밤중에 총소리가 콩 볶듯이 들려와서 식구들은 이불을 뒤집어쓰고 방바닥에 엎드려 있었는데 갑자기 문짝이 불길에 타오르고 있었다.
너무도 뜻밖의 일이어서 우리들은 자던 옷차림으로 빠져나가 논두렁 밑에 엎드려서 이 불길을 쳐다보며 애를 태웠었다. 날이 밝아 식구들을 찾아보니 나를 길러주신 스님 할머니가 보이지 않았다. 경황 없이 스님 할머니를 찾아 헤맸다. 할머니는 불길을 끄려다가 반란군의 총검에 옆구리를 찔려서 왼쪽 갈비뼈가 부러진 상태로 논두렁 밑에 쓰러져 있었다. 할머니만을 의지하고 살던 나는 천지가 무너지는 듯한 절망감에 눈물도 나오지 않았다.

이날 반란군이 지른 불길에 가옥 46채가 소실되고 민간인 희생자는 11명이었다고 『광의면지(光義面誌)』는 141p에서 기록하고 있다.

이런 만행 외에도 반란군은 세를 과시하기 위해서 자주 백운산과 지리산 봉우리에 봉홧불을 피워 올리고 경찰서까지도 습격하였다(10월 24일). 심지어 군부대까지도 공격을 하였다. 당시 남원에 주둔하고 있던 북부지구 토벌 사령부의 원용덕 사령관이 구례 주둔 12연대장 백인기 중령에게 작전회의를 위해서 남원으로 출두하라는 경비 전화를, 산동지서를 습격한 반란군들이 도청을 하고는 남원으로 넘어가는 길목에서 매복을 하고 있다가 습격하여 호위헌병 6명이 즉사하고 백인기 연대장은 산동면 시상리 대밭으로 피신하였으나 여기까지도 추격을 해와서 결국 권총으로 자결하는 사건까지도 있었다.

지금도 시상리 마을 앞에는 백인기 연대장의 추모비가 세워져있어서 그날의 애석함을 증언하고 있다. 밤이면 반란군이 마을에 내려와서 쑥대밭을 만들었고 날이 새면 연대장을 잃은 토벌 군인들이 마을에 나타나서 피해 현황을 조사하다, 반란군에게 강제로 끌려가 짐이라도 져다 준 사실이 밝혀지면, 반란군을 도와주었다는 이유로 가차 없이 또 총살을 당했다. 그저 힘없고 불쌍한 민초들만 억울하게도 이리 죽고 저리 죽어갔으나 어디다 이 억울함을 하소연할 곳도 없었다.

할아버지 조정순 씨가 광의면 방광리 이장을 했다는 이유로 우익으로 몰려 아버지 조광진 씨와 작은아버지 조광신 씨까지도 한집안에서 세 사람이 죽임을 당한 방광리 거주 조귀녀(여, 81세)씨는 당시를 이렇게 회상하고 있다.

"아이고 그때 일을 생각하면 지금도 이가 갈려서 말이 잘 안 나오요. 세상에 사람을 곡괭이로 찍어서 죽이는 징헌 놈들이 어디가 있단 말이오. 그놈의 반란군 놈들 생각만 해도 이가 갈리고 치가 떨리요."

팔순이 넘은 조귀녀 할머니는 당시를 이렇게 회상하며 눈시울을 붉혔다.

이 지리산의 14연대 반란군 일당 2천여 명이 완전히 소탕되어 없어질 때까지 지리산에 인접해 살고 있던 많은 주민들은 매일 밤 이런 공포 속에 떨면서 살아야만 되었다. 이 무고한 양민을 학살하고 가난한 농민을 약탈하고 고요하고 평화롭던 고장을 피비린내 나는 공포의 분위기로 떨게 함의 원인은 무엇이었을까? 그 답은 정부의 명령을 거부하면서 14연대가 발표했던 형제와 동포의 학살을 거부한다는 성명서 속에 숨겨져 있다.

　대부분의 사람들은 여수 14연대 사건을 제주도의 4·3사건과 연대해서 생각하면서 제주도의 파병은 곧 제주도 양민을 죽이러 가는 것이기 때문에 파병 거부는 민중항쟁이라고 생각을 하고 있는 것 같다. 그러나 과연 그렇게만 볼 수 있는 것인가? 14연대 사건은 파병이 불발되고 나서부터가 중요한 주류를 이루고 있기 때문에 파병 거부 이유 하나만을 가지고 평가하는 것은 옳지 않다는 것이 필자의 생각이다.

　거두절미하고 한 짐승이 어떤 종류인지를 알아보려면 몸 전체를 봐야지 몸통은 가려두고 입모습만 보여주면 노루인지 고라니인지 오판하기가 쉽다. 따라서 14연대 사건도 오판을 면하려면 사건 전체를 보고 판단하는 것이 옳다고 생각한다.

　내가 여기서 민중항쟁이라는 견해에 이의를 제기하는 것은 14연대는 형제애와 동포애의 애민정신이 넘쳐나는 성명서를 발표하고는 그 성명서의 잉크가 마르기도 전에 내 이웃들을 우익과 지주라는 이유로 끌어다 무참히 총살을 시작했기 때문이다. 내가 보기에 14연대는 이 성명서를 명분으로 다른 목적을 계획하고 있었던 것 같았다. 이 사실은 여순 사태 이후 6·25 동란을 겪어오면서 우리가 체험해온

근세사가 말해주고 있다.

제주도민과 이곳 우리들은 다 같은 한 민족, 한 핏줄 단군 할아버지의 자손들이다. 나는 지금 분연히 외치고 싶다. 좌익이든 우익이든 그 어떠한 명분으로도 인명을 살상하는 것은 나쁜 죄악이라고, 아무리 진보와 보수의 세태에 따라서 시대정신은 변해도 태어난 목숨이 살고 싶어 하는 천성은 변하지 않는다.

지금 세상에서 제일 보호되어야 할 가치는 나와 이웃이 다 함께 행복하게 살아가는 데 필요한 사랑과 자비다. 천상천하에서 제일 소중한 것은 지금 이 순간 숨 쉬고 있는 나의 삶이기 때문이다.

끝으로 여순사건을 민중항쟁이라고 말하는 사람들에게 다시 한번 구례군 광의면 방광리에서 지금도 두 눈 똑바로 뜨고 살고 있는 조귀녀 할머니의 한 맺힌 절규를 들려주며 이만 펜을 놓는다.

"아이고 그때 일을 생각하면 지금도 이가 갈려서 말이 잘 안 나오요. 세상에 사람을 곡괭이로 찍어서 죽이는 지겨운 놈들이 어디가 있단 말이오. 그놈의 반란군 놈들 생각만 해도 이가 갈리고 치가 떨리요."

임종안 론

스님, 방광리의 소되어

임종안 론

스님, 방광리의 소되어

김 종 완 (평론가, 수필가)

들어가면서

　임종안 선생께 격월간 『에세이스트』에 연재를 제안했던 것은 그 굴곡진 삶 자체가 곧 작품이라는 생각이 들어서였다. 이건 고흐가 예수를 두고 한 말이기도 한데, 예수는 한 작품도 남기지 않았지만 그가 살아온 삶이 인류를 새롭게 태어나게 하니 그가 인류 최고의 예술가라는 것이다. 삶으로 예술하기. 10대 때 『고흐의 편지』를 읽은 이후 그 말을 많이도 썼다. 그렇게 살겠다고 다짐도 했었다. 인생이란 누구도 쓰고 마는, 인과관계로 짜여진 긴 이야기이다. 어찌 보면 모두가 어차피 예술을 하고 마는 것이다.
　예술의 성패는 길이와는 상관없다. 많은 사람들이 길이

에 연연한 나머지 지루하고 어쩔 땐 남루하기까지 한 작품을 만들고 만다. 성공한 혁명가도 나이 먹으면 자기가 이룬 걸 지키려는 보수주의자가 되고 마는 것이니, 끝까지 일관되게 주제를 살려서 예술하는 사람이 몇이나 되겠나? 적절한 끝맺음, 거기에 완성의 여부가 달렸다. 멋지게 착지하듯 멋진 끝맺음을 해야 한다. "주여, 이(죽음의) 잔을 거두어 주옵소서!"라고 기도했던 예수는 삶이 아닌 죽음을 택함으로써 서른세 살의 짧은 삶을 극적인 그리스도의 삶으로 자기 예술을 완성했다. 그리스도로 태어났기에 자동으로 그리스도가 된 것이 아니라 성공한 죽음으로써 그리스도가 된 것이다.

많은 사람들을 부끄럽게 하고 미안하게 했던 충격적인 죽음이 있었다. 노무현 대통령과 노회찬 의원의 죽음이다. 그들이 바로 삶을 예술로 살았던 사람의 전형이다. 삶이 예술이었기에 작은 흠집으로 작품 전체가 망가지는 위기에 닥쳤을 때, 돌연한 끝맺음으로 예술을 했다. 한 친구가 술에 취해서 우린 이미 요절할 기회를 놓쳤어! 라고 중얼거릴 때, 난 우리의 젊음의 한때를 생각했고 차라리 그때 죽은 친구들이 부럽기도 했다. 연암 박지원이 통곡할 만한 자리가 있다고 했듯, 예술가에겐 죽음의 자리도 있는 것이다. 난 그들의 죽음을 보면서 생으로 예술한다는 이 말이 품고 있는 서슬 푸른 칼날을 본다. 난 묻곤 했다. 넌 죽을 줄 아는가? 무언가에 미쳐서 죽은 사람들이 떠올리며 당신은 좋겠수! 라고 말하곤 했다. 너를 보낼 때, 너를 보내는 게 원통해서 원수 갚듯 네 몫까지 살아줄게, 라고 다짐했었다. 그런데 이렇게 지리멸렬할 줄이야. 했던 다짐이 빚이 되었다. 정말 면목이 없다.

 장수는 침상이 아니라 전장의 말 위에서 죽기를 바란다고 했다. 우리는 영웅전에 너무 익숙해있다. 인간이 만들어내는 모든 픽션(서사물)엔 주인공이 있고, 독자(관객)는 자신을 주인공과의 동일화를 통해서 픽션을 소비한다. 픽션 안에선 모든 것들이 주인공을 중심으로 돌아간다. 독자(관객)는 주인공이 되어보는 경험을 위해서 기꺼이 돈과 시간을 지불한다. 그런 의미에서 모든 픽션물은 얼마간 판타지물이다. 그러나 현실에서 내가 주인공인가. 난 장수가 아니다. 빌빌거리며 겨우 살아내는 졸(卒)이다. 졸이란 비장하게 폼나게 죽는 사람이 아니다. 우린 헛것(영웅적 주인공 되기)에 너무 많은 돈과 노력과 시간을 버렸다. 정작 중요한 것은 졸의 미학이다. 그게 우리 이야기고, 그래서 오늘 우리가 새롭게 세워야 할 우리의 예술론이다. 졸이란 허망하게 여기서 죽고 거기서 죽고, 이때 죽고 그때 수시로 죽지만 그 죽음을 바탕으로 누군가 끝까지 살아남아 적의 진지에 대장기를 꽂는 사람이다. 졸의 기(旗)는 없다. 그러나 희생된 자들의 n개의 기를 대표해서 대장기 하나를 꽂는다.

들꽃 하나하나의 아름다움이 없이는 들판의 아름다움은 없다.

코믹영화에서 삼류 딴따라가 나와서 '예술의 길은 멀고 험하다'라 말할 때 그것도 예술이냐고 조소를 터트린 적이 있다. 그때만 해도 나는 최소 3류는 아니라는 믿음이 있었던 모양이다. 이제 알았다. 내가 바로 삼류의 딴따라라는 것을. 이렇게밖에 살아주지 못해서 내 자신에게 미안하다. 나에게 기대를 걸었던, 만났던 사람들에게 심히 미안하다. 그러나 돌아보면 이게 애당초 나의 한계였다. 왜? 나름 최선을 다한 삶이었고 그 결과가 요 모양 요 꼴이니까. 삶이 예술이라고? 그래 그렇다. 예술의 길은 멀고도 멀며 정말로 험하고 험하다. 웃지 마라. 이 말을 하는 삼류의 뼛골 녹아나는 신음소리다. 삼류 없는 일류는 없다. 훌륭한 삼류만이 일류를 만든다. 아니 훌륭한 삼류가 바로 일류다. 훌륭하기가 어려운 일이다.

삶이란 인과관계로 쓰인 이야기라고 했었다. 『산에는 길이 있네』는 임종안의 한 생이 오롯하게 담긴 작품집이다. 그걸 미학적으로 미주알고주알 따지는 게 무슨 의미가 있겠는가. 이미 살아버린 삶이다. 공수래공수거(空手來空手去). 끝이 공이라는 걸 알면서 숨이 턱에 차도록 열심히 뛰어서 여기까지 살아온 삶이라면 그리고 인과의 결과로(우연이란 가능성의 희박한 사건이 실현돼버린 인과다) 에누리 없이 모든 대가를 치르면서 내일 모래면 80이 되는 데까지 왔으니 위대하지 않는가. 숭고하여라.

이쯤 되면 독자들은 좌충우돌하는 글의 흐름에 걱정이 들기 시작할 것이다. 그렇다. 난 이 대목에서 일주일 정도를 맴돌고 있다. 『산에는 길이 있네』 읽기를 막 끝냈을 때, 난 쉽게 그의 작가론을 쓸 수 있을 것 같았다. 참 슬픈 이야기이구만! 참 일관되게 단조로운 삶을 사셨구만! 아, 그런데 그날 그런 생각을 해서는 안 되는 거였다. 갑자기 그러면 너의 삶은? 이런 의문이 들더니, 내 삶은 더 단조로웠어! 라고 독백했고, 그가 바로 나다, 라는 걸 깨달았다. 그러자 갑자기 원통해져서 근본적으로 따져 물어야겠다는 오기가 생겼다. 그런데 누구에게 따진다는 말인가? 따져 물을 대상이 있을 땐 그래도 편했다. 그럴 신(神)은 없다. 신이 있다고 해도 따지면 답을 하는 신은 없다. 그건 내 스스로 규명해서 내 스스로에게 납득시켜야 한다. 그 답을 찾는 작업이 신을 찾는 작업이다. 인간은 자기의 신을 찾아야 한다.

그가 나다. 그의 이야기로 내 삶을, 아니 모든 필부필부들의 삶을 세워야 하는 거다. 이젠 장군의 예술론이 아닌 졸의 예술론을 써야 한다. 답이야 나왔다. 난 인생으로 예술하지 않으련다. 지리멸렬하게 숨만 쉬면서도 살 것이다. 개똥밭에 굴러도 이승이 낫다! 끝까지 살아주는 것, 예술하지 않음으로써 만들어지는 새로운 예술. 졸의 예술. 마조히

즘이 바로 사디즘이다는 말, 맞다.

삶 깃들다

산책길에는 높은 벼랑 끝 바위틈에서 자란 비틀어진 소나무 한 그루가 서있다. 나는 걸음을 멈추고 그 소나무를 물그러미 쳐다보는 일이 더러 있다. 바람결에 솔씨 하나가 날아와 뿌리를 내리고 강풍에 시달리며 홀로 자생하고 있는 소나무는 정말로 외롭고 고된 삶을 살고 있는 것만 같다. 내 삶과 다르지 않다는 생각이 들고 서늘한 바람이 폐부로 들이치는 것을 어쩌지 못한다. 안타깝고 애잔하다.

(p.12 「박빙여림」 중에서)

작가가 자신과 동일화한 그 소나무의 사진으로 표지를 삼았다. 성경에 씨 뿌리는 비유가 있다. 농부가 씨를 뿌리는데 어떤 것은 길바닥에, 어떤 것은 돌밭에, 또 어떤 것은 가시덤불에 떨어져 새가 쪼아 먹거나 말라 죽거나 열매를 맺지 못 했다. 그러나 어떤 것은 좋은 땅에 떨어져 열매가 30배, 60배, 100배가 되기도 했다.(마가 4장, 마태13장, 누가 8장) 목사님들이 신도들에게 전도를 독려하면서 하는 설교다. 참으로 인간 중심적인 비유다. 유대땅이 유목민들이 사는 사막지대이니 좋은 땅 찾기가 힘들어서 농부가 길바닥에도 돌밭에도 가시덤불에도 뿌리지 우리같이 농경이 발달한 곳이라면 농부가 너무 태만한 것이고, 또한 뿌려지는 씨의 입장이라면 새의 먹이로 희생된 것이고, 돌밭에서 말라죽어가면서도 살려고 발버둥쳤던 건 숭고한 투쟁인 것이고, 30배, 60배, 100배의 수확을 얻은 것은 농부를 기쁘게 하기 위해서가 아니라 씨 자체의 왕성한 생명력으로 삶을 구가했을 뿐이라는 것이다. 씨의 코나투스(Conatus 어떤 개체가 자기를 유지하려는 힘 또는 의지를 가리키는 철학적 개념)의 발현인 것이다. 수확이란 인간의 자연에 대한 착취의 또 다른 이름일 뿐.

난 만인은 평등하고도 믿는다. 만인이 평등하다는 기하학적 증거로 난 '인간이 구(球)형의 지구 위에 산다'는 걸 든다. 구는 3차원 공간에서 한 정점에서 일정한 점의 자취를 구면(球面)이라 하고, 이 구면을 경계로 하는 입체를 구라 한다. 사람이 사는 곳은 중심(o˙)이 아니라 구면이다(그 o˙에 신을 두어도 괜찮다). 내가 어디에 살든 그 점을 중심으로 하여 구 표면에 똑같은 크기의 원주들을 무수히 그릴 수 있다. 그렇다면 구면의 모든 점이 구면의 중심이다. 그래서 모든 점은 평등하다. 이런 신통방통한 지론을 과연 내가 세웠을까? 아마 그렇지 않을 것이다. 어디에서 읽은 걸 머리가 나빠 이해를 못하다가 어느 날 혼자 있을 때 비로소 이해가 되어 무릎을 탁 치고는 그만 어디에서 읽었다는 걸 잊어버리고는 내가 생각했다고 하는 것이다. 비로소 이해된 것,

둔한 머리로 실감나게 이해했으니 나한테야 내가 깨달은 것이다. 깨달음이란 게 다 그런 것일 것이다. 만유인력도 뉴턴이 만들어서 깨달은 게 아니고, 있는 걸 깨달은 것이다. 어떤 누군가는 꼭 사과가 떨어지는 것에서가 아니라 푸세식 화장실에서 똥을 싸다가 법칙을 알았을 수도 있었을 것이지만(똥이 솟구쳐 오른다는 공포 없이 편안히 싼다는 게 그 증거다), 뉴턴이 실험을 통해서 공식을 만들었기에 그가 발견한 것이라 하는 것이다. 난 이 명제를 내 식으로 기하학적으로 증명까지 했으니(진리를 기하학적으로 증명하고자 하는 게 철학의 꿈이다) 마음껏 믿는다. 만인은 평등하다.

그런데 성경에 질그릇론이 있다.

만들어진 물건이 만든 사람한테 "왜 나를 이렇게 만들었소?"하고 말할 수 있겠습니까? 옹기장이가 같은 진흙덩이를 가지고 하나는 귀(貴)히 쓸 그릇을 만들고 하나는 천(賤)히 쓸 그릇을 만들어낼 권리가 없겠습니까?" 로마서 9장 20-21

사도 바울은 잘 믿으면 그릇의 귀천(貴賤)에 상관없이 신께서 그릇마다 큰 복을 가득 주니 귀천은 만든 이의 권한으로 상관하지 말라고 하지만, 그건 천히 쓰인 그릇의 처지에선 원통하고 분통터지는 일이다. 그러나 어쩌랴. 그렇게 태어났다. 절벽의 바위 위에 솔씨로 날아왔고, 천한 그릇으로 만들어졌다. 불교에선 이 차별을 납득시키려고 전생(前生)론을 펼친다. 이승의 어떤 이론으로도 세상의 차별을 설득시킬 수 없으니 전생의 업보라고 했을 것이다. 업보론은 의외로 설득력이 있다. 전생의 업보를 이생에서 고생으로 갚았다는 안도감과 다음 생에선 이생의 차별을 보상받는다는 것 때문에 견딜 수 있기 때문이다.

어려서 네 발로 기어 다닐 때, 부모님께서 지리산 자락의 한 비구니암자에 맡겨졌다. (…) 어린 나를 길러주신 분은 나이 많으신 여스님이셨다. 나는 그 분을 스님이라고 부르지 않고 할머니라고 불렀다.

(「박빙여림」 중에서)

그 암자는 지리산 천은사의 말사인 도계암으로, 스승이 다른 비구니들이 모여 살고 있었다.

"또 제 에미가 보고 싶은 게로구나. 그렇게 자주 보고 싶으면 어찌 살 거나. 쯧쯧, 몹쓸 매정한 년. 천륜을 저버리면 천벌을 받는 것인디…."

그런 다음 스님 할머니는 나를 품에 안고 등을 다독여주셨다. 할머니의 품에 안겨 포근한 젖무덤에 얼굴을 묻으면 할머니의 가슴에서는 작설차 향기가 묻어났다. 나는 향기에 취해 슬그머니 할머니의 젖가슴에 손을 집어넣었다. 할머니는 흠칫 놀라시며 "요놈이 어디다 손을 넣어." 말은 그렇게 하시면서도 내 손을 뿌리치지 않으셨다. (…)

스님들께서 조석으로 부처님께 예불을 드리러 갈 때면 나도 따라가서 예불을 드렸다. (…) 이런 내 모습을 보신 어른 스님들은 기특한 일이라고 칭찬을 아끼지 않으셨다. (…) 시키지 않아도 스스로 부처님께 절을 하는 내 행동을 보신 어른 스님들은 전생에 이곳 암자 스님이었다가 다시 태어나서 이곳으로 온 동자라고 기뻐하셨다. (…) 강보에 싸여 대문 앞에 버려졌던 나는 이 암자 전생 주지스님의 대접을 받으며 어린 시절을 부러움 없이 지냈다.

(「그리움」 중에서)

버려진 아이가 전생 주지스님의 현현으로 대접받으며 자랐다는 건 한국불교가 가지고 있는 자비의 힘이기도 하다. 그러나 결혼하지 않고 아이를 길러보지 못한 여승들에게 귀여움을 듬뿍 받으며 유년을 지냈다는 건 축복만은 아니다. 모성의 과잉과 '아버지의 이름'으로 금지와 복종을 가르치는 부성의 결핍은 그의 생 전체를 지배할 가능성이 농후해졌다. 아버지가 없으면 아들은 너무 일찍 스스로 아버지가 된다. 그리하여 자기의 소왕국을 건설하고는 좀처럼 성문을 열지 않는다. 자폐의 염려가 있다.

현실에 내던져지다

여승들로부터 귀여움을 받으며 자랐던 동자승이 산길로 시오리 떨어진 초등학교에 입학을 했다. 깊은 산중의 아이가 처음으로 사회에 발을 딛는 순간이다.

나는 입학식 첫날부터 학교 분위기가 서먹서먹하였다. 반 편성을 위해서 줄을 서서 기다리는데 모두가 다 내 곁에 서기를 꺼려하는 눈치였다. 무명천에다 회색 숯물을 들인 바지저고리를 입고 있는 내 차림새가 낯설고 이질감이 느껴지는 모양이었다. 몇몇 아이들은 신기한 듯 나를 힐끔거리기도 했다.

아무래도 아이들과 어울리기 위해서는 승복을 벗고 학교에 다녀야만 될 것 같았다. 우리 암자에 오시는 신도님들은 승복을 입을 나를 우리 동자님, 동자님, 하고 칭송을 하며 서로 한 번씩 안아보려고 앞을 다투었는데, 막상 승복을 벗으려니까 섭섭하고 아쉬웠다. 그래도 학교에 다니려면 승복을 벗어야만 될 것 같았다.

(「입학식 날」 중에서)

동자님으로부터 '중새끼'로의 급전직하의 경험은 그를 당황케 했다. 그의 사회적 신분은 버려진 아이 그 이상 아무것도 아니었다. 생존의 공포를 느꼈을 것이다. 채 학교에 익숙해지기 전에 여순반란사건(1948년 10월 19일)이 터졌고, 반란군은 토벌대를 피해 백운산과 지리산으로 들어갔다.

당국에서는 산간지역 외진 독가촌이나 산속 암자에 철수명령을 내렸다. 아무 이주 대책도 없이 그저 살던 보금자리를 떠나야만 했다. 암자에서 아랫마을로 내려와 마을 전체를 다 뒤져서 겨우 두어 사람이 거처할 수 있는 머슴이 쓰던 방 한 칸을 구했다. 그래서 연세가 제일 많으신 우리 할머니가 그곳에 들기로 하고 나머지 사람들은 이웃 마을로 방을 구하러 떠났다.

이런 와중에도 세월은 흘러 초등학교 2학년이 되었다. 학교 대신에 망태를 메고 야지의 부덕솔밭으로 솔방울과 나뭇가지를 주우러 다녀야만 했다. 그래야 아궁이에 불을 지펴 밥을 짓고 차가운 방을 데울 수가 있었다.

암자에서 떠나올 때 쌀 몇 됫박 가져온 것은 얼마 못 가서 바닥이 나고, 할머니와 달순 상좌스님은 바랑을 메고 마을마다 동냥하러 다녔다. 스님이 절을 떠났으니 물고기가 물 밖으로 쫓겨난 격이었다.

부모 없는 설움보다도 더 지긋지긋하고 견디기 힘든 것이 배고픈 설움이었다. 이 고통은 직접 겪어보지 않고는 아무도 그 쓰라린 비극을 이해할 수 없을 것이다. 이때부터 나는 부모 없는 설움, 집 없는 설움, 배고픈 설움, 삼중고를 겪어야만 되었다.

「격랑의 소용돌이 속으로」 중에서)

도계암은 전통인지 몰라도(도계암은 예부터 버려진 아이들을 키우는 절로 유명했다고 한다) 아이들에게 그들이 입는 승복을 입혔으나 특이하게도 아이를 동자승으로 키우지 않았다. 그래서 스님이 아니라 할머니라 부르게 했고, 신앙으로 훈련시키지 않았기에 스님이 바랑을 메고 탁발(托鉢)을 하러 다니는 게 아니라 할머니가 동냥을 하러 다닌 결과가 된 것이다.

허기가 총알보다 무섭던 시절이다. 죽 한 그릇에 목숨을 걸고 유탄이 날아다니는 밤길을 걸어가던 어린 시절을 나는 아직 내려놓지 못하고 있다. 삶은 이렇게 처절하고 애절하며 안타까운 것인가.

(「죽 한 그릇에 목숨을 걸고」 중에서)

동네 머슴들을 따라 산으로 나무를 하러 다니느라고 학교를 거의 다녀보지 못하고 초등학교를 졸업했다. 어느 관상쟁이가 그의 상을 보더니 '이 아이는 명이 짧아서 명을 이으려면 먼 객지로 보내 고생을 시켜야 된다'고 했다. 할머니 스님은 동네 일가붙이를 찾아온 어떤 대처승에게 그를 딸려 보냈다. 여수의 작은 암자였다. "할머니는 신심이 두터운 청정 비구니였지만 난리통에 쫓기며 살다보니 경황이 없어 나를 대처승에게로 출가시키고 말았다. 말이 출가였지, 대처승 집의 종살이에 불과했다. 예비승려로서 갖추어야 할 사미계를 받고 경전공부를 하는 등 절차를 밟아 수행해야 하지만 절 분위기는 전혀 그렇지 않았다."

무려 6년을 세경 없는 종살이를 했다. 어떤 심사로 그 세월을 견뎠을까. 그 대처승의 부당함을 뻔히 알면서도 그걸 견딘 힘은 무엇이었을까? 초년고생을 해야 명을 잇는다는 예언 때문이었을 것이다. 그 예언이 맞을 때, 어려서 귀에 못이 밝히도록 들었던 말, 전생 그가 그 암자의 주지였다는 말도 맞는 것이다. 초년고생으로 명을 잇는다는 믿음으로, 고생하면 할수록 내 명은 길어진다니, 마치 자기의 고생으로 명을 저축하는 기분마저 들었을 것이다. 무섭지 않는가. 깊은 산중 비구니 암자에서 전생 이 암자의 주지로 추앙받던 아이가 학교라는 사회조직에 들어서면서 흔들리더니 그해 발발한 여순반란사건과 이후 한국동란을 거치면서 산중 암자가 폐쇄되고 사회에 던져지면서 끼니를 잇지 못해 허덕이는 거지 신세로의 돌연한 몰락을 도저히 이해할 수 없었을 것이다. 그런데 그의 운명이 명을 잇기 위해서는 초년고생을 해야 한다니 어쩌면 그때서야 이 돌연한 몰락을 이해할 수 있었을 것이다. 그 고생들이 자기의 명을 잇기 위해서 마련된 연단의 기회였던 것이다. 그래서 묵묵히 그 굴욕의 세월을 견뎠던 것이다. 더욱 강해지면서.

비로소 스님이 되다

여수 암자 생활 6년이 되던 해, 여러 날을 생각한 끝에 절을 떠나기로 결심을 했다. 짐을 챙겨들고 스님에게 하직인사를 드렸다.

"저, 이제 고향으로 갈랍니다." 나는 처음으로 엄하기만 한 스님을 정면으로 쳐다보았던 것 같다. 방안에서 골패짝을 만지고 있던 스님은 그제야 얼굴을 들고 나를 쳐다보며 무심히 대답했다.
"그래라. 가고 싶으면 가거라."

(「끝없는 부정들」중에서)

떠날 때에야 처음으로 스님을 정면으로 쳐다보았다니, 그의 내면을 읽어내는 건 쉬운 일이 아니다. 그는 내면에 철옹성을 쌓았던 것이다.

고향 구례에 6년 만에 돌아오니 반란군들은 모두 소탕이 되고 옛날의 평온을 되찾고 있었다. 할머니는 옛날에 사시던 그 암자에서 생활하고 계셨다.

나는 할머니께 인사를 드렸다. 부처님께 예를 올리듯이 공손하게 인사를 드렸다. 내 인사를 받고 난 할머니는 무겁게 입을 떼셨다.

"너도 이제는 나이도 먹고 했으니 비구니 처소에서 같이 살 수가 없다. 아래 큰절로 내려가서 은사스님을 정하고 스님 노릇 잘하도록 하여라. 특히 세상을 살아가면서 어렵고 힘들다고 부정한 일에 쉽게 물들지 말고 정직하게 살거라. 지금 내가 헌 말을 명심하고 꼭 지키도록 하여라. 알겠냐?'

항상 인자하시고 너그러우시던 할머니였으나 이때의 말씀은 엄격하고 단호하였다.

나는 할머니의 말씀대로 아래 천은사로 내려가 새로 은사스님을 정하여 사미계를 받고 스님 노릇을 시작하였다.

(「끝없는 부정들」 중에서)

당시 천은사는 대처승들의 절이었다. "여수에서의 경험으로 처자식만을 생각하는 대처승이 싫었지만, 어쩔 수 없이 대처승 앞으로 입적을 하게 되었다. 이것은 어쩌면 내 운명인지도 몰랐다." 천은사는 선방이나 강원을 운영해도 될 만한 규모 있는 절이었다.

염불을 외우고 매일 종무소에 배달되어 오는 각종 신문을 탐독하였다. 신문으로 역사, 과학, 종교, 철학 등 여러 분야의 지식을 습득했다. 그리고 절에 고등고시 공부를 하는 학생들과 형제처럼 친하게 지내면서 많은 대화를 나누었고 내 인생의 진로에 대해서도 자문을 받았다. 어떤 학생이 고시공부를 권했다. 그의 말대로 고시 공부를 위한 서적을 사다놓고 보통고시 시험 준비를 시작하였다. 아무도 눈치채지 못한 비밀이었다.

아예 고시공부에 매진하기 위해서 비워두고 있는 깊은 산속의 '상선암'으로 처소를 옮겼다. 산속에 지천으로 자생하고 있는 약초를 캐어다가 말려서 건재약국에 가져가면 비싼 값에 사주어서 그 돈으로 식량을 사왔다. "이 산속에서 꼬박 2년을 보내고 3년째를 맞고 있었다. 내 까까머리는 더벅머리가 되어 어깨를 덮었다. 이렇게 산속에서 혼자 공부삼매에 젖어있던 나에게 어느 날 선배인 학림스님이 찾아왔다. 스님은 나를 보자마자 절에 큰 문제가 생겼으니 어서 내려가서 그 일을 해결하기 위해서 같이 노력을 하자고 내 손을 잡아끌었다."

그는 깊은 산속에서 명상으로 도를 깨우치려 했던 사람이 아니다. 그는 나름 법률을 공부했다. 법전 속의 사회란 공정하고 정의로울 뿐이다. 악인은 확실히 징벌된다. 그 청년에게 그가 바로잡을 수 있는 부정한 것들이 대두되었다. 그 스스로 대처승들의 터무니없는 부정을 보았고, 그가 그 희생자이기도 하다. 그때는 몰라서 당했지만 이젠 법률로 무장되기도 했다. 그에게 손을 내민 친구가 생겼다는 것도 그에겐 사건이었을 것이다.

그는 직감적으로 현재 진행되고 있는 사찰 산판에 부정이 있고 그것이 사회적으로 크게 말썽이 되고 있다는 걸 알게 되었다. 당시 그에겐 자기 존재를 건 결정이었을 것이다.

독한 마음을 먹고 공부를 시작했는데 포기할 수도 없고 그렇다고 사중에 이런 심각한 문제가 있다는데 나 몰라라 수수방관만 하고 있을 수도 없는 노릇, 진퇴양난이었다. 고심 끝에 학림스님의 제의를 받아들이기도 결심을 하였다. 사찰의 재산 손실을 막기 위해서 외롭게 고군분투하시는 학림스님을 생각하니 내 개인 공부를 하기 위해서 산속에 있다는 것이 부끄럽게 생각되었다. 짐을 싸들고 학림스님과 함께 큰절로 내려왔다.

「끝없는 부정들」중에서)

그리하여 드디어 그의 종단부정과의 긴 투쟁사가 펼쳐진다. '천은사 사찰림 사건'이다.

투쟁 시작되다

그는 큰절에 내려간 지 얼마 후 아침 공양 끝에 정식으로 대중회의를 요구하고 이 문제에 관해서 주지스님에게 해명해줄 것을 요구하고 나섰다.

주지스님 측에서 나를 적대시하면 할수록 나는 사찰의 문제점을 더욱 따지고 들었다. 나는 학림스님의 제의에 따라서 진정서를 작성해서 서명을 받기 시작하였다. 다섯 사람의 서명으로 진정서를 대통령과 각부 장관들 앞으로 발송하였다.

청와대와 장관에게 보낸 진정서가 구례경찰서를 발칵 뒤집어버렸다. 경찰이 명쾌하게 해결할 줄 알았다. 그러나 그가 발견한 것은 감독해야 할 기관마저 연루된 거대한 악의 구조다. 언론에서 떠들고, 그가 투쟁하면서 언론을 잘 이용하기도 했지만(사실은 언론이 그를 이용했겠지만) 64년 말 경에 각종 여론이 들끓다가 국회에서까지 시끄러웠던 이 사건은 65년 6월 16일 그가 군에 입대하면서 그의 손을 떠나버렸다. 그 파란만장한 사건을 여기에서 다시 반복하는 건 의미가 없다. 이 사건에 모든 것을 걸었던 당시의 그의 심정을 아는 것으로 충분하다.

> 나는 여론 따위는 개의치 않았다. 정의에 대한 사랑과 부조리에 대한 분노랄까. 그 시절 나는 적어도 내 주변의 사회 문제에 뜨겁게 고심하였다. 그리고 정의를 사랑하는 더 많은 이들이 나의 이같은 행보에 공감해줄 것이라고 믿었고 청정한 우주의 기운이 나를 돕고 있다고 굳게 믿었다. 그 믿음 덕분에 나는 조금도 위축되지 않고 더욱 씩씩한 모습으로 움직일 수가 있었다.
>
> (「외로운 싸움」 중에서)

'청정한 우주 기운이 그를 돕는다'는 순정한 믿음을 가졌다는 게 놀랍지 않은가. 그리고 그의 입대로 그와는 아무 상관없는 일이 되었다는 건 이 사건의 가장 중요한 주역이라는 믿음이 얼마나 큰 착각이었는지…, 일종의 블랙코메디 같은 것 아닌가.

그런데 특이한 것은 『산에는 길이 있네』는 꼬박 2년 반 30개월의 군복무를 마쳤다는데 그의 군생활이 몽땅 빠져 있다. 그가 기관들과 다투고 기자들과의 친분을 쌓으면서 언론 플레이까지 했다니 잘 적응했을 것 같기도 하고, 그의 고지식함으로 적응이 힘들었을 수도 있었겠다. 그건 그 투쟁으로 그가 얼마나 사회화되었는지를 짐작하는 지표가 될 수도 있겠다(이럴 때 사회화가 꼭 좋기만 하겠는가마는). 난 후자에 한 표다.

2차 싸움을 벌이다

나는 2년 반, 즉 30개월의 군복무를 무사히 마치고 1967년 12월에 육군 병장으로 전역하여 다시 천은사로 돌아왔다. 어머니의 얼굴도 모르는 천애고아인 나는 나를 그렇게도 싫어하던 이 천은사 외에는 머리를 숙이고 찾아갈 만한 곳이 없었다.

자기를 그렇게도 싫어하는 천은사로 다시 돌아가야 한다는 엄혹한 현실이 제대 몇 개월 전부터 불면증을 일으켜서 건강을 해칠 정도였다. 그런 천은사로 왔고, 이젠 사찰 운영에는 눈을 감고 살 작정이었다. 그런데 사찰운영의 현실이 너무나 부조리해서 도저히 묵과할 수가 없었다. 제3차 산판이 벌어졌는데 계약은 엉터리일 뿐 아니라 그 대금은 총무원에서 가져가버렸다.

산판을 팔아서 부자절로 평가되고 있던 절이었지만 실제로는 대중의 공양거리가 걱정스런 실정이었다. 이런데도 주지는 종단 일이 바쁘다는 핑계로 1년이 다 되어가도 사찰에는 얼굴 한 번 내비치지 않았다. (…) 이 삼직 임원들은 아랫마을 속가에다 처자식을 두고 사는 대처승들이었기에 겨울이면 절 나무 창고에는 땔감이 바닥이 나는데도 밤이면 각기 머슴들을 시켜서 속가로 장작 짐을 가져갔다. 사찰은 이렇게 상하 구별 없이 모두가 부정투성이었다.

사찰이 이렇게 된 것은 모두가 다 주지의 책임이었다. 그러나 대중들은 서로 눈치만 살필 뿐 누구 한 사람 나서서 시정하려는 이가 없었다.

(「주지 임명을 받고 나서」 중에서)

부조리를 보고 아무도 나서지 않으니 결국 그가 나설 수밖에. 이 싸움은 임진년에 왜란이 일어나 소강상태에 빠졌다가 5년 후 정유년에 다시 전쟁이 시작되는 격이다. 이젠 공략법을 안다. 인맥을 통해야 하는 것이고 결국 난공불락의 총무원에서 해결책을 내놓게 되었다. 네가 주지를 해라. 세상에, 말사 암자에 네 발로 기어다닐 때 버려져 성장한 사람에게 본사 주지자리를 준다는 어마어마한 제안이다.

옳다는 것만 알고 세상 물정 모르는 청년에게 믿기지 않는 제안이다. 그는 정의가 이겼다고 생각했을 것이다. 흥분하지 않고 침착하게 사태를 파악하고 있다는 걸 보여주고 싶었을 것이다. "부장스님, 저는 아직 나이가 부족해서 주지가 되기는 어렵지 않습니까?" 미끼를 문 것이다. 이 순진한 청년은 몰랐겠지만 이미 싸움은 끝났다.

당시 총무원 인사 규정에는 말사주지의 연령을 30세 이상으로 정하고 있었기에 26세인 나는 한참 미달이었다. 그러자 부장스님은 그런 것까지도 다 생각을 하고 있었는지 즉답을 해왔다.

"주지는 안 되지만 주지서리는 될 수가 있습니다. 주지권한 행사를 하는 데도 주지나 주지서리가 하등의 차이가 없으니 아무 염려 말고 임명장을 받으십시오."

마침내 나는 1968년 4월 11일자로 총무원에서 천은사 주지서리로 임명장을 받아들었다.

(「주지 임명을 받고 나서」 중에서)

일단 미끼를 물었으니 낚시줄을 잡아당기기만 하면 된다. "스님께서 약속하셨던 총무원 지원금을 늦지 않게 납부하실 수 있겠습니까?" 사찰림 산판의 잘못된 계약을 해지하고 새로 제 값으로 계약만 체결해서 총무원 지원금을 낼 작정이었다. 주지로 취임하기 전에 총무원에서 벌써부터 약속한 돈을 채근하더니 며칠 후 주지 임명은 취소되고 총무원에 대기 발령이 되었다. "주지 임명을 받았으나 취임도 못 해보고 해임이 되었다. 기가 막혔다. 총무원에 들어가 책상을 치며 이럴 수가 있느냐고 항의하였지만 사후 약방문 격이었다."

기강이 해이된 우리 천은사를 바로 세우고 혁신할 수 있는 모처럼의 기회를 잃은 것이 못내 아쉬웠다. 그러나 이제는 천은사보다도 총무원의 무원칙한 종무행정이 더 심각하다는 생각이 들었다. 총무원을 검찰에 고발하였다. 어쩌면 나는 운명적으로 교단의 비리를 고발하기 위해서 태어났고 그것을 실천하게 만들기 위해서 사찰 문전에 버려졌던 것이 아닌가 싶었다.

(「주지 임명을 받고 나서」 중에서)

총무원을 검찰에 고발한다고 무엇이 달라지겠는가. 자신의 처지만 더 곤궁해지지. 64년의 그의 첫 번째 전투에 이어 68년의 두 번째 전투도 처절한 패배로 끝났다. 하지만 사찰 부조리에 대한 한 승려의 투쟁이 종단 개혁의 기폭제 역할을 하지 못 하고 개인의 처절한 패배로 막을 내렸다는 건 이후 한국사회가 민주화되면서 불교계에도 불었던 불교정화운동이 얼마나 지난한 것인가를 충분히 암시하고 있었던 것이다.

천은사에 다시 돌아와 목근예술에 빠지다

다시 천은사로 돌아왔으나 그를 반길 사람은 없었다. 절에선 그의 존재를 애써 무시했을 것이다. 용케도 버텼다는 게 맞을 것이다. 그가 다시 사회적 주목을 받은 건 75년 목근예술가로 매스컴에 소개되면서이다.

> 어느 날 산속을 걷다가 산사태에 넘어져있는 나무의 앙상한 뿌리에서 기묘한 형상을 발견하였다. 부분적으로 잘라내고 조금만 손질을 가하면 마치 원숭이가 피리를 불고 있는 모습이 될 것이었다. (…) 다음날부터 이런 나무뿌리에 매료되어 산사태가 난 곳과 노고단 정상과 전북 남원 달궁으로 연결되는 도로를 개설하면서 국토건설 단원들이 무수히 파헤쳐진 나무뿌리들을 찾아나섰다. (…) 아침 공양이 끝나면 아무 말 없이 괭이를 둘러메고 산으로 갔다. 절 식구들은 이런 나를 보고는 주지 자리를 뺏기고는 사람이 실성해서 썩은 나무뿌리나 파고 다닌다고 수군거렸다. (…) 내 방에는 날이 갈수록 목각작품들이 쌓여갔다. 기어가는 강아지, 포효하는 사자, 꿈틀대는 용, 기운차게 뻗은 뿔을 가진 황소, 요가하는 여인상 등….
>
> (「산에 길이 있더라」 중에서)

무언가에 빠지면 전부를 거는 스타일이라 300여 점의 목근 예술이 경지에 이르렀고 드디어 매스컴에 기사로 소개되었다. 그러자 주변에서 많은 사람들이 욕심을 내었다. 어림도 없는 일. 대신 정부에서 상설전시관을 지어준다면 이 모두를 국가에 기증하겠다고 대통령께 진정서를 내었다. 교통부 장관으로부터 관계기관과 협의 후 결정하겠다는 통보를 받았다. 그런데 어느 날 경찰로부터 모든 목물을 압수당하는 일이 벌어진다. 누군가 경찰서에 투서를 한 것이다. "생나무를 마구 잘라서 목각을 만들었다". 투쟁은 또다시 시작되었다. 그간 그와 인연을 맺은 사람들을 찾았다. 그게 법무부 장관이고 광주 고검장이었다. 사태는 해결되고. 투서를 한 사람은 내부인으로 추측되었다. 새로운 주지가 임명되고, 그는 첫 번째 산판부정의혹 진정서를 낼 때 함께 동참해준 사람이었다. 서로 의기투합했다. 그런데 임종안의 심리를 이해하는 데 대단히 암시적인 사건이 일어난다. 주지가 은사스님을 함께 바꾸자고 제안한 것이다.

"우리가 앞으로 승단에서 활동하고 살려면 아무래도 대처승 신분보다는 비구승 쪽에 붙어야 될 것 같네. 내가 본사 쪽에 이야기를 해두었으니 우리 같이 본사 주지스님 앞으로 은사가리(은사스님을 바꾸는 것)를 하세. 자네생각은 어떤가?" (…) "우리가 앞으로 승단에서 기를 펴고 살려면 든든한 문중을 하나 업어야 되네. 본사 D스님 문중이 괜찮은 문중이니 그 스님 앞으로 승적을 올리도록 하세."

(「다시 순환 속에서」 중에서)

그런데 그는 단호하게 거절해버린다. 문중들의 파벌 때문에 인류가 고통을 받고 있는 데 문중이 무슨 필요가 있냐는 것이다.

"예수문중, 석가모니문중, 사회주의문중, 자본주의문중, 각 문중마다 말로는 인류에게 행복과 지상 낙원을 선물하겠다고 공약을 했는데 우리는 지금 그렇게 행복한가요? 꼭 문중이 필요하다면 인간문중 하나로 통일하기 위해서 우리 노력 합시다."

(「다시 순환 속에서」 중에서)

당시 그의 정신적 좌표가 어디쯤에 있는지를 알 수 있는 발언이다. 주지는 먹고살자는 이야길 하고 있는데 그는 인류구원을 이야기하고 있으니 말이 통할 리 없다. 이후 주지와의 사이가 벌어졌고, 주지의 온갖 비리를 지적하자 급기야는 그를 경찰에 고발해서 유치장에 갇히는 사건이 벌어졌다. 그는 구속영장 기각으로 풀려났으나 외려 주지는 다른 사건으로 구속되더니 실형을 선고받고 말았다.

그리고 그의 생애 결정적인 변곡점을 맞이하게 되었다. 《신동아》 1980년 11월호에 논픽션 「인간 송충이들」이 당선된 것이다.

《신동아》 논픽션에 당선: 승적을 박탈당하다

이 논픽션이 당선된 시기가 80년이다. 광주민주화운동을 피로 탄압한 군부가 저항세력으로 남은 불교를 불교정화라는 명분을 내걸고 대대적으로 탄압한 것이 10월 27일 불교법란이다. 이글이 당선된 건 11월. 불교의 부패상을 고발하는 데는 이만한 글이 없었을 것이지만 반면 그만큼 불교계로선 상처가 깊었을 것이다. 군부가 법란의 근거를 내세웠던 불교의 부패를 적나라하게 알리는 글이 내부에서 나타나고 말았으니 말이다. 분명한 것은 이후 사회적으로 그를 컬럼리스트로 대우했고 각종 일간지나 잡지의 유력한 필자가 된 것이었다.

심원에 들다

전국에서 격려의 편지들이 쏟아지고 사람들이 찾아왔다.

찾아오는 사람들의 대부분은 유신체제를 비판 반대하다가 옥고를 치렀거나 고초를 겪었던 이들이었다. (…) 우리 불교계에서는 법정스님이 어느 날 불쑥 찾아오셔서 내 글을 잘 읽었노라고 격려의 말씀을 해주었다. 대부분의 사람들은 가려운 곳을 긁어주듯 후련하다든가, 할 말을 잘 한 것이라고 내 글에 공감해주는 편이었다. 하지만 불교교단 내의 분위기는 많이 달랐다. (…) 화합종단의 분위기를 깨뜨리는 해종(害宗) 행위자라고까지 혹평을 하고 나왔다.

「심원에 들다」 중에서

천은사를 떠나라는 노골적인 처사들이 계속되었다. 더 이상 버틸 재간이 없자 자기를 키워주었던 할머니가 계시는 암자로 옮겼다. 그러자 그 암자에서도 내쫓으려 한다는 소문이 들렸다. 지리산에서 가장 깊은 심원마을로 향했다.

이것이 어려서부터 승복을 입고 부처님을 의지하며 살아오던 나의 첫 환속 아닌 환속이었다. 정처 없이 떠난 길이었다. (…) 혼자 산길을 터벅터벅 걸어가면서 처음으로 뼈저리게 외롭다는 생각에 젖어보았다. 이런 것이 승려사회에서 문중 없이 사는 외톨이 인생의 시련이던가. 두 눈에서는 하염없이 뜨거운 눈물이 흘러내렸다.

「심원에 들다」 중에서

이장에게 사정을 말하니 빈집 한 채에 들 수 있었다. 필요한 도구나 가재는 가파른 산길 40여리를 등짐으로 지어 날랐다. 사람이 들만큼 아늑한 공간을 만드는 데 꼬박 한 달이 걸렸다. "평생 처음으로 가져본 나만의 보금자리였다." 대한민국에서 가장 깊은 산골, 지리산 심원마을은 세상을 피해서 온 사람들이 잠시 깃드는 곳이기도 했다. 그의 교유관계가 더욱 다양해졌다. 그러나 그들의 대부분이 저

항인사들이 뜻하지 않게 정보과 형사들의 감시를 받는 인사가 되고 말았다.

그는 양봉을 하면서 글을 썼다. 전국에서 쏟아지는 편지에 답장을 하면서 그의 생애에 가장 평화로운 시기였다. 83년 8월호《여성동아》에 실린「산중일기」는 당시 그의 심중과 필력을 아주 잘 드러내고 있다.

생활이 안정되자 서울나들이를 하게 되고(그는 대우받는 컬럼리스트다), 서울에선 그의 산중생활을 동경하는 사람들도 있었을 것이니 사람들이 꾀기 시작했다. 거의가 반체제 인사들이다. 정보과 형사들이 그들을 보내라고 압력이 들어왔다. 그러면 대한민국은 거주의 자유가 있다는 등으로 응대했다.

그는 심원에 정착할 목적으로 화전민의 옛 집터에 자기 집을 짓기 시작한다. 지리산 깊은 곳에서 집 한 채 짓는 일이란 어머어마한 일이다. 그 일이 한참 진전되는 어느 날 지리산국립공원관리사무소 직원들이 들이닥쳤다. 타 기관으로부터 압력이 들어왔다는 것이다. 당장 뜯어라. 결국 허물 수밖에. 천막을 치고 벌통을 지켰다.

밤이면 주변 숲속에서 들려오는 짐승들의 울음소리를 자장가처럼 들으며 천막 속에서 피곤한 잠을 잤다. (…) 고난 속에서도 무정한 세월은 흘러만 갔다.

깊은 지리산 속에는 가을이 제일 먼저 찾아온다. 산천에 단풍이 물들기에 앞서 아침저녁으로 쌀쌀해진 기온이 가을이 다가오고 있음을 알려준다. 천막에서 추운 겨울을 지내려면 바닥에다 구들장을 깔아야 되겠다 싶어 며칠 품을 들여 구들을 깔았다. (…)

식량을 구하러 남원으로 나갔다. (…) 다음날 식량과 부식을 준비해서 한 짐 짊어지고 골짜기에 들어섰는데, 이게 웬일인가. 내 천막이 갈기갈기 찢겨져 바람에 펄럭이고 있었다. 누군가 칼로 내 천막을 갈기갈기 찢어놓은 것이었다.

(「지었던 집을 뜯기고」 중에서)

드디어 한 생각을 얻다.

임종안의 투쟁의 여정이 막을 내리는 순간이 다가왔다. 심원에 지은 집이 뜯기고 천막마저 갈가리 찢기자 절망감에 빠졌다. "동진출가해서 승려생활을 하다가 이곳 산골에까지 쫓겨왔는데 이곳에서마저 쫓겨나면 어디로 가야 한단 말인가. 내 운명이 저주스럽고 한탄스러웠다. (…) 차라리 이 고달픈 삶을 포기해버릴까? 이런 상념 속에서 날이 밝아왔다." 한 사람의 생애에서 가장 결정적인 운명의 날이 밝아왔다.

나는 투신을 할 생각으로 앞산 높은 절벽이 있는 곳으로 발걸음을 옮겼다. 가는 길초에 놓여있는 벌통이 시야에 들어왔다. 나뭇가지가 바람에 밀려와 벌의 출입을 막고 있었다.

이 절박하고 심각한 찰나에 벌통 하나에 애착이 남아있어서가 아니라 나는 습관적으로 벌통 앞으로 다가가서 나뭇가지를 손으로 들어내주었다. 이때 막혀있던 출구가 트이자 한꺼번에 쏟아져 나온 벌떼들이 내 얼굴로 달려들었다. 나는 혼비백산 손을 내저어 벌을 쫓으며 가던 길 반대편으로 한참을 쫓겨갔다. 벌은 쫓으면 더 달려들며 쫓아왔다. 얼굴 여기저기를 쏘였다. 벌에 쏘일 때마다 정신이 번쩍 들었다. 얼마쯤 도망쳐 벌이 쫓아오지 않을 즈음 숨이 차올라 털썩 주저앉았다.

　　　　　　　　　　　　(「지었던 집을 뜯기고」 중에서)

그는 거기에서 한 생각을 얻었다. 삶과 죽음의 문제를 해결한 것이다.

쉬면서 생각해보니 자살을 하려고 가던 길이었는데 이까짓 벌이 무서워서 쫓겨왔던 내 행동이 우습고 이상하게 생각이 되었다. 나는 본능적으로 내 삶을 사랑하고 있었기 때문인 것 같았다. (…) 나는 이미 앞산 절벽과는 반대편으로 가고 있었고, 동쪽 산마루에 얼굴을 내밀고 있는 눈부신 아침 햇살이 새삼 은혜롭게 생각이 되었다.

　　　　　　　　　　　　(「지었던 집을 뜯기고」 중에서)

살아있는 것들은 모두 본능적으로 살고자 하는 본능을 가졌다는 걸 모르는 사람이 있겠는가. 도를 깨친다는 것은 갑자기 삼천대천세계가 눈앞에 쫙 열렸다는 게 아니라(그런 대각도 있을 것이다) 일상이 갑자기 엄청난 두께와 무게감으로 다가오는 순간일 것이다. 한 생명이 태어나 긴 방황 끝에 드디어 생과 사의 문제를 해결했다. 그런데 말이다. 그러면 세상이 바뀌나? 아니다. 여전히 산은 산이고 물은 물이다.

가장 중요한 문제를 풀었다. 임종안이 전통을 따르는 선승이었다면 그 자리에서 가부좌를 틀고 더 깊은 세계로 들어갔을 것이다. 그러나 다행스럽게도 그는 몸으로 때워서 아는 사람이었으니 몸의 기쁨을 아는 자이고 그래서 꿀통을 매고 그를 키워준 도계암으로 향했던 것이다. 오늘의 임종안이 그날 탄생했다.

전설이 되다

암자 울타리 밖에다 조그마한 토막집을 짓고 심원 마을에서 벌들도 다 옮겨왔다. 봄이 되어 잎이 피고 꽃이 피니 벌들은 씩씩하게 활동을 잘 하였다.

나는 내 벌통을 관리하는 한편 주로 암자의 일을 돌보아드렸다. 나를 길러주신 은혜에 보답하는 일이라고 생각하며 성심껏 심부름을 해드렸다. 이때는 할머니 스님은 노환으로 누워 계시고 상좌스님이 암자를 맡아서 운영하였다. 옛날부터 이 자비 도량에서 아이들을 잘 보살핀다는 소문이 돌고 있었기 때문인지 근래까지도 대문 앞에는 자주 불쌍한 아이들이 강보에 싸여 버려지고 있었다. 이런 일이 생기면 나의 자화상을 보는 것만 같아서 마음이 숙연해진다. 아이들을 정성을 다해 보살폈다.

(「지었던 집을 뜯기고」 중에서)

80년 11월에 논픽션 현상 공모에 당선되고 81년쯤에 절에서 쫓겨난 다음 4년만이니 85년쯤이 되겠다. 기어다니는 아이로 버려졌던 아이를 키워서 승려로 만든 비구니 암자에 승려로서가 아니라 불목하니로 돌아왔다. 참으로 기구한 인생이다. 이 책이 나오기까지 그로부터 35년이 지났다. 그의 나이는 이제 내일모레면 80이다. 그의 주 업무는 암자의 차를 운전하는 일을 비롯 많은 허드렛일이다. 몇 년 전까지 몇 해 동안 봄이면 우리 회원들을 도계암으로 초대했다. 3~40명의 회원들이 봄나물로 차려진 진수성찬을 대접받았다(나중에 안 것이지만 이것이 그가 자기 손님을 초대해서 잔치를 연 첫 번째 경우였다). 첫 방문 날 오후, 정령치를 들렀다가 흔들리며 내려오는 대절버스 안에서 그가 마이크를 잡고 지리산의 전설 하나를 이야기했다.

노고단 건너편에 멀리서 보면 마치 어느 잔칫집 마당에 커다랗게 설치해 놓은 차일처럼 보이는 산이 차일봉이다. 이 차일봉 좌측 정상에서 아래로 400m쯤 지점에 조그마한 토굴이 하나 있다. 우번암(牛翻庵)이다. 이 토굴의 터를 종석대라고도 하고 석종대(石鐘臺)라고도 한다.

옛날에 이곳에서 한 고승이 수행을 하던 중, 오곡이 무르익어가는 가을에 세속에 볼일이 있어서 아랫마을, 지금의 구례군 광의면 방광리(도계암이 있는 곳이다) 앞 들길을 지나가는데, 고개를 숙이고 있는 벼 이삭을 손으로 젖히고 가다가 보니 손바닥에 알곡 세 개가 떨어졌다. 이것을 버릴 수가 없어서 껍질을 벗기고 입안에 넣고 삼켰다. 그러나 삼키고 보니 논 주인에게 커다란 빚을 지었음을 깨달았다. 이 빚을 다 갚기 위해서는 소가 되어 논 주인에게 3년간 일을 해주어야 될 것 같았다. 그래서 그 자리에서 소로 변해서 논 주변을 서성였다. 이때 논을 둘러보러 나온 주인은 임자 없는 소가 논가에 있으니 집으로 몰고 갔다. 이 소는 어찌나 영리하고 일을 잘하던지 주인은 날로 부자가 되어갔다. 그래서 이 소 이름을 복소라고 불렀고 소를 상전처럼 귀중히 받들며 길렀다. (…) 어느덧 3년 세월이 다 지나갔다. 이제 소는 벼 세 알의 빚을 다 갚고 원래의 수행처로 돌아가게 되었다. 이 복소는 마을 위 천은사 옆길을 따라 올라가다가 개울가에 커다란 바위가 있어 이 바위 위에 앉아서 소의 허물을 벗었다. 3년간 입고 있던 소의 허물을 벗고 홀가분한 마음으로 인과의 지중함을 생각하며 선정삼매에 들었다.

복소의 주인은 조금 전까지도 집에 있던 소가 갑자기 없어지자 소를 찾느라고 난리가 났다. 이 마을 저 마을로 찾아다니며 우리 복소 못 보왔소, 하고 물어보았으나 소를 보았다는 사람은 아무도 없었다. 허탈한 마음으로 집에 돌아온 주인은 눈이 퍼뜩 띄었다. 어둠 속에서 소가 지나가면서 길바닥에 배설하고 간 똥에서 빛이 나고 있었기 때문이다. 소의 똥이 방광(放光)을 하고 있었다. 소가 지나간 흔적을 이 빛을 보고 찾아갈 수가 있었으니 얼마나 반가웠겠는가. 그래서 지금도 이 마을을 방광리(放光理)라고 부르고 있다.

방광리 위 천은사 아래 삼거리는 원래 빛이 나는 소똥을 보고 소가 지나간 자초(自初)를 찾아갔던 들녘이라고 하여 자들이라고 하였으나 자들자들하다가 지금은 젓들이라고 부르고 있다.

이때 복소의 주인은 소똥에서 빛이 난데다가 때마침 하늘에 보름달이 두둥실 떠올라 있어서 소를 찾아가는 데 안성맞춤이었다. 종일 이 마을 저 마을로 찾아다니느라고 피곤하기는 하였지만 그래도 빛을 만나서 기쁜 마음으로 계속 계곡 길을 따라 올라갔다. 한참을 올라가다보니 커다란 바위 위에 웬 스님이 초연히 앉아있고 그 곁에는 소가죽이 벗겨져있었다. 복소의 주인은 저 중이 내 소를 잡아먹었구나 싶어 다짜고짜 스님에게 달려가 소값을 물어내라고 고함을 질렀다. 이때 스님은 상황을 알아채고 인자한 모습으로 빙그레 웃으시며 3년 전에 있었던 일의 자초지종(自初至終)을 설명하여 주었다.

이 설명을 듣고 난 주인은 너무 황송하여 자기의 경솔했던 행동을 뉘우치며 스님에게 무릎을 꿇고 용서를 빌었다.(…)

소가 바위 위에 앉아서 허물을 벗은 이곳은 천은사에서 3Km쯤 올라가면 있다. 원래는 소의 몸을 면(免)한 곳이라 하여 면우(免牛)당이었으나 지금은 먹우댕이라고 부르고 있다.

스님은 복소의 주인을 감화시켜 돌려보내고 나서 쉬엄쉬엄 천은사 산내 암자인 수도암과 상선암 곁을 지나서 3년 전에 내려왔던 길을 따라 올라갔다. 한참을 걸어서 옛터에 도착하니 토막은 그대로였고 여기저기 거미줄만 쳐져 있었다. 스님은 매우 감회가 깊었다. 몇 생을 지나온 느낌이었다. 스님은 우선 불전에 향을 피워 올리고 예배를 드렸다. 이때 어디서 천상의 소리인 듯싶은 석종소리가 청아하고 은은하게 덩 덩 덩 하고 울려오고 있었다. 스님은 황홀한 꿈속인 듯싶었다. 스님은 시은(施恩)을 다 갚고 나서야 석종소리를 들을 수가 있었다.

이 처소는 이렇게 소가 다시 스님으로 변신해서 온 곳이라 하여 우번암이라고 부르게 되었고 이 전설 속의 스님은 우번대사라고 전해지고 있다. 그리고 석종대라고 부르게 된 것은 이 토굴에서 지극정성으로 기도를 드리면 마침내 이 산의 신비로운 석종소리를 듣고 도를 깨친다고 해서라고 전해진다.

(「우번도사의 일화」 중에서)

이제 우리의 이야기도 끝이 다가왔다. 한 스님이 남의 논 알곡 3개를 먹었다고 3년 간 소가 되어 그 빚을 갚고 비로소 득도를 했다는 이 전설이 어쩌면 임종안 처사의 이야기가 아닌가, 생각해봤다. 스님이 소가 되었다가 연한(年限)을 채우고 방광리 들길을 따라 올라가 소의 허울을 벗고 득도 하였다는 것이나, 스님이었다가 불목하니가 되어있는 그의 삶은 어딘가 닮아있다. 그렇다면 소의 발자취를 찾을 수 있도록 빛을 발했다(放光)는 똥이 바로 그의 수필집 『산에는 길이 있네』라는 생각이 들었다.

젊어서 그의 생은 정의로운 자, 곧 불의를 징치(懲治)하는 자였다. 징치하는 자에겐 자비가 없다. 징치만으론 이념을 만들어내지 못한다. 징치의 폭력성이 한때 사람들을 열광시킬 수는 있으나 또 다른 분쟁을 낳아 끝없는 징치를 불러일으킨다. 그 악순환을 끊어내는 유일한 방법은 자비다. 자비로운 징치, 도대체 그게 가능한가? 어려운 일이다. 그건 위대한 종교에서만이 가능한 일이다. 그는 종교인이다. 그가 궁극으로 얻고자 한 것이 바로 그것이다. 멀고 먼 길은 돌고 돌아 드디어 이르게 될 것을 예언하고 있는 것이 바로 우번선사의 전설이다.

이제 돌아볼 수 있다. 그는 사정기관의 힘을 빌려왔을 뿐 그와 뜻을 나누는 친구도 동지들과 함께 운동을 전개하지 못 했다. 그에게 결정적인 하자다. 왜일까? 그가 일찍이 왕이 되었기 때문이다.

그는 비구니 암자에서 여승들의 귀여움을 흠뻑 받고 컸다. 앞에서도 잠깐 말했지만 과도한 모성애 속에서 자란 반면 아버지가 없었던 것이다. 프로이드가 말했던 오이디푸스 콤플렉스의 변형이 일어난 것이다. 금지와 복종을 가르치는 아버지가 없으면 아들이 일찍 아버지가 된다. 어머니도 그의 여자가 되는 절대 왕국을 건설하는 것이다. 불교에 귀의한 몸이었다면 은사스님이 아버지가 되었어야 했다. 그러나 그에겐 제대로 된 은사가 없었다. 대처승 밑에서 은사의 훈육 대신에 비인간적으로 노동만을 착취당했다. 그에게 대처승 문중에서 비구승 문중으로 은사를 바꿀 기회가 있었지만(은사가리) 그는 단호히 거절해버린다. 문중이 무슨 필요가 있느냐고, 이는 다른 말로 하면 스승이 무슨 필요가 있느냐는 말이기도 하다. 오이디푸스 콤플렉스의 아버지 살해 욕구가 그대로 나타난 것이다. 아버지에게서 복종과 금지를 배우면서 상징계의 질서를 받아들이는 법을 훈련받지 못한 것이다. 아버지가 없었다는 것, 그 아버지는 승려에겐 은사이고 더 나아가 부처이기도 하다. 그는 그 결핍을 온몸으로 겪은 사람이다. 구비구비가 고통으로 새겨진 삶을 살았다.

이제 긴 이야기의 결론을 맺어야 할 때가 되었다. 그의 정의에는 자비가 부족했다고 했다. 그 부족을 채우는 작업이 그가 불목하니가 되어 살아온 35년의 삶이다. 불목하니가 되어 그가 버려진 것처럼 버려진 아이들을 키우기로 유명한 암자에서 주지 혜관스님을 모시면서 열심히 아이들을 키운다. 그가 아이들에게 해주어야 할 일은 그에게는 없었던 아버지로서의 역할을 그의 아이들에겐 충실히 하는 것이다. 과연 얼마나 성공하고 있는지 궁금하다. 도계암은 버려진 아이들을 키우는 암자로 세상에 널리 알려졌다.

1990년 7월호 잡지 『신부』에서 스님(혜관스님)의 행적을 소개하였고, 1991년 6월 25일 KBS 인간극장에서도 스님을 집중 소개하였다. 1997년 6월 19일자 경향신문은 25면 한 면을 다 할애하여 스님을 크게 보도하였다. 당시 김대중 대통령은 2001년 7월 25일 스님을 청와대 만찬에도 초대하여 노고를 치하하여 주었다. 정부에서는 스님에게 국민포장까지도 수여하여 주었다.

(「지었던 집을 뜯기고」 중에서)

그는 35년 동안 이름 없는 불목하니가 되어 오늘도 열심히 일한다. 열심히 온몸을 던져 살아온 삶이다. 그가 이 세상을 떠나고 나면 세상 사람들은 방관리의 전설, 우번도사가 실제로 방광리에 왔다갔다고 말할 것이다.